E. M. Ross • Desperate Angels

E. M. Ross ist Jahrgang 1962 und war jahrelang im Finanzmanagement eines großen amerikanischen Konzerns tätig. Ross lebte unter anderem in Frankreich, England, Russland, Singapur, Thailand und China und seit 2006 im Großraum Frankfurt am Main.
Desperate Angels ist Ross' erster Roman.

Im November 2012 erscheint der neue Band der *Angels*-Reihe:
Guardian Angels ISBN 978-3-941955-70-7

E. M. Ross

Desperate Angels

Mystery-Thriller

Bibliografische Information der Deutschen Nationalbibliothek
Die Deutsche Bibliothek verzeichnet diese Publikation in der Deutschen Nationalbibliografie; detaillierte bibliografische Daten sind im Internet über http://dnb.ddb.de abrufbar.

www.medu-verlag.de

Zitat aus dem Buch Henoch nach der Übersetzung von Andreas Gottlieb Hoffmann
http://www.gutenberg.org/catalog/world/readfile?fk_files=1454349&pageno=1

E.M. Ross
Desperate Angels
Mystery-Thriller
2. Auflage

Dreieich bei Frankfurt/ M.
Lektorat: Cecilia Wirth

Umschlaggestaltung: im Verlag

Printed in Germany
ISBN 978-3-941955-57-8

PROLOG

Montag, 17. Dezember 2012

Ein Knurren weckt ihn, ein tiefer, geschundener Laut aus seinem eigenen Mund. Er bewegt sich auf der von Schweiß feuchten Matratze, Panik wallt in ihm auf, wo ist sie, tasten, ein Körper, Gott sei Dank, er fühlt sie, schlingt seine Arme um sie und drückt sich an ihren eingerollten Rücken.

„Cathy", flüstert er mit rauer Stimme, ein unangenehmes Ziehen in seinem Unterleib, und es ekelt ihn.

Sie raunt leise im Schlaf und bewegt sich, streckt ihren Rücken durch, findet dann seine Arme mit ihren Händen.

„Nate? Alles in Ordnung?" Nur ein leises Wispern, schlaftrunken, und es beschämt ihn sofort, sie geweckt zu haben.

„Schlaf weiter, Kleines, alles ist in Ordnung", erwidert er schnell, doch sie dreht sich bereits zu ihm um, windet sich in seinem Arm, bis ihre Wange an seiner Schulter sanft aufliegt. Ihr weiches Gesicht auf seiner Haut ist so tröstend, doch dann schießt es ihm wieder durch den Kopf, nackte Haut, ein Mund, der ihn zwingt, er versucht den Gedanken abzuschütteln und stöhnt angewidert auf, rückt etwas ab von ihr, um Distanz zu schaffen.

„War es schlimm?" Sie klingt etwas wacher, und er bereut, überhaupt einen Ton von sich gegeben zu haben.

„Wie immer, schlaf weiter."

Es ist eine Lüge, er will nicht, dass sie schläft, lange wird er es nicht mehr ertragen können, wird irgendwann durchdrehen.

Sie spürt es sofort, er hat einen Punkt überschritten, bald kommt es zur Katastrophe. Er ist am Ende und braucht sie, so wie sie ihn zu Anfang brauchte, als sie noch weinte in der Dunkelheit ihrer Gefangenschaft, als sie fast verrückt wurde, nicht akzeptieren konnte, was geschah.

Etwas verändert sich gerade, er zerbricht langsam, und sie muss nun für ihn da sein. Ihr Verstand wird heller, wacher.

„Nate, sprich mit mir, was haben sie getan?"

Sie spürt, wie er den Kopf schüttelt, und greift nach ihm. Seine Wangen sind nass, er weint. Cathy rückt höher, umfasst seinen Kopf, streichelt seine Tränen fort. Wie ein Ertrinkender reißt er sie an sich, den Kopf auf ihrer Brust, das Gesicht fest an ihr T-Shirt gepresst schluchzt er wie ein Kind.

Cathy hält ihn, den Mann, der zum Mittelpunkt ihres Lebens mutiert ist, streichelt sein Haar und versucht sich zu erinnern, wie er aussah, als er das erste Mal vor ihr stand, damals, lange bevor die Dunkelheit beide erfasste. Für sie war er ein älterer Mann gewesen, Mitte dreißig, ja, er war attraktiv, doch so ein Spießer. Ständig hatte er sie rumkommandiert, ständig den Spaß kaputt gemacht. Sie war siebzehn und wollte auf Partys, ausgehen, und er hatte wie ein Bluthund an ihren Hacken gehangen. Cathy konnte es kaum glauben, als ihre Mutter von einem Bodyguard sprach, bloß weil sie ein paar blöde Briefe bekommen hatte. Meine Güte, sie war eine Schauspielerin, Mona Seasboury, sie hatte für ihre Darstellung der Lena Adams in dem Thriller von Karin Slaughter sogar einen Preis bekommen, und nun wunderte sie sich, dass ein paar ausgeflippte Fans genau das mit ihr machen wollten, was sie so bereitwillig in diesen Filmen darstellte. Oh Mann, ihre Mutter. Als Mona ihr den Personenschützer der Sicherheitsfirma vorstellte, Niall Caveron, von dem sie mittlerweile weiß, dass sein richtiger Name Nate ist, hatte Cathy laut gelacht. Er sah aus wie ein MIB, schwarzer Anzug, obwohl es mindestens dreißig Grad heiß war an diesem Tag, dunkle Sonnenbrille, die Ausbeulung eines Waffenholsters unter dem linken Arm und nicht einen Tropfen Schweiß auf dem Gesicht. Sie hatte automatisch auf seine Ohren geschaut und ein kleines gekringeltes Kabel gesucht, wie die vom FBI das immer in den Filmen haben. Mona war ausgeflippt, hatte sie auf ihr Zimmer geschickt, doch er hatte nur die Sonnenbrille abgenommen und mit seinen fast schwarzen Augen auf sie herabgesehen, ohne auch nur einen Muskel in seinem Gesicht zu bewegen. Er war riesig, als er so vor ihr stand, und Cathy war nicht gerade klein und zierlich, mit siebzehn war sie bereits eins achtzig und hoffte inständig, nicht noch weiter zu wachsen. Er sah gut aus, na vielleicht etwas mehr als gut, denn Cathy hatte Monas Blicke gesehen. Seit sie von Vater geschieden war, kamen ihr nur noch attraktive junge Kerle ins Haus. Die meisten waren so blöd, dass Cathy noch nicht einmal vier Sätze mit ihnen sprach, denn nach dreien war spätestens klar, dass ihr ein IQ von maximal sechzig gegenüberstand und dümmlich lächelte. Wie MC, Monas derzeitiger Dauerfreund, das aushielt, war Cathy ein Rätsel.

Niall lachte nicht, sah sie nur an, sein hellbraunes Haar war etwas zu lang für einen Bodyguard, wie es auf den Schultern auflag. Zugegeben, irgendwie hatte er etwas an sich, das sie später sogar mochte, auch wenn sie ihn nie richtig kennenlernte, er erzählte kaum etwas über sich selbst, doch wenn er mit ihr redete, war seine dunkle Stimme immer ruhig und weich, das genaue Gegenteil zu Moms aufbrausend-schrillen Wortergüssen. Zugegeben, wenn er nicht wie ein Schatten an ihr gehangen hätte, dann hätte sie sich in ihn verknallen können, doch sein ständiges „Vorsicht", „Pass auf", „Tu das und jenes nicht" machte ihn zu einem Hassobjekt, und für Cathy wurde es eine Art Sport, ihn zu verarschen und abzuhängen.

Hätte sie doch nur auf ihn gehört. Irgendwann änderte sich etwas, er wurde zum Freund, zum großen Bruder, sie vertraute ihm … Dann passierte es.

„Bitte wein nicht, bitte, Nate, es wird alles gut, ich verspreche es dir."

Genau diese Worte hatte er auch benutzt in den ersten zwei Wochen in der Dunkelheit, in den Momenten, in denen sie es nicht mehr ertragen konnte, in denen sie schrie und heulte.

Er wird ruhiger, seine Arme lösen sich von ihr, und sie spürt, wie er mit beiden Händen seinen Kopf fasst.

Stille, dunkle Stille.

„Nichts wird gut, ich schaffe das nicht noch einmal."

Seine Stimme ist plötzlich so kalt. Noch einmal? Was meint er damit? Sie schluckt ihre Angst, die plötzlich wieder so eisig über ihr liegt. Er dreht sich in ihrem Arm auf den Rücken, und sie tastet nach seinem Gesicht. Seine Hände liegen auf der Stirn, und sie ergreift seine Finger, er nimmt ihre Hand, führt sie zu seinem Mund und küsst die Handfläche, legt sie sanft auf seine Wange und seufzt.

Cathy beugt sich vor und küsst ihn zärtlich auf den Mund, ein Kuss wie jeder Kuss, den sie ihm gegeben hatte, nichts Anstößiges liegt darin, nur Hoffnung.

Er greift ihr Gesicht und zieht sie wieder zu seinen Lippen, umspielt ihre Unterlippe, nimmt sie zwischen seine, die Zunge gleitet zärtlich über ihren Mund, bevor er sich öffnet und sie einlässt.

Sein leidenschaftlicher Kuss dauert nicht lang, er drückt ihren Kopf bestimmt, doch sanft wieder von sich, es kommt ihr vor, als ob er urplötzlich wieder die Gewalt über sich erlangt hätte.

„Was schaffst du nicht noch einmal?“, fragt sie verwirrt, denn nie hatten sie diese Grenze überschritten, nie hatten sie sich geküsst oder berührt, wie es Liebende tun würden.

Er hält ihr Gesicht zwischen seinen Händen, lässt die Finger über ihre Wangen, Lippen und Augen gleiten.

„Cathy, weißt du eigentlich, wie schön du bist?“, sagt er, und es klingt so endgültig.

Wie eine Ratte kriecht die Angst aus ihrem Magen hoch, ihr Mund wird trocken.

„Was schaffst du nicht noch einmal?“, fragt sie vorsichtiger und weiß, dass sie die Antwort gar nicht hören will.

„Verstehst du nicht?“, kommt es müde von ihm. „Ich weiß, was sie von uns wollen.“

„Was?“, fragt sie drängend und zieht seine Hände von ihrem Gesicht, sie setzt sich auf, greift nach seinen Schultern und fängt an, ihn zu schütteln. „Was, Nate, was wollen sie von uns?!“

Er schweigt, bis seine Stimme ruhig und kalt durch den Raum klingt: „Etwas, das ich nicht noch einmal ertrage, ohne daran kaputtzugehen.“

KAPITEL EINS

Montag, 5. Januar 2009

Drei Jahre zuvor

„Nathaniel, Special Agent Nathaniel Caim." Die Worte seines Vorgesetzten des CASMIRC klangen höhnisch, genau so, wie er es erwartet hatte, so hieß man einen Newcomer willkommen beim Child Abduction and Serial Murder Investigation Resource Center des FBI.

Das CASMIRC hatte die Sondereinheit Angel erst vor ein paar Tagen ins Leben gerufen, nachdem die dritte Mädchenleiche entdeckt worden war, alle drei innerhalb von zwei Tagen. Aufgrund der Verletzungen, der Fundorte und der Art, wie die Mädchen hinterlassen wurden, war klar, dass es sich um ein Serie handelte. Doch Nate wunderte sich, warum das FBI so schnell davon Wind bekommen hatte, die lokalen Polizeidienstellen waren nicht gerade begeistert, wenn sich die Feds einmischten – geschweige denn davon, sie um Hilfe zu bitten.

Er lehnte sich in dem schwarzen Ledersessel zurück und schlug die Beine übereinander. Ein ungewohntes Gefühl, im Anzug in einem Büro zu sitzen, und die Krawatte engte ihn ein, sodass er ständig mit einer Hand daran herumspielte, um sie etwas zu lockern.

„Also, Special Agent Nathaniel Caim, Sie werden ein Mitglied des CASMIRC, Soko Angel." McSimmens' wuchtiger Körper lehnte auf dem Schreibtisch, vor ihm Nates Dossier.

Nate sah ihn ruhig an und konnte es sich nicht verkneifen: „Nate, nennen Sie mich bitte Nate." Von klein auf hasste er es, Nathaniel genannt zu werden; seine Eltern benutzten den Namen nur, wenn er ernsthaft etwas ausgefressen hatte, und dieses Gefühl saß kurioserweise immer noch tief.

McSimmens zog die Augenbrauen hoch und verzog seinen wulstigen Mund zu einem Grinsen.

„Mein lieber Junge, bevor ich Sie Nate nenne, müssen Sie erst einmal trocken werden hinter den Ohren."

Okay – das saß. Er hatte zwar gehört, dass der Leiter des CASMIRC ein harter Brocken war, doch nachdem er in Quantico alle Prüfungen erfolgreich abgeschlossen, sich danach zwanzig Monate in einer Außenstelle des Bureaus weiteren Erniedrigungen der erfahrenen Agenten ausgesetzt hatte, war er irgendwie der Meinung gewesen, dass es nun ein Ende habe. Er war ein ausgebildeter Agent und wollte auch so behandelt werden.

„Sie sind sechsundzwanzig." Der wuchtige Mann ergriff sein Dossier und blätterte gelangweilt darin herum. „Einen Ph.D. in Psychologie und Master in Recht aus Stanford … Sind wohl ein Wunderkind? Reiche Eltern?!" Sein Blick provozierte Nate.

„Nein, Stipendium, aber das wissen Sie, wenn Sie mein Dossier gelesen haben – was soll das?" Seine Stimmlage war ruhig, neutral.

McSimmens betrachtete ihn lange, trotz der Klimaanlage hatte er eine Schweißschicht auf dem Gesicht und sein dicker Hals hatte den Kragen des Oberhemdes durchnässt. Nates Frage ignorierend fuhr er fort: „Sie haben gute Beurteilungen des Außenbüros bekommen, obwohl man Sie hart rangekommen hat, außerdem sind Ermittlungen gegen Pädophile kein Zuckerschlecken – Sie lassen sich nicht so leicht aus der Ruhe bringen, oder?"

Nate zuckte lapidar die Schultern, er hatte schon jetzt die Nase voll von diesem Mann, egal, welcher Ruf ihm vorauseilte.

„Okay, haben Sie die Berichte gelesen?“ McSimmens verwies mit dem Kopf auf den fast vollen Aktenordner; ein Wunderwerk, wenn man bedachte, dass die Leichen erst vor zwei Tagen gefunden worden waren: Tatortfotos, Aufnahmeprotokolle, fünfzig Seiten lange gerichtsmedizinische Berichte und Analysen, selbst die DNA-Untersuchungen lagen vor. Diese Morde hatten eine unglaubliche Priorität, und irgendjemand ganz weit oben verteilte nicht nur den entsprechenden Druck, sondern auch alle Mittel, die man brauchte, um die Ermittlungen mit solch einer Geschwindigkeit voranzutreiben. „Fragen?“ McSimmens hatte sich zurückgelehnt und die Finger auf seinem Bauch verschränkt.

„Warum Angel?“, erwiderte Nate knapp.

„Was glauben Sie?“

Er prüfte ihn, Scheiße. Nate war es so leid.

„Nun, die Mädchen wurden drapiert, in weißen Rüschenkleidern mit Blumenkränzen auf dem Kopf, die Hände gefaltet wie im Gebet, jung und unschuldig aussehend, doch all das würde mich nicht dazu verleiten, einen Engel zu sehen, es muss noch etwas anderes geben, das nicht in das Dossier aufgenommen wurde.“

McSimmens nickte.

„Sie haben recht, alle drei Mädchen haben vorne auf der Brust die gleiche Tätowierung, zwei kleine Engelsflügel in der Höhe des Herzens, eine Tätowierung, die vor ihrer Entführung nicht da war. Der Blumenkranz besteht im Übrigen aus Arnikablüten, man nennt sie auch Engelskraut.“

Nate runzelte die Stirn, sagte aber nichts.

„Weitere Fragen?“ McSimmens’ Tonfall veränderte sich, er sprach jetzt ernsthafter, als wollte er hören, was Nate zu sagen hatte.

„Wer sind sie?“

„Was?“ McSimmens sah auf.

„Wer sind die Mädchen? Keine Namen in den Berichten. Sie müssen einflussreiche Eltern haben, denn hier wurde das Unmögliche möglich gemacht: DNA-Analysen innerhalb von vierundzwanzig Stunden, ein aktives Sonderkommando vom Generalstaatsanwalt ins Leben gerufen, und das in kürzester Zeit. Also, wer sind sie?"

„Mhmm, na gut, Agent Caim. Die erste, die gefunden wurde, ist die Nichte von Gouverneur Adams, Verona Cornham. Sie verschwand vor drei Monaten, und es wurde unter der Hand gehalten, um die Presse nicht zu alarmieren. Offiziell befand sie sich auf einer Europareise, alle unsere Nachforschungen verliefen im Sand. Soweit ich weiß, war sie ein verwöhnter, etwas wilder Teenager von fünfzehn, und man ging davon aus, dass sie einfach abgehauen ist, um das Leben auszukosten. Bei dem zweiten Mädchen, Nina, handelt es sich um die dreizehnjährige Tochter des Großindustriellen Sursack – sagt Ihnen das was?"

Nate nickte, Maschinenbau, Detroit, Forbesranking unter den zehn reichsten Männer der Welt.

„Nummer drei ist Pamela Sonderburg, sechzehn, die Tochter von Eva Sonderburg, der Sängerin und neuen Piaf, wenn man den Boulevardblättern glauben will."

McSimmens hievte sich aus dem Sessel und ging ans Fenster, den Blick auf den kargen, betonierten Innenhof des J. Edgar Hoover Buildings, dem Hauptsitz des FBI in Washington. Außer der ständig vor sich hersprudelnden Fontaine im Innenhof gab es keinerlei Ablenkung in dieser Betonwüste. Aber wer schaute hier schon aus dem Fenster.

„Sagen Sie mir, was Sie sehen … als Psychologe."

Nate blickte auf seinen Rücken.

„Sie wollen ein Profil?", fragte Nate ungläubig, denn eigentlich hatte er zu wenig Informationen, um etwas Handfestes sagen zu können. Klar, er hatte die Akte gelesen, sogar zweimal, nachdem Mary-Ann stinksauer seine Wohnung in Stanford verlassen hatte.

Seine Freundin oder jetzt, besser gesagt, Ex-Freundin war von Anfang an gegen seinen Entschluss, zum FBI zu gehen, gewesen. Sie war wie er in der klinischen Psychologie im Stanford Hospital tätig gewesen, wo sie sich kennengelernt hatten. Als er nach einem ätzenden Feiertagsdienst im FBI-Außenbüro in Virginia am 2. Januar endlich mit dem letzten Flug in Palo Alto landete, war ihre Begrüßung sehr unterkühlt, dann machte er den Fehler, das aktendicke Dossier in seiner Wohnung aufzuschlagen und zu lesen, anstatt mit ihr ins Bett zu gehen. Sie hatte die Wohnung verlassen, ohne höflicherweise darauf zu verzichten, ein paar lautstarke und verletzende Worte an ihn zu richten.

„Ich weiß nicht, Sir, um ein Profil zu erstellen, brauche ich mehr Informationen."

Er versucht sich aus der Situation zu lavieren, dachte McSimmens. Mit einer abrupten Drehung, die sehr wendig war für den übergewichtigen Mann, fixierte er Nate, nein, er nagelte ihn mit einem Blick fest.

„Ich will kein Profil, Sie wissen, dass wir so was nicht machen; eine kriminaltechnische Analyse, das will ich, und zwar anhand des Materials, was uns zur Verfügung steht. Denn Informationen, Agent, sind immer unser Dilemma, genau die haben wir meistens nicht ... Kommen Sie, versuchen Sie es!" Das war keine Bitte, sondern eine Anordnung.

Nate richtete sich auf und legte beide Hände hinter den Kopf, durchdachte nochmals alle Details, die er gelesen hatte, die Tatortfotos. Er ging im Kopf das Schema des ViCAP durch, des Violent Criminal Apprehension Program.

„Täterinformation." Er räusperte sich und vermied es, McSimmens anzusehen, um sich konzentrieren zu können. „Spermaspuren in der Vagina der Mädchen, DNA-Profil unbekannt, keine

Fingerabdrücke, keine Verletzungen im Intimbereich, Kaliumcyanidvergiftung, die Kleidung sauber und arrangiert, geschminkte Gesichter, der Blumenkranz, eine Tätowierung, zwei Engelsflügel auf dem Herzbereich des Brustkorbs, Fundort nicht gleich Tatort, dreimonatige Gefangenschaft und die Opfer sind nicht mehr als vier Stunden tot, wenn sie gefunden werden. Drei Opfer, dreimal die gleiche Vorgehensweise, keine Anomalien." Nate stoppte einen Moment, um das Gesagte noch einmal zu überprüfen. „Ein Mann, Spermaspuren, doch keine Vergewaltigung, es fehlen Verletzungen im Intimbereich, entweder einvernehmlicher Sex oder den Opfern wurde das Sperma post mortem eingeführt."

McSimmens nickte kaum merklich mit dem Kopf.

„Weiter", drängte er.

„In-Szene-Setzung der Opfer, das Tattoo, Unversehrtheit der Körper, Gift ..." Nate verschränkte die Arme vor der Brust. „Engel, Unschuld, weiße Kleidung, betende Hände, Engelskraut im Haar. Kann man rausfinden, ob die Opfer vor ihrem Verschwinden Jungfrauen waren?"

McSimmens zuckte mit den Schultern.

„Vielleicht."

„Opferinformation.", fuhr Nate fort. „Mädchen im Alter von dreizehn, fünfzehn und sechzehn, alle drei außergewöhnlich hübsch, reiche beziehungsweise berühmte Familien, gemäß Obduktionsbericht keinerlei Krankheiten, keine auffälligen Körpermerkmale, keine Piercings, keine Tattoos, abgesehen von den Flügeln, noch nicht einmal Ohrlöcher, was bei Teenagern dieses Alters ungewöhnlich ist."

Während Nate weiterredete, ging McSimmens an den Ordner und zog die Tatortfotos heraus. Er hatte recht, keines der Mädchen trug Ohrringe, keines hatte gestochene Ohrlöcher.

„Täter-Opfer-Beziehung, Körper sind unversehrt, keine Hämatome von Gewalt oder Fesselungsspuren, sie wurden gut ernährt in den letzten drei Monaten, die Körper sind sauber, das Haar frisch gewaschen, ein Polizist am Tatort konnte trotz der bereits leicht einsetzenden Verwesung Parfum riechen, was durch den Gerichtsmediziner bestätigt wurde."

Nate stand auf, fing an hin und her zu gehen, es half ihm beim Denken, auch wenn es die meisten Menschen in seiner Umgebung nervös machte, doch McSimmens sagte kein Wort, saß halb auf seinem Schreibtisch, die Tatortfotos immer noch vor sich, und schwieg.

„Perfekte Mädchen", sagte Nate so leise, als spräche er zu sich selbst, dann hob er den Kopf und sprach McSimmens direkt an: „Sie sollten einen Zweck erfüllen, jung, rein, unschuldig – Jungfrauen? Der Mord an ihnen war kein sadistisches Ereignis, es hatte nichts mit Gewalt zu tun. Sie hatten ihre Aufgabe erfüllt und erhielten einen Gnadentod, man respektierte sie selbst im Tod. Das Zyankali wurde ihnen verabreicht, nachdem sie ein Betäubungsmittel im Körper hatten, nur um ihnen eventuelle Schmerzen zu ersparen. Was ich nicht verstehe, ist das Sperma, warum einen so reinen Körper durch Sperma verunreinigen?"

Nate war wie entrückt.

„Moment …" Er legte eine Hand nachdenklich an sein Kinn. „Es sei denn, das Sperma hat sie noch veredelt."

McSimmens sah ihn ungläubig an.

„Ein Geschenk an sie, ein letzter Tribut."

„Wie zum Teufel kommen Sie denn darauf?"

„Wie viele Gründe gibt es dafür, sein Sperma bei einer Toten zu hinterlassen? Der Täter ist ein Vergewaltiger und Idiot, da er sich mit Forensik nicht auskennt. Ein Impulstäter, der keine Zeit hat, Kondome mitzubringen. Eine Frau als Täter, die falsche Spuren legt. Ein Serienkiller, der erwischt werden will. Eins und zwei können wir ausschließen, wegen der langen Gefangenschaft und der Entsorgung der Leichen. Eine Frau, hmm? Statistisch gesehen unwahrscheinlich, auch wenn Gift benutzt wurde. Ein Serienkiller, der gleich beim ersten Opfer Sperma hinterlässt, nein, das passt nicht. Also warum das Sperma? Warum das Tattoo?"

Nate wartete einen Moment, um McSimmens' Reaktion abzuwarten. Der saß weiterhin bewegungslos auf der Schreibtischkante, es arbeitete in seinem Gesicht, doch er wartete.

„Okay, wollen Sie freie Assoziation? Denn mehr ist hier momentan nicht möglich."

McSimmens nickte zustimmend.

„Ich denke, ein religiöser Fanatiker, der seine sexuell krankhaften Triebe an jungen Mädchen auslässt und sie anschließend tötet. Die Leichen sagen: ‚Seht her, ich gebe sie euch zurück, rein, unschuldig, wie Engel.' Er rechtfertigt sein Tun mit irgendeinem verrückten religiösen Glauben. Das Sperma wurde hinterlassen als Entlohnung, als Dank, ich weiß nicht, wofür. Vielleicht hält er sich selbst für einen Engel, und für die Mädchen mit dem Tattoo bedeutet es: ‚Du bist eine der meinen, du hast deine Aufgabe erfüllt, das ist mein Dank, du erhältst meinen Samen, du wurdest erwählt.'" Nate hob die Hände, ein klares Zeichen, dass er nichts mehr zu sagen hatte.

McSimmens sah ihn durchdringend an. „Irgendeine Idee, wofür die Mädchen belohnt wurden?" Es ist einen Versuch wert, dachte er.

Nate schüttelte den Kopf.

„Keine Ahnung, um darüber zu spekulieren, brauche ich mehr Fakten, und eigentlich spekuliere ich nicht gerne, tut mir leid."

„Nicht schlecht", meinte McSimmens etwas selbstgefällig, nachdem er sich wieder auf seinem Sessel niedergelassen hatte, doch irgendwie konnte Nate ein wenig Respekt erahnen durch den Blick, der jetzt auf seinem Gesicht lag.

„Religiöser Fanatismus, da sind wir auch schon angekommen. Ihre neue Partnerin ist Spezialistin auf dem Gebiet und wird heute

Nachmittag hier eintreffen. Ich muss zugeben, uns ist weder aufgefallen, dass die Mädchen keine Ohrlöcher haben, noch haben wir in der Form über die Spermaspuren nachgedacht, und ich kann Ihnen versichern, dass ich in den letzten zwanzig Stunden mit mehr als einem erfahrenen Psychologen über die Sache gesprochen habe." McSimmens' Lächeln schien das erste Mal echt zu sein. „Also, Special Agent Nate Caim, willkommen im Team. Bis Tandra ankommt, so heißt Ihre neue Partnerin, sollten Sie mit Don sprechen. Donald Viggen, er ist unser Pathologe und ein bisschen mehr, ich habe den Eindruck, Sie beide werden gut miteinander auskommen. Gehen Sie runter zu ihm, erzählen Sie ihm, was Sie mir erzählt haben, und dann soll er die Mädchen nochmals auf den Tisch legen, damit Sie sich die Leichen ansehen, vielleicht fällt Ihnen noch mehr auf."

Er stand auf, hielt Nate die Hand hin und dieser schüttelte sie, dann drehte Nate sich um und verließ das Büro. Shit, guter Schuss ins Blaue, dachte er und machte sich daran, die Pathologie zu finden in diesem Labyrinth von einem Bauwerk.

Nate ging durch die metalllegierten Gänge. Es hatte ihn mindestens eine Stunde gekostet, den Code für die Pathologie zu bekommen. Saal A, B, C, er ging weiter, F war sein Ziel.

Er wartete vor der Metalltür und wusste nicht recht, was zu tun war, auf der Seite eine Codecardvorrichtung, doch eine Karte besaß er immer noch nicht. Ein Summen riss ihn aus den Gedanken, und die Tür öffnete sich vor ihm. An einem Tisch, gebeugt über einer Leiche, sah er einen, was, Zwerg? Der Mann ist keine ein Meter fünfundsechzig, dachte Nate, als dieser zu ihm aufblickte und seine Brille auf die Haarhaube schob.

„Hey, du bist Nate! Sims hat mich angerufen und gesagt, dass du kommst. Meine Scheiße, die Riesen fliegen heute tief."

Nate konnte nicht glauben, was er hörte, und sah runter auf ihn. Das also war Donald Viggen. Vor ihm stand ein winziger, dürrer, sommersprossiger, rothaariger Mann mit Brille. Als dieser auch noch ein großes, wirklich freundliches Lächeln aufsetzte und stolz die Lücke zwischen seinen Schneidezähnen zeigte, verstand Nate nichts mehr. Mit dem soll ich gut auskommen? Das waren doch McSimmens Worte.

„Wow, wie groß bist du?"

„Eins fünfundneunzig", erwiderte Nate und starrte den Zwerg weiter an.

„Shit, dann bist du über dreißig Zentimeter größer als ich! Hey, wie ist die Luft da oben?" Er stieß ein grelles Lachen aus und schien sich köstlich über seinen Witz zu amüsieren. „Hast du Hunger?" Schon schälte sich Don die Haube vom Kopf, streifte die Latexhandschuhe ab und begann den Papieroverall auszuziehen.

„Was?" Idiotisch die Frage, aber Nate sah auf seine Uhr, als ob die ihm irgendetwas über seinen Hunger hätte sagen können. Viertel nach zwölf, meine Güte, er hatte über zwei Stunden bei McSimmens verbracht.

„H u n g e r", buchstabierte Don und war endlich aus seinen klinischen Sachen, die er gerade in einen riesigen Container warf.

„Ja, okay."

„Mhmm."

Don stand vor ihm, Jeans, ausgewaschenes T-Shirt und an der Hosentasche die FBI-Dienstmarke, der Adler lugte unter dem T-Shirt hervor. Wie dieser Mann Quantico und den Yellow Brick – den zehn Kilometer langen Hindernislauf, eine fast tägliche Disziplin – überstanden hatte, war Nate ein Rätsel.

„Ein Mensch, der nicht weiß, ob er Hunger hat, ist mir suspekt. Komm, ich glaube, ich muss dich mal auf Herz und Nieren prüfen." Damit verließ er den Autopsiesaal.

„Prüfen!", brummelte Nate entnervt, während er hinter Don hertrabte, der wieder einen Lacher hören ließ.

Sie saßen an einem kleinen Tisch mit einer Vase voll frischer Rosen. Don hatte, ohne zu fragen, Muscheln bestellt, es schien, er war hier bekannt. Ohne Don hätte Nate diesen Laden nie betreten, geschweige denn als Restaurant erkannt. Von außen wirkte es wie ein Puff, die Fenster verklebt, düster; von innen aber war es ein wahres Erlebnis, es gab einem das Gefühl, es wäre Abend und ein ausgiebiges Dinner erwartete einen.

Noch bevor die Muscheln kamen, konnte Nate sie riechen, und sein Magen knurrte mittlerweile.

„Und?“, fragte Don, nachdem Nate die erste Muschel langsam im Mund zerkaut hatte.

„Köstlich, man könnte glatt vergessen, dass wir beide über Sperma reden sollen.“ Dabei grinste er Don an.

„Here is my boy, herzlich willkommen im Team! Weißt du, ich bin ein Snob, ich esse jeden Tag hier, noch nicht einmal Sims, unser Boss, könnte sich das leisten, selbst wenn er es zu schätzen wüsste. Reiche Eltern, verstehste, mein Vater ein Trader, schockiert, einen kleinwüchsigen Bücherwurm gezeugt zu haben.“

Nate hob die Augenbrauen.

Don lachte aus vollem Herzen und schob sich eine Muschel in den Mund.

„Ich bin ein Genie, genau wie du und Tandra“, nuschelte er.

Nate tunkte das Weißbrot in die Sauce, meine Güte, dachte er, das ist wirklich ein Genuss, während Don weiter vor sich hinplapperte:

„Sims, ich mein, McSimmens, nimmt nur Genies in seine Sokos, es ist immer wieder spannend, wenn ein Neuer kommt, aber er hat ein Händchen dafür. Dann leg mal los mit deiner Ohrlöcher-und-Sperma-Story!“

McSimmens hatte Don gut gebrieft. Nate begann zu erzählen, versuchte die gleichen Worte zu benutzen; Don aß und hörte ihm zu, gewissenhaft, wie Nate sehen konnte.

Die Teller waren fast leer, als der Kellner zwei kleine Gläser reichte, es sah aus wie Rotwein.

„Ah, unser Dessert, null Komma ein Milliliter, ein Aphrodisiakum“, schwärmte Don, „nicht nachweisbar bei einem Essen wie diesem, auch wenn wir im Dienst sind.“ Er erhob sein Glas und wartete auf Nate.

Egal, Rotwein, das war jetzt genau richtig, er nahm sein Glas und stieß mit Don an.

„Gut“, meinte dieser zufrieden, „dann haben wir die Vertrauensfrage ja geklärt – du bist der Erste seit Langem, der mittrinkt.“

„Leck mich, ich fing gerade an, dich zu mögen. Wieder ein Test von Sims, den ich nicht bestanden habe?“

„He, he, vergiss mal Sims, das ist meine eigene kleine Einführung, nur um zu sehen, ob mein Gegenüber etwas von Genuss versteht und auch mal gegen die Regeln spielt. Bestanden, würde ich sagen. Steck es nicht Sims, er weiß, dass ich das treibe, aber du solltest es nicht unbedingt zugeben, ich meine Alkohol im Dienst.“

„Okay, reden wir mal über unsere eventuellen Jungfrauen. Sind sie geopfert worden? Wurde dem großen Meister vielleicht ein Engel, eine Jungfrau geopfert? Ist er, Luzifer, direkt aus der Hölle gekommen, um sie zu ficken?“

„Hey, mal halblang!“ Nate versuchte sich zusammenzureißen, das war ein bisschen viel.

„Oh, sorry, du hast moralische Grundsätze, leg die mal ab, wenn du Tandras Partner werden willst. Also, worum geht es? Ums Ficken. Du redest von einem religiösem Fanatiker, der sexuell gestört ist. Warum fickt so ein Kerl?“

Don sah ihn provozierend an. Mittlerweile war Nate sich nicht sicher, ob Don nicht auch gestört war.

„Falsche Frage“, sagte Nate reichlich angeödet. „Eine sexuelle Straftat, besonders, wenn sie mit Mord endet, ist immer das Resultat einer gestörten Persönlichkeit und nicht das Resultat des sogenannten übermächtigen Triebes. Die Frage ist also nicht, warum fickt so ein Kerl, sondern, was motiviert ihn? Der Sex ist keine kausale Komponente, sondern nur ein Auslöser."

Don sah ihn an und schüttelte den Kopf.

„Lass doch mal den Seelenklempner zu Hause. Simplifikationen: Nehmen wir mal einen Moment an, er ist normal oder hält sich dafür. Warum also?"

„Oh Mann, du bist selbst durchgeknallt, ich hätte dich gerne mal auf der Couch, mein Lieber." Nate nahm dieses Gespräch nicht mehr ernst.

„Jetzt komm schon, glaub mir, manchmal ist das gar nicht so dumm. Sieh es als Brainstorming – warum hat ein normaler Mann Sex?"

„Okay." Nate verdrehte die Augen, aber spielte mit: „Lustgewinn, Begierde, Geilheit, Machtbedürfnis, Langeweile, vielleicht weil man besoffen ist oder" – jetzt wurde Nates Stimme zynisch – „Liebe, Freude daran, Lust zu schenken, ein Kind zu zeugen, abgesehen davon gibt es Studien, die besagen solche Sachen wie: Ich wollte befördert werden, Eindruck schinden bei Freunden, Rache nehmen … Willst du noch mehr?"

Don schmunzelte: „Wenn ich jetzt der Psychologe wäre, würde ich fragen, ob sie dich verlassen hat oder du sie."

„Es reicht, Don, danke für das Essen, du darfst auch zahlen, aber lass uns zurückgehen. Wir haben drei tote Mädchen an der Backe und keine Zeit für solchen Unsinn."

Don ignorierte das Gesagte und schien in Gedanken: „Erst hast du von Bedürfnissen geredet, dann von Emotionen und als Letztes von instrumentellen Handlungen, Manipulationen, um ein Ziel zu erreichen. Um was geht es unserem Täter?"

Nate verstand plötzlich, worauf er hinauswollte, wenn auch mit unorthodoxen Methoden.

„Emotionen? Er liebt die Mädchen, reinigt sie, kleidet sie ein, macht sie schön, das Make-up, das Tattoo. Er ist vorsichtig mit ihnen, tut ihnen nicht weh, jedenfalls nicht körperlich ersichtlich. Er sucht Mädchen aus guten Familien, er nimmt an, die Mädchen hatten bisher ein glückliches Leben, unverletzte Seelen. Es wäre so viel einfacher, eine junge Prostituierte oder Drogenabhängige zu entführen, aber er geht das Risiko ein, er will ein körperlich, geistig und seelisch gesundes Mädchen."

Don nickte schnell.

„Mach weiter, Nate!"

„Warum? Um ihnen Liebe zu geben? Aber warum hat er drei Mädchen, warum nicht nur eins und die anderen später?" Nate rieb sich die Augen. „Er will eine Familie, alle drei und er, eine glückliche Familie, doch die Mädchen tun etwas, sagen etwas, er muss sie gehen lassen, sie erfüllen nicht ihren Zweck, sind nicht die Richtigen …"

Nate schüttelte den Kopf. Was sie hier taten, widersprach allem, was er in Quantico gelernt hatte. Keine Spekulationen, faktenorientiertes Arbeiten … Was taten sie? Sie philosophierten über einen Serienkiller, der jeden Moment wieder zuschlagen konnte.

„Heilige Scheiße!" Ein Gedanke durchzuckte ihn: „Don, er will ein Kind zeugen! Kannst du bei den Leichen feststellen, wie ihr Zyklus war, als sie starben?"

Don nickte.

„Das geht, was erwartest du?"

„Dass bei allen drei Mädchen die Menstruation eingesetzt hatte, als man sie tötete."

Don schmiss neunzig Dollar auf den Tisch und sie standen auf, um möglichst schnell wieder in die Pathologie zu kommen.

Als sie um einundzwanzig Uhr die Pathologie verließen, war Nate fix und fertig. Er hatte während seines Studiums so einigen Autopsien beigewohnt, doch was Don mit den drei Mädchen angestellt hatte, war Metzgerarbeit. Ihm war schlecht, er hatte mindestens dreimal einen kaum auszuhaltenden Brechreiz heruntergewürgt und sein Kopf hämmerte mittlerweile so, wie er sich eine Migräne nur vorstellen konnte.

Jetzt kam Tandra ins Spiel. Don hatte immer wieder von ihr angefangen, während er mit Schere und Skalpell herumhantierte. Nate erwartete Wonderwoman, er hatte Schiss, anders konnte er es nicht bezeichnen.

Als sie in den Soko-Raum kamen, sah er McSimmens, zwei weitere Agenten in Anzügen mit steifer Mimik und sie. An der Wand hingen Tatortfotos, Pfeile verliefen zwischen ihnen, doch die mit Textmarker beigefügten Anmerkungen konnte Nate nicht lesen, ihm brannten die Augen zu sehr vom Formalin und dem Desinfektionsmittel in der Pathologie.

Er betrachtete Tandra genau. Eine zierliche Frau mit langem, rötlichem Haar, das von einem Haarband nach hinten gehalten wurde. Sie saß mit angezogenen Füßen auf einem der Stühle und hielt ihre Knie umklammert. Gekleidet in irgendwelchen Batikklamotten sah sie aus, als wäre sie gerade irgendeiner Hippiebewegung entstiegen.

Don schritt auf sie zu und küsste ihre Wange.

Sie sah ihn an, lächelte und säuselte: „Verpiss dich, Don, du versperrst mir die Sicht."

Don sah Nate an, hob die Augenbrauen und senkte seinen Kopf in ihre Richtung, als ob er sagen wollte: „Das ist sie ..."

Sie betrachtete ihn mit ihren hellblauen, unschuldigen Augen, ein Gesicht wie ein Mädchen, auch wenn sie mindestens dreißig war.

„Oho, Sims, da hast du uns ja einen Chippendale gegönnt!"

„Halt dich zurück, Tandra." Sims stand auf. „Ladies und Gentlemen, das ist Agent Caim, forensischer Psychologe mit einem Master in Recht."

Die beiden Anzüge nickten ihm zu, Tandra hatte nicht eine Sekunde ihren Blick von ihm genommen.

„Das sind Mario Seppa und Gordon Donnoghou, Field Agents, und das dort“, er blickte in ihre Richtung, „ist Tandra Romano, unsere Spezialistin in Sachen religiöser Fanatismus, Sekten und allem, was Okkultismus angeht.“

Nate konnte sich ein hämisches Grunzen nicht verkneifen.

„Ach, kein Freund des Okkulten, wenn es um Mord geht?“, fragte sie süß.

„Nicht mehr seit Lannings' 92er Bericht.“ Seine Stimme imitierte ihr süßes Gesäusel.

Sie lachte, spielte mit ihrem Finger an ihrer Oberlippe, bevor sie ihn mit einer eindeutigen Geste in den Mund steckte. Ein Irrenhaus, dachte Nate, doch Don fing bereits an zu referieren über die Autopsie, darüber, dass die Mädchen mit sechzigprozentiger Sicherheit Jungfrauen waren, bis sie vor drei Monaten das erste Mal Sex hatten. Keinen gewaltsamen, es war vorsichtig und mit Umsicht geschehen, und er schloss nicht aus, dass es ihnen gefallen hatte. Ihr Menstruationszyklus war annähernd gleich gewesen, kurz vor ihrem Tod war die Menstruation eingetreten, nur sehr leicht, vermutlich der erste Tag, das war nicht eindeutig zu sagen bei Teenagern, auf jeden Fall starben sie, bevor die Blutungen heftiger wurden. Don sprach von der Theorie, die er mit Nate entwickelt hatte, dass man versuchte, die Mädchen zu schwängern, und als die Menstruation einsetzte, wurden sie getötet.

Nate hörte alles aus weiter Ferne. Er war zu müde, um elf Uhr gestern Nacht hatte er Kalifornien verlassen und seitdem stand er ununterbrochen unter Strom, sein Kopf dröhnte, aber er wollte Tandras Blick unbedingt standhalten.

Er hielt sich zurück bei den Diskussionen, die nun begannen, ließ Don den Job machen und versuchte sich eher ein Bild zu schaffen von den Anwesenden, die er noch nicht kannte. Sein

Hauptfokus aber lag auf Tandra. Nachdem sie es scheinbar leid war, ihn weiter zu provozieren, war sie vollkommen konzentriert auf Don.

„Wieso nicht Okkultes?“, fragte sie, nachdem er alles zusammengefasst hatte. „Ja, ja, auch ich habe den Lannings Report gelesen und halte ihn für einen großartigen Bericht, doch bei diesen Morden gefallen mir ein paar Sachen nicht.“

Gordon ging ungefragt an das Flipchart und zückte den Marker. Er schrieb einfach mit, was sie sagte, Stichworte.

„Engelsflügel, Engelskraut, bewusstes Hinterlassenen von DNA-Proben, jemand will, dass wir erfahren, was er oder sie tun.“

Nate stand auf, um nicht einzuschlafen, es war bereits zweiundzwanzig Uhr, und nachdem erst vor fünf Minuten jemand fünf Kartons mit Pizza und etliche Dosen Cola light in den Raum gebracht hatte, war ihm klar, dass es eine lange Nacht werden würde.

„Wie kommen Sie darauf, dass es kein Einzeltäter ist? Und den okkulten Aspekt sehe ich noch immer nicht.“ Nate war gereizt.

Tandra wunderte sich, sie hätte schwören können, dass seine Augen eben noch eine hellere Farbe hatten, jetzt jedoch starrten sie fast schwarze Augen an.

„Du“, war alles, was sie erwiderte.

„Was?“

„Wir duzen uns, lass uns die Wellen mal glätten zwischen uns. Tandra, du!“

„Wellen glätten, du hast es gerade nötig“, entwich es Nate schneller, als er es kontrollieren konnte.

„Sims, der gefällt mir immer besser!“ Sie kicherte.

„Es ist spät, wir sind alle müde.“ McSimmens’ sonore Stimme füllte den Raum schnell genug, bevor Nate noch mehr über die Lippen kam. „Nehmt euch mal ein bisschen zusammen, das gilt auch für dich, Nate. Also, was wolltest du sagen?“

Nate stieß einen Luftschwall aus und sah Tandra sauer an.

„Nichts deutet auf Okkultes hin, Engelsflügel sind religiöse Zeichen der Geborgenheit, des Schutzes. Jede verdammte etablierte Religion kennt Engel. Sorry, keine Beleidigung, ich bin nun mal ein Atheist."

„Na, ein Satanist bist du jedenfalls nicht, hast eine ihrer satanischen Regeln verletzt, Nummer zwei: Erzähle anderen nicht deine Sorgen, außer du bist sicher, dass sie sie hören wollen."

„Tandra, es reicht, vielleicht kommst du mal auf den Erdboden und hörst ihm zu."

Don konnte ja richtig energisch werden!

„Okay, tut mir leid, Nate. Deine Theorie: Ein einzelner sehr kranker Mann denkt vielleicht, er ist ein Engel und will, muss sich reproduzieren, aus welchen Gründen auch immer. Er ist raffiniert genug, diese Mädchen zu entführen, für drei Monate festzuhalten, sie zu f…, mit ihnen Geschlechtsverkehr zu haben, ohne dass es nach Vergewaltigung aussieht, um sein Ziel zu verwirklichen. Sie werden nicht schwanger und er entsorgt sie. Warum um Himmels willen das Sperma? Zu gefährlich, er will doch weitermachen … Wenn er schon einen Dank oder, wie du es nennst, einen Tribut hinterlässt, warum nicht eine Feder im Mund oder von mir aus in der Vagina, warum hinterlässt er DNA-Spuren in Form von Sperma? Das kann ihn festnageln, obwohl er sein Ziel noch nicht erreicht hat."

Das stimmte, es war nicht von der Hand zu weisen, auch wenn es Nate nicht gerade leichtfiel, das zuzugeben, denn sie war so eine … Ach was soll's, dachte er.

„Darf ich mal rumspinnen, Sims?" Tandra wandte sich an McSimmens.

Dieser hob nur die Hände.

„Nate?", fragte sie fast höflich.

„Leg los."

„Gut, selbst Special Agent Lannings hat in seinem Report aus dem Jahre 1992 gemutmaßt, dass, nachdem in den Siebzigern der Fokus der Öffentlichkeit, was Satanismus angeht, auf unerklärten Toden und in den Neunzigern auf sexuellem Missbrauch und Menschenopfern in Form von vermissten Kindern lag, es sich um die Jahrtausendwende wohl um das Ende der Welt handeln wird. Hysterie, Panik … und wer ist daran schuld? Die Dämonen? Satan? Wir alle wissen, das ist Bullshit!"

Nate nickte zustimmend, alles Blödsinn, genau das sagte sein Nicken.

„Was aber Fakt ist: Wir sind nur drei Jahre von 2012 entfernt, genau das, was Lannings sagte, ist eingetroffen: Die Welt wird hysterisch, was den Untergang angeht. Er hat sich nur um zwölf Jahre vertan. Betrachten wir die apokalyptischen Sekten: Es sind mehr als die Hälfte davon überzeugt, dass sich 2012 die Welt, wie wir sie kennen, verändern wird. Wovon reden wir? Lichtwesen, Engelssekten, Mayakalenderbesessene, selbst Buddhisten schließen 2012 als ein besonderes Jahr nicht aus. Ich rede nicht nur von Satanisten, heutzutage gründet jeder durchgeknallte Typ mit Charisma eine Sekte, predigt den Weltuntergang und verfolgt eigentlich nur ein Ziel, das hat sich seit Lannings' Bericht auch nicht verändert: Macht, Sex und Geld. Es gibt mittlerweile so viele Sekten, dass ich den Überblick verliere, und glaubt mir, ich bin diesen Verrückten verdammt nahe."

„Okay, ich weiß zwar immer noch nicht, was das mit unseren Fällen zu tun hat, aber vielleicht sagst du uns das ja noch." Das war billig, aber es tat Nate einfach gut, es auszusprechen.

Tandra schnaufte nur kurz.

„Zu viel Organisation für einen Einzelnen, alleine diese Mädchen zu entführen, die hatten Bodyguards, sie gefangen zu halten, alles zu viel für einen Einzelnen. Seit einem Jahr stolpere ich immer wieder über Engelssekten, Nephilim-Anhänger, also den sogenannten Kindern von gefallenen Engeln und Menschenfrauen. Es gibt Gerüchte in diesen Kreisen, ein Kind solle geboren werden, das Kind eines Engels und einer Menschenfrau, das Kind solle die Welt ändern und den Untergang 2012 verhindern." Sie stoppte kurz, dann fuhr sie fort: „Sims, jetzt zeig ihnen die Liste der noch immer vermissten Mädchen."

McSimmens schüttelte den Kopf.

„Nichts auf Papier, doch wir haben weitere drei Mädchen, alle im Alter von dreizehn bis sechzehn, alle aus Familien der oberen Schicht."

„Das ist doch nicht wahr!" Nate war plötzlich vollkommen wach.

Tandra nickte.

„Wenn diese Mädchen auf Dons Tisch liegen, glaubst du dann immer noch an einen Einzeltäter?"

Nate hatte sich gesetzt, das konnte doch nicht wahr sein, warum hatte McSimmens davon nicht früher gesprochen?!

Als hätte er Nates Gedanken gehört, sagte McSimmens: „Tut mir leid, ich wollte dich nicht in die Irre leiten, doch Tandra kam mit ihrer Theorie, Don war nicht überzeugt, genauso wenig wie ich. Darum wollte ich ein von mehreren forensischen Psychologen erstelltes Profil. Alle außer dir, Nate, sind dieser Vermutung nicht einmal nahegekommen. Natürlich hat Don die Diskussion heute provoziert, doch die Kindergeschichte kam von dir. Mittlerweile bin ich der Meinung, dass wir Tandras Theorie ernst nehmen sollten."

Nate verschränkte die Arme. Seine Augen brannten und er sah auf die Uhr. Auch wenn er hellwach war: sein Körper verlangte Schlaf – kein Wunder, es war Mitternacht.

„Gut, nehmen wir sie ernst, was passiert als Nächstes?"

Tandra lächelte, sie sah bezaubernd aus, wenn sie lächelte, das konnte er trotz seiner schweren Augen sehen.

„Jetzt lässt du dir besser mal die Haare wachsen, gewöhnst dich an Jeans und Sweatshirt, und dann führe ich dich in die entsprechenden Kreise ein. Wenn wir für die Mädchen was tun wollen, dann müssen wir verdeckt ermitteln. Ich glaube, für einen Atheisten wirst du 'ne Menge beten müssen in nächster Zeit."

Kurz danach hatte Sims sie entlassen, und Don fuhr Nate mit seinem Wagen zu der möblierten Wohnung, die vom FBI für Übergangszwecke und Besucher unterhalten wurde. Fertig knallte er seine Reisetaschen auf den Sessel. Die Wohnung bestand aus zwei Zimmern und einer Kochnische mit Theke, nicht so unpersönlich wie ein Hotel, aber auch nicht gerade gemütlich. Nate hatte die Auflösung seiner Wohnung in Stanford und die Einlagerung seiner Klamotten bereits veranlasst. Sobald er ein wenig Zeit hätte, würde er sich hier in Washington etwas suchen. Falls er Zeit fände, denn heute war es bereits ein Uhr dreißig, und er konnte die Augen nicht mehr aufhalten – ein Vorgeschmack darauf, was bei der Soko Angel in den nächsten Wochen auf ihn wartete. In voller Montur schmiss er sich aufs Bett, eigentlich nur, um die Matratze auszuprobieren, doch er schlief sofort ein.

Ein Poltern weckte ihn, er sah auf seine Uhr, Scheiße, acht, das Klopfen kam von der Tür. Er drückte sich vom Bett hoch, sah an seinem verknitterten Anzug herab und kratzte sich am Kopf. Verdammt noch mal, und das am zweiten Tag. Als er die Tür öffnete, stand Don mit zwei Bechern Starbucks-Kaffee vor ihm, drückte sich vorbei und lehnte sich an die Küchentheke.

„Morgen, Agent Caim." Don taxierte ihn belustigt. „Netter Schlafanzug."

„Ich beeil mich, aber duschen muss ich, in Ordnung?"

Don hielt ihm den Becher mit Kaffee hin.

„Lass dir Zeit."

Nate hatte seinen Waschbeutel aus der Reisetasche gekramt und war bereits im Bad verschwunden. Durch die offene Tür konnte er Don hören.

„Keine Hektik, es erwartet uns keiner. Sims ist mit Mario und Gordon unterwegs zu den Familien, er wird sich später melden und uns per Telefonkonferenz briefen."

Nate stellte das Wasser an, und als es warm über seinen Körper strömte, wachte er gänzlich auf. Mit einem Handtuch um die Hüften kam er wieder ins Wohnzimmer, um sich Jeans und Sweatshirt aus der Tasche zu nehmen.

„Shit, das nenne ich einen Körper!" Don sah ihn unverholen an. Nate war unglaublich gut proportioniert: eine breite, muskulöse Brust, gänzlich haarlos, sein Bauch flach, und die Sixpacks hätten für jedes Sportstudio Werbung laufen können; ein Körper, der zu seinem Gesicht passte: hohe Wangenknochen, dunkle, fast schwarze Augen, bei denen man sich nie ganz sicher war, welche Farbe sie eigentlich hatten, eine hohe Stirn und einen schön geschwungenen Mund. „Sportfanatiker oder wie bekommt man so 'nen Körper", hörte er Don wieder, als er sich im Badezimmer die Zähne putzte und sich anzog.

Am Kaffee nippend kam er aus dem Bad.

„Gute Gene, nehme ich an, laufe nur ein bisschen." Nach einer kurzen Pause sagte er, bewusst das Thema wechselnd: „Sag mal, was sind Mario und Gordon eigentlich für Typen, haben gestern nicht gerade viel gesagt."

Don fläzte sich auf die Couch.

„Pat und Patachon, Runners, wie Sims sie bezeichnet, aber steck ihnen das nicht. Interviews, Befragungen, Laufjobs, Datenbanken, all das, was getan werden muss, von dem Sims aber glaubt, dass wir dafür überqualifiziert sind. Sie sind ganz okay, bisschen farblos, aber nehmen uns wirklich den langweiligen Kram ab. Sei nett zu ihnen und du kriegst alles, was du brauchst."

Nate nickte und suchte seine Papiere aus dem Anzug, Dienstmarke, Ausweis und sein Handy.

„Wo ist eigentlich Tandra?"

„Dra ist schon wieder bei ihrem Bibelkreis, sie ist heute früh nach Dallas geflogen, operiert irgendwo in der Nähe von Waco. Sie meinte, dass sie dich dort erst einmal verbal einführen wird. Bevor du sie begleitest, wird es ein paar Tage dauern." Don grinste frech, als er hinzufügte: „Interessiert dich gar nicht, woher ich das alles weiß?"

Nate wandte sich ihm zu und hob ruckartig das Kinn, was eine Aufforderung zur Erklärung war.

„Von der Telefonkonferenz, die jeden Morgen um sechs Uhr dreißig stattfindet, alle Mitglieder der Soko nehmen daran teil. Tja … leider nahm Agent Caim das Gespräch auf seinem Handy nicht an, schlief wohl noch. Sims meinte, ich soll mal mit einem Kaffee bei dir vorbeifahren und dich wecken, er lässt schön grüßen."

„Oh Scheiße", rutschte es Nate raus.

„Keine Sorge, du bist nicht der Erste, dem das passiert, außerdem haben wir vergessen, es dir zu sagen. Stell dir den Wecker, das passiert jetzt jeden Morgen. Erst wenn du mit Tandra undercover bist, ändern sich die Regeln."

Nate zerdrückte den leeren Kaffeebecher.

„Danke für den Kaffee. Und was machen wir jetzt?"

Don erhob sich und schickte sich an, die Wohnung zu verlassen.

„Wir fliegen nach Richmond, Three Lakes Park, der Fundort des dritten Mädchens, Sims will, dass wir uns umsehen, ein Gefühl dafür bekommen, warum man sie dort abgelegt hat. Die lokalen Cops aus Richmond sind informiert und erwarten uns." Don wartete an der Tür. „Kommst du?"

„Don, ich habe weder einen Ausweis vom CASMIRC noch eine Dienstwaffe. Wir sollten erst einmal in die Zentrale."

Don schüttelte den Kopf.

„Gewöhn dich an Luxus, du bist beim CASMIRC, alles wartet am Flughafen auf dich.“

KAPITEL ZWEI

Sonntag, 15. Februar 2009

„Komm schon, Babe, wir sind gleich da, es können keine zwei Kilometer mehr sein."

Nate ließ sich samt Rucksack an den nächstbesten Baum fallen, die Knie angewinkelt. Er war durchgeschwitzt, hatte die letzten zehn Kilometer den verdammten Rucksack geschleppt, während sie wie ein Elfchen vor ihm hergesprungen war. Es war ungewöhnlich heiß, fast siebenundzwanzig Grad, wobei die Temperaturen für New Orleans im Februar normalerweise die zwanzig Grad kaum überschreiten.

Tandra drehte sich um, ihr Stirnband klebte, kleine Schweißtropfen perlten von ihrem Gesicht. Sie kam auf ihn zu, setzte sich rittlings auf ihn und leckte seinen verschwitzten Mund ab. Sie bewegte sich langsam, und Nate spürte, wie er hart wurde, sie küsste ihn, leckte seine Lippen, fuhr mit ihrer Zunge in seinen Mund, er ergriff ihre Taille und drückte sie fester an seinen Schwanz.

„Ich dachte, du bist fertig?"

„Bin ich auch", erwiderte er süffisant.

„Fühlt sich nicht so an."

Sie griff nach seiner Jeans, öffnete den Knopf und den Reißverschluss und umfasste ihn, sie war nie für lange Vorspiele, griff zu und massierte ihn, er stöhnte, sie zog ihren Slip zur Seite und führte ihn ein, um sich gleich darauf rhythmisch zu bewegen. Shit, sie war so gut, sie ritt ihn ekstatisch, bis sie kam, im selben Augenblick riss er den Rucksack herunter, warf sie auf den Rücken und fing an, sie zu stoßen, immer härter, tiefer, bis er in ihr explodierte.

Er lehnte auf seinem rechten Ellbogen auf dem Waldboden, immer noch in ihr, genoss das abklingende Gefühl des Orgasmus und sah sie an.

„Sims würde uns auf der Stelle feuern." Nate grinste in ihr schweißnasses Gesicht.

Sie lachte nur.

„Nein, Babe, das gehört dazu, alles undercover, manchmal hat man nur Glück und den richtigen Partner."

„Aha, ich dachte, das liegt an dir."

Nate zog sich zurück, fingerte ein Papiertaschentuch aus seiner Jeans und säuberte sich so gut wie möglich in diesem Niemandsland von Bäumen. Er fand ein zweites Kleenex und reichte es Tandra, die sich aufsetzte und Blätter aus ihrem Haar zog.

Sie klemmte sich das Kleenex zwischen die Beine, zog den Slip hoch und ließ den Rock an sich herunterwallen, dann zog sie die Karte aus dem Rucksack und versuchte sich zu orientieren.

Tandra war so anders, als die Frauen mit denen Nate vorher zusammen gewesen war, da war kein „Liebst du mich?", kein „Bin ich schön?", kein endloses Reden nach dem Sex, kein endloses Küssen und Streicheln vor dem Sex, sie griff zu, wenn sie Lust hatte, nahm sich, was sie wollte, und schwieg hinterher oder schlief ein.

„Wir sind keine zwei Kilometer entfernt von der Farm", wiederholte sie sich, dabei betrachtete sie den Kompass in ihrer Hand, zeigte mit dem Finger in südöstliche Richtung und meinte: „Los geht's, Babe!"

Nate hatte sich schon seit Längerem daran gewöhnt, dass sie ihn Babe nannte. Ehrlich gesagt hasste er es, doch mittlerweile war es Gewohnheit, und sie faszinierte ihn zu sehr, als dass er es ihr hätte übel nehmen können. Außerdem war der Sex mit ihr unglaublich, so unkompliziert, sie ein Macho, er ein Macho, keine langen Worte. Scharfer Sex und keine Gefühle, die zu tief gingen. Auch wenn er sie sehr mochte, es war keine Liebe. Es war nur eine Partnerschaft.

Seit Ende Januar waren sie zusammen als verdeckte Ermittler unterwegs; er folgte seinen Intuitionen, aber hauptsächlich folgte er Tandra. Sekten ... Es war erstaunlich, wie sehr sie diese Kranken infiltriert hatte. Anfangs hatte er sich schwergetan, als sie ihn als ihren Lover vorstellte, ihn als schüchtern und neu einführte. So war es auch dazu gekommen, dass sie sich körperlich angenähert hatten. Nach etwa einer Woche undercover waren sie bei einer Zusammenkunft der Loving Angels gelandet, die im Grunde nichts anderes tat, als zu feiern, zu saufen und zu vögeln. Dann waren sie plötzlich mittendrin in solch einer Orgie, die im Freien bei Lagerfeuer und brüllend lauter Enigma-Musik stattfand. Er hatte kaum Chancen zu entkommen, als sie ihn auszog und anfing, ihn zu übernehmen. Er weigerte sich nicht lange, fing an, es zu genießen, und seitdem schliefen sie regelmäßig miteinander.

„Mach mal langsam, Dra, ich brauch 'ne Pause, okay?"

„Ich dachte, die hatten wir gerade?" Sie lachte, kam wieder zurück und setzte sich neben ihn an den Baum gelehnt.

Er griff in den Rucksack und zog das angebrochene Päckchen Zigaretten heraus, zündete eine Zigarette an und reichte sie Dra; sie nahm sie zwischen ihre Lippen und zog genüsslich. Er zündete sich eine zweite an und ließ den Rauch in seine Lungen gleiten. Vor zwei Jahren hatte er aufgehört, na ja, Mary-Ann war nicht ganz unschuldig daran, und kaum schlief er zwei Wochen mit Dra, schon rauchte er wieder.

Seit sie zusammen verdeckt ermittelten, rauchte er nicht nur wieder, er trank auch regelmäßig und hatte nicht nur mit

Dra Sex, sondern auch mit anderen Frauen der Sekten, in denen sie sich bewegten. Es wurde irgendwie erwartet von ihm, auch wenn er es immer noch schaffte, bei den anderen ein Kondom zu benutzen. Heimlich betete er, dass Dra das Gleiche tat, denn mit ihr schlief er auf Risiko. Scheiße, er hatte genügend medizinische Kenntnisse und kannte die Auswirkungen von Geschlechtskrankheiten und auch Aids. Aber Dra war auch eine FBI-Agentin, sie wusste, was es bedeutete, verdeckt zu ermitteln, sie kannte alle Gefahren. Nein, sie war vorsichtig, das wusste er. Denn erst als er ihr gestand, dass er keine Kinder zeugen könne, hatte sie von Kondomen abgesehen. Nate war unfruchtbar, eine ziemlich verrückte Ironie des Schicksals, denn seine Beziehung zu seiner Ex-Freundin endete nicht nur wegen seiner Karriere beim FBI, sondern hauptsächlich, weil sie auf Teufel komm raus Kinder wollte, so schnell wie möglich. Eine Sache, mit der sich Nate weder gedanklich noch emotional noch überhaupt befasst hatte, und er wusste auch nicht, ob er jemals den Wunsch danach verspüren würde. Bei der Untersuchung in Quantico bekam er den Bescheid: Seine Spermien waren nie lange genug aktiv, um überhaupt je Kinder zu zeugen.

Er gluckste bei dem Gedanken, welche Ironie, ach was soll's, eine verdeckte Ermittlung konnte Monate dauern und seine Beziehung wäre spätestens jetzt in die Brüche gegangen.

Er sah Tandra an. Sie wirkte immer unbekümmert, auch wenn er mittlerweile erahnte, dass auch sie ihre Dämonen hatte.

„Also was erwartet uns?“, fragte er und blies den Rauch aus.

„Keine Ahnung, Nate, die Desperate Angels sind relativ neu, wir sind empfohlen worden, nicht ganz ohne dein Verdienst. Myrtha …“

Oh Mann, er erinnerte sich, er hatte mit ihr die Nacht verbracht bei der Bruderschaft des Lichtes, sie hatte immer wieder gesagt: „Nimm mich, Engel!“ Mann, die war so was von durchgeknallt!

Manchmal kam er sich vor wie ein Callboy, er rannte von einer Party zur anderen, nahm an obszönen Ritualen, die aber eher harmlos waren, teil und vögelte sich durch die Ermittlungen, bisher ohne wirkliche Erfolge. Ohne Tandra hätte er schon längst das Handtuch geschmissen. Doch Dra war so engagiert, so unglaublich bei der Sache, abgesehen davon liebte er es, mit ihr zu schlafen, selbst wenn ihm die ganzen anderen Episoden zu viel wurden, sie war es immer wieder wert.

Tandra Romano, wenn sie Lust hatte, war es göttlich, wenn er Lust hatte und sie nicht, ging sie, und Nate konnte absolut nichts dagegen tun. Sie bestimmte ihr Sexleben, er hatte keine Stimme, was das anging. Es machte ihn wütend, denn er kam sich erniedrigt vor, doch auf der anderen Seite verlangte sie nichts von ihm, nur seinen Schwanz, und um den kümmerte sie sich wirklich hingebungsvoll.

„Reiß noch mal ab, was wir wissen.“ Er sah sie an.

„Nicht viel. Verzweifelte Engel – keiner weiß, warum dieser Name, alle anderen verehren diese Leute, die sind konservativer, keine Ausschweifungen.“ Er seufzte erleichtert, als sie das sagte. „Die Bruderschaft führt ihnen die Mitglieder zu. Wie gesagt, eigentlich passen wir nicht ins Bild, doch Myrtha hat uns empfohlen.“ Sie stupste ihm den Ellbogen in die Seite. „Keine Ahnung, was du mit der Kleinen gemacht hast, doch irgendwie war sie von dir angetan.“ Dra lachte.

„Glaub mir, nicht im Geringsten auch nur annähernd das, was wir miteinander tun.“

„Mhmm, das will ich hoffen!“ Ihre Miene veränderte sich. „Also, ich denke, die sind wirklich konservativ, lass uns lieber unser Bibelbruderimage rauskehren.“

Nate stand auf, hielt ihr die Hand hin und zog sie hoch.

„Okay, Schwester Tandra, gehen wir es an."

Wenn er geahnt hätte, dass dies die letzten Worte waren, die er ihr sagen konnte, dann hätte er etwas anderes gesagt. Irgendetwas in der Form von „Ich mag dich, ich liebe es, mit dir zu schlafen, du bist ein guter Partner, ich vertraue dir." Doch er hatte nicht die Chance, es ging alles viel zu schnell.

Kaum dass sie die Waldgrenze verlassen hatten und auf das gerade ausgesäte Baumwollfeld traten, durchzuckte ihn der Schmerz, Sekunden war er wie gelähmt, doch die reichten, um noch ein nasses Tuch vor seinem Gesicht zu spüren, er verlor das Bewusstsein, oh Scheiße, Tandra ...

Es war dunkel, als er zu sich kam, dann plötzlich grelles Licht, das ihn blendete. Er schüttelte sich, immer noch benebelt von dem Betäubungsmittel, ihm war übel, und er schluckte heftig, um den sauren Geschmack in seinem Mund loszuwerden. Sie mussten ihn gefilzt haben, als er ohnmächtig war, denn Nate war nackt und lag auf einer Matratze, als zwei Mann nach ihm griffen und ihn hochzogen. Die Hände wurden ihm auf den Rücken gebogen und gefesselt, Kabelbinder, keine Chance. An seinen Füßen zwei Seile, die genug Spielraum gaben, um kleine Schritte zu machen. Dann wurde ihm eine Decke über die Schultern geworfen. Als man ihn in das Licht der Kellerflure führte, sah er, dass es eine Art Cape war aus schwarzem Samt. Die Betonwände, die engen, gefliesten Flure, in denen er sich ducken musste, hinterließen den Eindruck, sich in einem Bunker zu bewegen. In genau solchen unterirdischen Gebäuden hatte man ihn in Quantico ausgebildet, um Geiselbefreiungen nachzustellen. Sie stießen ihn vorwärts, Treppen hoch, dann durch eine Metalltür in eine, meine Güte, war das eine Kirche?

Bleib ruhig, sagte er sich, Tandra hatte ihm so viel erzählt von den Sekten, den Ritualen, dass fast alles darauf ausgerichtet war zu schockieren, Angst zu machen, doch im Endeffekt war alles nur Hokuspokus, nie kam jemand wirklich zu Schaden, na ja, sie hatte es auf jeden Fall niemals miterlebt. Also bleib ruhig und leiste keinen Widerstand … Vielleicht war dies hier nur eines der perversen Aufnahmerituale, die an ihm und Tandra vollzogen wurden.

Er sah mehrere Gestalten mit Kerzen in den Händen, keine Gesichter, da sie den gleichen Kapuzenmantel anhatten wie er selbst, nur dass sein Kopf nicht verdeckt war. Es wurde gesungen beziehungsweise es war eine Art Gesang, ein Sprechgesang.

Er schüttelte den Kopf, blinzelte mit den Augen, um sich an das schummrige Licht zu gewöhnen. Sie führten ihn eine kleine Treppe hinunter, kalter Steinboden unter den Füßen, er sah sich um, ruhig bleiben, was sollte schon passieren. Noch heute Morgen hatten sie McSimmens gebrieft, er wusste genau, wo sie sich jetzt befanden, wo die Farm lag – wenn Tandras Kontrollanruf nicht käme, wäre die Einheit schneller da, als irgendeiner armen Opferziege der Kopf abgetrennt werden konnte.

Zu seiner Linken war ein riesiges Holzkreuz aufgehängt, genauso wie in anderen Kirchen auch, nur dass daran keine Jesusfigur hing und es wirklich sehr groß war, lebensgroß. Darunter kniete ein Mädchen, sie war nackt und versuchte mit den Armen, so gut es ging, ihre Brüste und Scham zu bedecken. Sie blickte hoch und sah ihn an, als er näher kam.

Verdammt noch mal, das hier war Ernst! Wo war Tandra?!

Er scannte den Raum, sie lag auf dem Altar, war gefesselt und starrte mit großen Augen in seine Richtung. Als sie sicher war, dass er sie bemerkt hatte, nickte sie immer wieder zum Kreuz, zu dem Mädchen. Tandra hatte sie ebenfalls erkannt. Es war Tanja Semonin, es gab keinen Zweifel, sie war die Dreizehnjährige, eines der noch vermissten Mädchen. Sims hatte ihnen die Fotos gezeigt, und Nate hatte die drei Gesichter immer wieder betrachtet, bis sie unauslöschlich in sein Gehirn eingebrannt waren. Es war Tanja, und das bedeutete, dass Dra und er selbst in allerhöchster Gefahr schwebten. Unwichtig, McSimmens wusste, wo sie waren, er erwartete den Kontrollanruf um zweiundzwanzig Uhr, wenn der nicht käme, dann wäre ein SWAT-Team innerhalb von zwanzig Minuten auf der Farm.

Scheiße, wie spät war es nur, wurden solche Rituale nicht immer erst um Mitternacht durchgeführt? Verdammt, er konnte sich nicht erinnern, was Dra ihm darüber erzählt hatte. Panik holte ihn ein, er zerrte an den Kabelbindern, doch sofort griffen seine beiden Begleiter hart zu, er konnte nicht nach ihnen treten, die Seile gaben nicht genug Spielraum.

Sims, wo zum Teufel bleibst du?!

Nate begann zu schwitzen vor Angst, so viel Angst hatte er noch nie gehabt.

Sonntag, 15. Februar 2009

Don wartete in einem der Einsatzfahrzeuge und schaute mit dem Feldstecher auf die weit entfernten Lichter der Farm. Es waren mindestens fünfundzwanzig Kilometer von ihrem Standort, doch die konnten sie mit den Einsatzfahrzeugen in einer Viertelstunde zurücklegen. Tandra hatte McSimmens einen Code Gelb genannt, was bedeutete, dass sie Verstärkung im Rücken wollte. Diese Desperate Angels waren ihr nicht geheuer; auch war sie sehr verunsichert darüber, wie schnell sie die Bruderschaft empfohlen hatte. Das lag nicht nur an Nate, irgendetwas stimmte nicht. Sims hatte Don sofort nach New Orleans geschickt und dieser hatte ein

SWAT-Team des FBI in der Nähe von Thibodaux getroffen. Es war bereits zweiundzwanzig Uhr dreißig, Sims hatte sich noch nicht gemeldet. Unter den Field Agents kam sich Don noch mickriger vor als sonst, darum konzentrierte er sich voll und ganz auf den Einsatz; Sims erwartete nicht, dass er mit gezückter Waffe in eine Herde von Fanatikern rannte, er sollte den Einsatz leiten und die Ruhe bewahren. Für Don war es zwar nicht das erste Mal, dass er eine solche Unternehmung anführte, doch eigentlich war das nicht seine Sache. Er war in der Pathologie zu Hause und beim Profiling, nicht im Field – er war nun mal nicht wie Nate oder Dra. Zweiundzwanzig Uhr fünfunddreißig, sein Telefon klingelte, er atmete erleichtert auf, Dra hat sich bei Sims gemeldet, dachte er und nahm ab.

„Don, McSimmens hier, du hast grünes Licht, go, zwei Agenten in Gefahr."

Er glaubte erst, sich verhört zu haben.

„Sie hat sich nicht gemeldet?"

„Nein, du hast das Go für die Operation ‚Tender Point'!"

Dann hörte er ein Klicken, Sims hatte aufgelegt. Don griff an sein Kehlkopfmikrofon: „Go für alle Einheiten, tender point is a go!" Schon bewegten sich die Fahrzeuge quer über die Felder und hinter ihnen stoben Staubwirbel auf.

Das war ein Albtraum. Tandra zerrte an ihren Fesseln, die sie fest auf dem Altar hielten. Nate war nun keine zwei Meter von ihr entfernt, er stand erhöht auf der obersten der drei Stufen, die hinter dem Altar zu dem Kreuz führten.

Dann trat eine vermummte Gestalt auf ihn zu und sprach ihn an. Nate verstand kein Wort, die Sprache, die auf ihn eindröhnte, kannte er nicht, kein Altgriechisch, kein Latein, war es Hebräisch? Vielleicht.

Er schüttelte den Kopf, um klar zu machen, dass er nicht verstand.

„Hör zu, ich verstehe dich nicht, ich verstehe deine Sprache nicht."

Der Anführer des Rituals lachte laut auf, dann zog er einen Dolch, Nate rechnete damit, dass es seine letzten Sekunden waren, wartete darauf, dass er zustach. Nates Wärter rechts und links drückten ihn auf die Knie, er sah hoch, doch er konnte das Gesicht des Mannes vor sich immer noch nicht erkennen, ein Blitzen in den Augen, das von den Kerzen rührte, doch sonst lagen die Umrisse im Schatten. Seine Hand griff an Nates Kinn und hielt es kraftvoll, dann sah Nate den Dolch immer näher kommen, nein, bitte nicht, er atmete schwer, wagte aber keine Bewegung, so nah war dieses scharfe Messer.

Die Spitze des Dolches legte sich rechts über seine Oberlippe. Er spürte den kalten Stahl. Gott sei Dank nicht die Augen!, war alles, was Nate denken konnte. Die Spitze senkte sich noch mehr in Richtung seiner Lippe, dann spürte er den Einschnitt, der Dolch wurde nun rasend schnell nach unten gezogen und durchschnitt seine Oberlippe, bevor der Mann ihn zurückzog. Sofort rann warmes Blut in seinen Mund und am Kinn herunter. Die Lippen, genau wie die Augenbrauen, bluten schnell und stark. Eine kurze Erleichterung überkam ihn. Nate verspürte keinen Schmerz, eigenartig, nur die Flüssigkeit in und um seinen Mund, den leicht metallischen Geschmack auf der Zunge.

Die Gestalt beugte sich zu ihm herunter, dann drückte er schwer den Mund auf Nates, Nate war zu verwirrt, was tat dieser Kranke nur, er küsste ihn, saugte an der Wunde, leckte über seinen blutigen Mund und richtete sich wieder auf. Er schrie etwas, voller Triumph, und seine Anhänger erwiderten diesen Siegeslaut. Nate spuckte und sah die Blutflecken, die er auf dem Steinboden hinterließ. Es tropfte von seinem Kinn, und er versuchte, Unterlippe und Zunge hochschiebend, die Blutung zu stoppen.

Dieses Monster ging nun hinunter zum Altar, zu Dra. Sie sah Nate an. Wenn nur Tandras Augen nicht so flehend auf ihn gerichtet wären. Sie versuchte etwas zu sagen, doch der Knebel in ihrem Mund verschlang jeden Laut.

Er schloss die Augen, als wollte er ihr zunicken, sie beruhigen, doch Dra begann wild den Kopf zu schütteln, verdammt, was sollte er denn tun, er konnte ihr doch nicht helfen!

„Tandra …", versuchte er zu rufen, doch schon spürte er einen harten Tritt in seinen Rücken, sodass er vornüberfiel und sich die Stirn auf der Steintreppe aufschlug. Sie wollten nicht, dass er redete, Hände zogen ihn an den Schultern wieder hoch, seine Knie fingen an zu schmerzen, und er musste sein linkes Auge zukneifen, da nun Blut aus der aufgeplatzten Augenbraue hineinlief. Er blinzelte und legte den Kopf etwas nach links, damit das Blut nicht mehr in Richtung seines Auges floss.

Es war nur ein Schnitt, es war noch nicht alles zu spät, nur eine Narbe an der Oberlippe, er sah sie intensiv an und hoffte irgendwie, dass sie seine Gedanken verstand.

Doch Dra kannte sich mit dem Mist aus, sie zerrte wie eine Verrückte an ihren Fesseln, wusste, dass sie sterben würde, wenn nicht ein Wunder geschähe.

Wieder erhob der Kapuzenmann den Dolch und seine Stimme klang beschwörend in der Halle. Dra wurde plötzlich ganz ruhig und sah traurig und resigniert in Nates Augen. Mein Gott, dachte Nate, versteht sie etwa jedes Wort, was er sagt? Tränen liefen aus ihren Augenwinkeln.

Nate schrie mit aller Kraft: „Tandra! Nein!!!"

Schon stoppten die Einsatzfahrzeuge, Männer sprangen aus den Wagen und rannten in Richtung des Farmhauses. Keine einzige Bewegung war im Haus zu sehen, obwohl die Lichter innen brannten.

Don griff wieder an das schwarze Plastikband an seinem Hals: „Einheit eins, das Haupthaus stürmen, zwei, direkt in die Kirche, sofort eindringen!“ Schon sah er, wie die mit Schnellfeuergewehren ausgerüsteten Beamten auf die Gebäude losliefen.

Aus Lautsprechern dröhnte eine Stimme: „Hier spricht das FBI, legen Sie sich auf den Boden, es wird Ihnen nichts passieren, legen Sie sich auf den Boden!“

Er konnte sehen, wie sich seine Leute an das Haus heranpirschten, dort und um die Kirche herum blieb jedoch alles ruhig, es zeigten sich nirgendwo Menschen. Don wartete im Wagen, während die erste Einheit die Tür erreichte, einige seiner Männer zerrten daran, richteten die Waffen aus und gingen hinein. Kein Feuergefecht. Zu ruhig …, dachte Don. Einheit zwei war mittlerweile bei der Kirche, die zehn bewaffneten Männer und Frauen drückten sich an der Außenmauer der Holzkirche entlang und schlichen zügig auf die Pforte zu. Zwei von ihnen positionierten sich mit dem Schlagbolzen vor der Pforte, während sie von zwei weiteren mit den Schnellfeuerwaffen gesichert wurden. Sie holten aus zum ersten Schlag, Don sah, wie die Holztür erzitterte, es folgte ein zweiter, ein dritter Schlag, dann sprang die Verankerung aus dem Rahmen und schwaches Kerzenlicht fiel auf die Einfahrt, die Truppe stürmte die Kirche.

Nate blickte zur Decke des Gebäudes, als wollte er ein Gebet nach oben schicken, nein, bitte nicht … Doch alles, was er sah, war ein Vogel, ein schwarzer Vogel, er saß dort oben im Gebälk und sah einfach auf ihn herunter. Unruhe ging plötzlich durch die Gestalten, er verstand einiges, es war Englisch, Worte wie „Tue es!“, „Gib sie ihm!“ Er blickte wieder auf Tandra. Sie suchte seine Augen, hielt den Kontakt, als ob ihr Leben davon abhinge.

Dann öffnete sich mit einem lauten Knall eine Tür, der Mann mit dem Dolch blickte auf, hielt den Dolch fester in seiner Rechten und mit einer abrupten Bewegung fuhr er hinunter. Für einen

Moment war Nate die Sicht auf Tandra versperrt, doch dann sah er es, Blut spritzte aus ihrer durchgeschnittenen Kehle, es pumpte im Rhythmus ihres Herzens, ihre Augen so traurig und glasig, immer noch bei ihm.

Alles war taub, Nate wollte schreien, er konnte nicht, er konnte sich noch nicht einmal bewegen. Jemand schrie für ihn, das Mädchen, Tanja, und auch der Vogel im Gebälk, sie schrien für ihn, während ihm Tränen über die Wangen liefen. Tandras Augen lagen immer noch auf seinen. Er schloss sie, um sich von ihr zu verabschieden; als er sie wieder öffnete, waren auch ihre Augen geschlossen.

Nate war so bitter, ihm war so kalt, noch nie hatte er so etwas wie Hass gespürt, doch jetzt stieg genau dieser in ihm hoch. Jede Sehne seines Körpers zerrte vor Wut und Hass in ihm, er blickte nach oben und konnte endlich schreien.

„Warum?", kam es anklagend über seine Lippen. „Warum, Gott?!"

Der schwarze Vogel erhob sich, flatterte mit den Flügeln, schwebte für Sekunden und verschwand.

„Clear, Sir, keine Menschenseele, wir sind im Rückzug."

Don hörte den leitenden Agenten der Einheit zwei. Die Kirche war leer … Verdammt, hoffentlich waren sie im Haus.

„Wir sind clear, Sir, die Targets sind nicht hier, ich wiederhole, die Targets sind nicht hier." Es war der Leiter der Einheit eins.

Er sah die Einsatzkräfte aus dem Haus kommen. Niemand war darin, diese gottverdammte Farm war verlassen. Weder Tandra noch Nate, Scheiße, dachte Don, wo sind sie, was geht hier nur vor? Eine innere Stimme sagte ihm, was immer auch passiert war, beide steckten in unendlich großen Schwierigkeiten. Sie hatten den Kontakt verloren zu ihren Undercoverleuten.

Er nahm sein Handy, drückte eine Taste und hielt es sich ans Ohr.

„McSimmens." Er antwortete sofort, als ob er die ganze Zeit mit dem Telefon am Ohr gewartet hatte.

„Sir, wir haben sie verloren." Das war der falsche Ausdruck. Don fiel das erst ein, als er es schon ausgesprochen hatte.

„Verdammt, Don, wie ist das geschehen?", kam es aufgeregt von Sims.

„Nein, Sir, tut mir leid, ich meine, sie sind nicht hier, alles ist clear, gesichert, doch von Tandra und Nate keine Spur."

Er hörte ein tiefes Atmen.

„Okay, bring alles, was du dort sicherstellen kannst, nach New Orleans ins Außenbüro. Ich bin auf dem Weg, werde mir alles selbst ansehen."

„Ja, habe verstanden." Don holte ebenfalls Luft, dann sagte er: „Sims, wo zum Teufel sind Nate und Dra?"

„Don, ich wünschte, ich wüsste es, aber Tandra kennt sich aus mit diesen Verrückten, wir sollten die Hoffnung nicht aufgeben, wahrscheinlich …"

Don hörte den Rest des Satzes nicht mehr, denn einer der Einsatzkräfte öffnete abrupt die Tür und sagte: „Sir, wir haben das hier gefunden", und hielt ihm einen Rucksack entgegen. Don wusste sofort, dass es ihre Sachen waren, er selbst hatte sie damit ausgerüstet. Er griff in die linke Außentasche, zog das Päckchen Zigaretten heraus, Dras Marke, wühlte tiefer und hielt dann ihr Handy in der Hand. Das war das Übelste, ein verdeckter Ermittler trennt sich von allem, aber nicht von dem Handy, das ihn wieder an die Oberfläche bringt.

„Was ist los?!" Sims war ungeduldig, seine Stimme laut und aufgeregt.

„Sie waren hier, wir haben den Rucksack … Dras Handy!"

„Sie würde nie ohne …" Sims stoppte, denn er wusste, was es bedeutete, und versuchte sich zu sammeln. „Don, schick deine Leute rein, stell alles auf den Kopf, ich will wissen, ob sie noch gelebt haben, als sie die Farm verließen, hörst du? In ein paar Stunden bin ich da."

„Ja, Sir", gab Don resigniert zurück und klappte das Telefon zu. Dann drehte er sich zu den fünf Gestalten hinter sich im Transporter und nickte. Die Forensiker in weißen Kunststoff-Overalls und mit schweren Aluminiumkoffern sprangen aus dem Laderaum und gingen auf das Haus und die Kirche zu. Don drückte sich aus dem Beifahrersitz und stieg hinunter auf den harten Feldweg der Einfahrt, er griff hinter den Sitz, nahm den Anzug, riss ihn aus der Plastikverpackung und zog ihn langsam über die schweren Kampfstiefel. Darüber die Plastiküberzieher. Er setzte die Haarhaube auf und rückte seine Brille wieder gerade, dann nahm er die Latexhandschuhe und schob sich einen Mundschutz ins Gesicht. Er griff nach seinem eigenen Koffer, der all das beinhaltete, was er die nächsten Stunden brauchte, und ging zur Kirche, denn sein Instinkt sagte ihm, dort wirst du fündig.

KAPITEL DREI

Dienstag, 17. Februar 2009

Völlige Dunkelheit. Hatte er geschlafen? Er wusste es nicht. Mein Gott, Dra, sie hatten Dra kaltblütig abgeschlachtet! Was war danach passiert? Er war ausgetickt, hatte geschrien, geflucht, um sich geschlagen, doch zwei der Kapuzengestalten hatten ihn festgehalten, ihn niedergedrückt auf die Knie, bis er ruhiger geworden war. Gesänge in einer fremden Sprache, monotone Choräle ... Sie hatte so recht gehabt, es waren Okkultisten, auch wenn er nicht wusste, was oder wen sie anbeteten, sie hatten Tandra geopfert.

Es war ein schlecht beleuchteter Gang gewesen, unterirdisch, eine dicke Tür. Für die wenigen Sekunden, die der Gang die Zelle erhellt hatte, hatte er rechts eine Matratze sehen können, links eine Art Toilette, dann war die Tür zugefallen.

Die Dunkelheit war erstickend, nicht der geringste Lichtschein drang durch. Nate hielt sich rechts und tastete sich vor bis zu der Matratze, die direkt auf dem Boden lag. Darauf ertastete er ein Kleidungsstück, eine Trainingshose aus Baumwolle, er zog sie an, denn er war immer noch nackt.

Ihm wurde schlecht. Er rollte von der Matratze, tastete sich vor bis zur Wand, verdammt, wo war dieses Klo, er erfasste Metall, endlich, dann übergab er sich. Noch lange würgte er, selbst als kein einziger Tropfen Galle mehr in seinem Körper schien. Die Schnittwunde an seiner Lippe brannte wie Feuer von seiner Magensäure. Er tastete nach Papier, doch das Einzige, was er fand, war eine dieser Eineinhalb-Liter-Plastikflaschen mit Flüssigkeit gefüllt. Er schüttete sich etwas in die Hand, roch daran und leckte kurz, Wasser, er trank, spülte die Säure aus seinem Mund, nahm noch ein paar Schluck, tupfte es sich vorsichtig auf seine geschwollene Lippe und kroch, die Flasche hinter sich herziehend, zurück zur Matratze.

Er fiel auf die Seite, zog die Decke über sich und rollte sich wie ein Fötus zusammen, die Wasserflasche an seinen Bauch gedrückt. Dann rannen wieder Tränen aus seinen Augen, ohne dass er es verhindern konnte.

Montag, 23. Februar 2009

Tag 8

Eine Ewigkeit ... so erschien es ihm jedenfalls. So weit hatte er sieben Mal jeweils drei Mahlzeiten erhalten, immer das gleiche Schema, eine Klappe öffnete sich am unteren Ende der Tür, kurz fiel Licht ein, etwas rutschte über den Beton, eine Plastikflasche kullerte durch die Zelle, dann wieder dunkel. Das Essen immer in einem Blechnapf, ohne Löffel oder Gabel, nichts, was er als Waffe gegen sie oder sich selbst nutzen konnte, er aß mit seinen Händen. Genau fünf Stunden später die nächste Mahlzeit, weitere fünf die letzte.

So teilte er die Tage ein, vor vier Tagen hatte er nur dagelegen und die Sekunden gezählt, achtzehntausend, mehr oder weniger, fünf Stunden, dann kam die nächste Mahlzeit. Nachdem sich die

Klappe ein drittes und letztes Mal geöffnet hatte, war er mit seinem Zählen irgendwo bei zwanzigtausend aus dem Konzept gekommen. Aber das war auch egal, jetzt brach die Nacht an, und er wusste, wenn sich die Klappe öffnete, begann ein neuer Tag.

Kurz nachdem er Tandra hatte sterben sehen, mussten sie ihn nochmals betäubt haben, denn als er wieder aufwachte, hatte er eine geleeartige Paste in dem Schnitt auf seiner Oberlippe, es roch nach Medikament, das Gleiche an der Augenbraue, die man zusätzlich vernäht hatte, die Enden der Fäden waren fühlbar.

Erst hatte er die Nahrung nicht angerührt, aber er hielt es nur einen Tag aus, dann trieb der Hunger ihn doch dazu. Es schmeckte nicht schlecht, eine zähe, breiige Konsistenz, die morgens einem Früchtemüsli ähnelte, mittags eher zerstampften Kartoffeln und zerkochtem Fleisch, während es abends ein großes Stück Käse mit Brot gab.

Die Wasserflasche am Morgen hatte einen eher säuerlichen Geschmack, Nate erinnerte es an Vitamin- oder Mineralbrausetabletten, worum es sich wahrscheinlich auch handelte. In dieser Hinsicht achteten sie auf ihn, was ihm Hoffnung gab – warum sollten sie sich solche Mühe machen, wenn er das nächste Opfer war? Sie wollten ihn scheinbar lebend, gesund.

Seine Zelle war angenehm temperiert, nicht zu kalt, er trug nur die Trainingshose, und heute Morgen war ihm trotz des latenten Chemiegeruchs, der von der Toilette im Raum hing, sein eigener Gestank aufgefallen, er roch nach altem Schweiß und getrocknetem Blut.

Nate hatte sich eine der Wasserflaschen ohne Zusätze aufgehoben, sich ausgezogen und in die Ecke gestellt, wo auch die Toilette angebracht war. Er übergoss sich sparsam mit dem Wasser und rieb seinen Körper mit den Händen ab, den Rest der Flasche benutzte er, um so gut wie möglich alles abzuspülen. Als das Wasser über seinen Kopf lief, brannte seine Lippe wieder und die Augenbraue pochte, seine rechte Gesichtshälfte fühlte sich immer noch ziemlich geschwollen an. Einigermaßen getrocknet zog er sich die Hose wieder über. Auch die stank mittlerweile unangenehm, genau wie die Decke auf der Matratze, doch er wollte nicht nackt sein, es machte ihn noch schutzloser.

Irgendwann musste jemand kommen, die Campingtoilette hatte nur eine begrenzte Aufnahmekapazität und mittlerweile stapelten sich die Blechnäpfe und leeren Plastikflaschen. Zu Anfang hatte er alles in der Zelle rumliegen lassen, doch nachdem er auf dem Weg zum Klo auf einem der Blechnäpfe ausgerutscht und auf den Boden geknallt war, hatte er sie zusammengetastet und alles entlang der Wand gestapelt. Immerhin hatte er somit etwas zu tun und hörte für zehn Minuten auf zu grübeln.

Schon am zweiten Tag kannte er den Raum in- und auswendig. Drei Schritte breit, drei Schritte lang, also etwa drei auf drei Meter, die Matratze nahm davon schon einen Meter in der Breite und zwei in der Länge ein. Das Kopfende der Matratze lag unweit der Tür, am Fußende noch ein Meter, dort stapelten sich nun die leeren Schalen und Flaschen. Ging man von dort zur gegenüberliegenden Wand, stieß man auf die Campingtoilette, dann drei Schritte längs und man war wieder an der Tür.

Neun Quadratmeter Dunkelheit, Irrsinn und Angst.

Nate streckte sich und konnte so die Decke des Raums berühren, jeden Zentimeter fühlen, keine Lampe, nur ein handgroßer Lüftungsschlitz über der Toilette, der den Gestank absaugte, und einer in der Nähe der Tür, durch den frische Luft hineingeblasen wurde. Kein Nagel, keine Schraube, keine Unebenheit an den Wänden, nichts. Ein verdammter Bunker, er konnte wer weiß wo auf der Welt sein, ohne es auch nur zu ahnen. Dass er nicht mehr auf der Farm war, bezweifelte Nate nicht eine Sekunde lang, Sims hätte sie sonst gefunden. Wie lange er und Tandra betäubt gewesen waren, stand auch in den Sternen. Er drehte sich mit diesen Fragen im Kreis.

Als sie beide das Feld betreten hatten, fühlte er einen stechenden Schmerz, er war von etwas getroffen worden und ging zu Boden, die Muskeln versagten kurzfristig, wahrscheinlich ein Taser, eine Elektroschockpistole. Dann das Betäubungsmittel. Er hätte schwören können, es war Chloroform, Nate kannte den beißenden, stechenden Gestank. Chloroform knockt einen zwar nur kurzfristig aus, doch in der Zeit hätte man ihm alles Mögliche einflößen können.

Nate drehte sich unruhig zur Seite. Kein Wo, kein Wann, doch was ihn am meisten beunruhigte, war das Warum. Heute war ein schlechter Tag, beschloss er.

Warum lebte er noch, warum wurde er so gut ernährt, was wollten diese Leute von ihm?

„Verdammt, warum kommt denn keiner?!“

Das Geräusch seiner eigenen Stimme irritierte ihn, sie klang rau und heiser, keine zehn Tage und schon sprach er laut mit sich selbst. Sein Brustkorb zog sich zusammen, ruhig atmen, nicht schon wieder die Panik an sich ranlassen. Doch die Dunkelheit senkte sich unerbittlich auf ihn herab, schwer wie ein zähflüssiger Ölteppich, in dem er zu ertrinken begann, sein Atem wurde schneller, er schien keine Luft zu bekommen, die Dunkelheit quoll in seine Lungen, seinen Körper.

„Gott, ich will hier raus!“

Er fühlte sein eigenes Zittern, die heißen Tränen, schon wieder. Denke nach, ermahnte er sich und ging die Liste der sogenannten Selbstschutzmaßnahmen bei Folter und Dunkelhaft durch; das hatte man ihm doch in Quantico beigebracht: Routine, Bewegung, positive Fantasie und lautes Sprechen – tue es.

Er konnte einiges in seinen Tagesablauf einfügen. Meist wachte er auf, wenn sich die Klappe mit dem Frühstück öffnete; er nahm sich Zeit, das Frühstück zu holen, ging erst aufs Klo, dann rieb er sich mit Zeigefinger und Wasser die Zähne, auch dafür ließ er sich Zeit, denn darum ging es: die Zeit ausfüllen. Danach Liegestütze, Sit-ups und Dehnungsübungen, erst dann aß er. Behutsam kauen, langsam trinken. Anschließend reinigte er sich wieder die Zähne. Er setzte sich auf die Matratze, dauerndes Liegen war zu vermeiden, das war für nachts vorgesehen.

Positive Fantasien! Jeden verdammten Tag tat er sich von Neuem damit schwer. Am Anfang dachte er an Frauen, an Sex, doch das brachte ihn sehr schnell auf Tandra und hinterließ ein tiefes Loch in seinem Magen. An Orte, die er mochte, die herbstlichen Wälder rund um Washington, den Waldgeruch, wenn er den Yellow Brick lief in Quantico, doch nichts konnte ihn wirklich lange aus seinem Gefängnis holen.

Dann versuchte er es mit Fallstudien, Serienkiller-Profile, die er gelesen hatte und an die er sich erinnern konnte, versuchte es, Wort für Wort, und tatsächlich, es hatte Erfolg, denn plötzlich ging die Klappe auf, Zeit für das Mittagessen.

Nate raffte sich auf und setzte sich. Er hätte sich nach dem Frühstück erst gar nicht wieder hinlegen sollen, heute war wirklich ein Scheißtag. Also gut, er räusperte sich, dann also laut, es war so weit, er musste laut sprechen. Er war wirklich ein Superagent – keine zehn Tage, und die ersten Symptome einer Depression standen an. Plötzlich hatte er ein heftiges Verlangen zu rauchen, vielleicht ein Glas Rotwein dazu, nein, eine Flasche, ja, einen Brunello oder Grave, so einen schweren, tiefroten Wein, Tandra in seinen Armen, auf seiner Haut, ihr Körper, der so gut roch …

„Stopp", sagte er laut, „ganz falsche Richtung." Sich selbst ermahnend griff er mit beiden Händen an seinen Kopf, starrte in das Schwarz. Ganz falsche Richtung, dahin durfte er nicht gehen, dort lag nur Grauen.

Verdammt, wo war er gestern stehen geblieben? Albright, Allen, Angelo, Archerd, ach ja, Armstrong war dran. Serienkiller – war das nun ein gutes oder schlechtes Zeichen? Wurde er verrückt oder war er es bereits vorher gewesen, da er sich an all die einzelnen Mörder erinnerte? Oder waren eigentlich alle Menschen, die zum FBI gingen, irgendwie verrückt?

„Fokus, Nate!", sagte er zu sich selbst und erhob seine Stimme lauter, als könnte er damit die Dunkelheit verscheuchen: „Baby Doll alias John Eric Armstrong, nachgewiesene Opfer vier, vermutete Opfer dreißig plus, überführt durch DNA-Analyse am Mord von Wendy Jordan, Vorab-Profil lag nicht vor."

Nate stoppte kurz und schüttelte in der Dunkelheit den Kopf. Wenn ihm jetzt jemand zuhörte, dann hielt man ihn bestimmt für verrückt ... Vielleicht opferten sie keine Verrückten auf dem Altar?

„BTK-Killer alias Dennis Lynn Rader, nachgewiesene Morde zehn, überführt durch eigene Idiotie." Nate schnaufte und sagte: „Agent Caim, bleiben Sie bei den Fakten. – Überführt durch eine CD-Rom, die Rader selbst an den Fernsehsender des KSAS in Wichita schickte. Profil erstellt 1997 durch die BSU in Quantico."

Nate suchte in seinem Gehirn nach dem Anfang des Profils, er war sicher, dass es da war, denn wenn er einmal etwas gelesen hatte, war es in seinem Gedächtnis. Ah, er wusste es!

Sonor redete er weiter: „Die Morde des BTK-Killers sind das Ergebnis einer ausgelebten Fantasie. Eine Fantasie, in der er sich zum ersten Mal in seinem Leben in einer Position von Bedeutung und Dominanz befindet. Er ist ein Mensch mit Minderwertigkeitskomplexen, ein Niemand, der sich ...

Don war im Soko-Raum des Washingtoner Büros, Gordon und Mario bei ihm, sie warteten auf Sims, der ein Dringlichkeitsmeeting einberufen hatte. Das Whiteboard zeigte zu den ermordeten und den immer noch entführten Mädchen jetzt zwei Fotos mehr, das von Dra und das von Nate, über den Bildern ein großes Fragezeichen. Sie hatten kaum etwas gefunden, der Rucksack war das einzige Indiz, dass die beiden Agenten irgendwann einmal auf der Farm gewesen waren. Es war zum Kotzen, entweder eine unglaublich gut organisierte Bande oder pure Magie, denn Don und sein Team von Experten hatten weder im Farmhaus noch in der Kirche auch nur einen einzigen Fingerabdruck gefunden. Als hätte man den Platz neu erschaffen, und selbst dann hätte es doch Fingerabdrücke geben müssen, zumindest von den Bauarbeitern oder Handwerkern – aber nichts, absolut nichts.

Ob die vielleicht doch mit übernatürlichen Kräften …? Don riss sich zusammen. Nein, Blödsinn, die sind nur clever organisiert und verfügen über eine Menge Kohle, anders wäre das nicht zu machen gewesen.

Die Tür öffnete sich, Sims kam herein. Er sah blass aus, die Haut seines Gesichts wirkte teigig. Er nickte kurz und ging zum Whiteboard, nahm den Schwamm und wischte das Fragezeichen über Dras Foto weg, dann nahm er das Foto und heftete es zu den ermordeten Mädchen.

„Nein …“ Don wollte es nicht glauben, nicht Tandra Romano, sie war die härteste Frau, die er je kennengelernt hatte, die klügste, nicht Tandra.

Sims blickte auf die drei Agenten, man sah ihm an, dass er sich schwertat mit dem, was er jetzt sagen musste.

„Heute Morgen wurde die Leiche von Agent Tandra Romano gefunden.“ Er stoppte und schluckte. „Man hat ihr die Kehle durchgeschnitten.“ Sims räusperte sich wieder, versuchte Zeit zu gewinnen, um sich zu fassen. „Nach den ersten Schätzungen starb sie etwa vor einer Woche.“ Er setzte sich in einen der Stühle seinem Team gegenüber, das nur noch aus diesen drei Männern bestand.

„Was ist mit Agent Caim?“, fragte Mario Seppa nüchtern.

Sims schüttelte nur den Kopf, er wusste es nicht, dann sah er Don an.

„Tut mir leid, ich habe die Obduktion einem deiner Kollegen überlassen, es ist wohl besser so.“

Don kämpfte mit den Tränen. Er schluckte hart. Gott sei Dank hast du das getan, war alles, was er jetzt dachte.

Sims riss sich zusammen.

„Also, Mario, Gordon, ihr nehmt den Bericht, alles muss in die Datenbank inklusive dem ViCAP, sucht Übereinstimmungen. Des Weiteren will ich jetzt alles, was ihr über Ritualmorde in den letzten zwanzig Jahren herausfinden könnt.“

Die beiden nickten betroffen.

„Seid ihr schon weiter mit den Besitzverhältnissen der Farm?“

„Es ist wie ein Irrgarten, ein Konsortium, viele Namen von Gesellschaften, doch sobald wir nach den Personen dahinter fahnden, nichts, wie eine Luftblase. Der involvierte Makler hatte nie Personenkontakt, alles lief per Computer, die Zahlung seiner Kommission von einem Interimskonto, eingerichtet bei der Chase Manhattan in New York, der Name hinter dem Konto ebenfalls Luft. Wir versuchen es gerade mit dem Stromanbieter und Wasserlieferanten der Farm, vielleicht war einer vom Kundendienst mal da, aber so weit sind wir noch nicht.“ Mario schüttelte den Kopf.

„Don?“ Sims sah, dass Donald gedanklich hundert Kilometer entfernt war, und wiederholte, jetzt lauter und bestimmter: „Don!?“

Er sah auf.

„Du wirst dich um den Fundort kümmern. Irgendetwas muss dort zurückgeblieben sein, wir müssen wissen, wo sie vorher war.“

Dons blasses Gesicht sah ihn an, dann nickte er abwesend.

„Nate?“, wiederholte er Marios Frage.

„Solange wir nicht seine Leiche finden, ist er ein vermisster Agent und lebt für uns. Morgen bekommen wir Verstärkung, ein weiterer Undercoveragent, er ist ein Mitglied der Bruderschaft und hat die beiden kurz vor ihrem Verschwinden getroffen. Sie wussten nichts voneinander, denn er ist von der Antiterroreinheit und hatte ganz andere Motive, sie zu infiltrieren. Vielleicht kann er uns helfen zu rekonstruieren, was passiert ist.“

Freitag, 27. Februar 2009

Tag 12

Zweihundertsechzig Sit-ups, einhundertzwanzig Liegestütze in einem Go, er fiel auf die Matratze. Es stank. Die Toilette war kurz vorm Überlaufen, die Blechnäpfe hatten das Fußende der Matratze erreicht, und er stank ebenfalls, nach Schweiß und Wahnsinn.

Sie waren da, jeden Tag die Mahlzeiten – er war nicht allein.

Er sprang auf, rannte gegen die Tür, schlug dagegen und schrie: „Ihr verdammten Arschlöcher, was wollt ihr von mir?! Scheiße, seid ihr zu feige zum Reden?!“ Dann fing er an zu kichern, hysterisch, ließ sich vollkommen sicher auf die Matratze fallen, denn er wusste genau, wie ein Blinder, was sich wo in seiner Zelle befand, seinem eigenen kleinen Irrenhaus.

Nate atmete, griff in sein Gesicht, der Bart irritierte ihn, es waren zwar nicht so viele Haare, doch genug, um sich selbst fremd zu fühlen.

„Scheiße, wo war ich …? Der Jacksonville Serial Killer alias Paul Durousseau …“

„Was war mit dem?“, fragte Tandra und küsste seinen Hals.

„Hey Süße, wie geht’s dir?“, fragte er, stand wieder auf und trat gegen das Klo, das verdächtig gluckerte. „Mann, wollt ihr, dass ich in meiner eigenen Scheiße ersaufe?!“

Er schrie wieder, zog an den Fäden seiner Augenbraue, die hätten schon vor sechs Tagen gezogen werden müssen, Scheiße!

„Durousseau, nachgewiesene Opfer sieben, mutmaßliche neun, überführt durch Zeugenaussagen, die ihn als den Taxifahrer der letzten beiden Opfer identifizierten.“ Nate lachte auf, das Lachen verebbte und wich einem Schluchzen: „Kein Profil … Der Highway Interstate Killer alias Larry Eyler, nachgewiesene Opfer dreiundzwanzig, überführt durch ein Opfer, das entkam, Freispruch aufgrund von Verfahrensfehlern, danach ermordete er dreiundzwanzig Männer, er war schwul“, fuhr Nate fort. „Seid ihr auch schwul?!“

Was tat er eigentlich? Das Abendessen war lange vorbei, er sollte auf der Matratze liegen und schlafen, müde genug war er. Routine, du vernachlässigst deine Routine!

Er trabte zum Bett und legte sich hin, die Decke lag schon seit ein paar Tagen über den Blechnäpfen, denn auch die fingen an zu stinken, seitdem leckte Nate die Näpfe sauber, keinen weiteren Schimmel. Er drehte sein Gesicht zur Wand, legte eine Hand unter seinen Kopf und schloss die Augen. Komisch, dass sie brannten. Wovon? Keine Reize, sein Sehnerv würde langsam, aber sicher verkümmern. Wie lange dauerte es, bis er blind wurde? Er wusste es nicht. Da musste er wieder kichern – viel blinder konnte er doch gar nicht werden!

Er dachte erst zu träumen, als sich die Tür öffnete, doch er hatte die Augen geöffnet und wenige Sekunden schien das Licht hell auf ihn, blendete ihn, weil er wach war. Die Tür schlug zu, aber er war nicht allein, da waren Körper, er drehte sich um, wollte gerade aufspringen, als Hände ihn ergriffen. Er hätte sich wehren können, doch das Gefühl, von Menschen berührt zu werden, endlich dieser dunklen Einsamkeit zu entfliehen, überwältigte Nate, er hielt still, keine Fesseln, sie banden ihm ein Tuch vor die Augen und die Tür wurde wieder geöffnet. Durch das Tuch sah er gedämpft Licht, sie wollten, dass sich seine Augen wieder daran gewöhnten, langsam. Waren das vielleicht seine Leute, die ihn retteten? Hätten sie dann nicht mit ihm gesprochen?

Die beiden führten ihn durch den Flur. Fasziniert, mehr als drei Schritte tun zu können, dachte er nicht einmal an Widerstand. Man brachte ihn in einen noch helleren Raum, weiß gefliest, nicht groß, aber geräumiger als seine Zelle. Dann waren sie plötzlich verschwunden, er war allein. Er zog die Binde herunter und schlug sofort die Hände vor die Augen, das tat weh, es war alles zu grell, zu weiß.

Nate wartete ein paar Minuten, bis die Punkte vor seinen Augen verschwanden, blinzelte, die Hände über den Augen wie einen Schirm, immer wieder kniff er sie zu, bis sich langsam Besserung einstellte.

Er sah sich um. Ein Waschbecken, eine Dusche, und stand da Duschgel … oder Shampoo? Er konnte es nicht fassen, taumelte darauf zu, drehte den Hahn auf und warmes Wasser ströhmte auf ihn nieder. Erst jetzt merkte er, dass er die Trainingshose noch anhatte. Schnell streifte er sie ab. Wie unglaublich! Er seifte sich immer und immer wieder ein, bis seine Fingerkuppen zusammenrunzelten vor lauter Feuchtigkeit. Seine Hände stützten sich gegen die Kacheln, der Strahl rann über den Nacken den Rücken hinunter. Das erste Mal, seit er hier war, entspannten sich seine Muskeln ein wenig, er atmete laut aus und drehte den Wasserhahn zu, griff eines der weißen Handtücher vom Haken und trocknete sich sorgfältig ab.

Sollte er nicht darüber nachdenken, was als Nächstes passierte, was sie vorhatten? Nate hörte in sich hinein, suchte die Angst, die so bleischwer seine ständige Begleiterin war, doch er fühlte nichts, sie war in der Dunkelheit geblieben.

Auf dem Waschbecken lagen eine Zahnbürste und eine Tube Zahnpasta. Es wurde immer besser! Er ging darauf zu, doch er stoppte, als er in den Spiegel sah, der über dem Becken hing. Ein vollbärtiges Etwas stand ihm gegenüber, mit feuchtem Haar, das über die Schultern hinweg reichte, rot entzündeten Augen und tiefen, dunklen Ringen darunter. Die rechte Augenbraue war wulstig und hässlich verschorft, am Mund eine scharfe, rosige Kruste vom Schnitt in die Lippe. Sein Oberkörper war wie immer. Trotzdem er seit zwei Wochen keinem UV-Licht mehr ausgesetzt gewesen war, wirkte seine Haut gebräunt. Er nahm die Zahnbürste und drückte sehr viel von der Zahnpasta darauf und er genoss es, sich die Zähne zu putzen, sehr lange, immer darauf bedacht, seine Wunde nicht aufzureißen.

Er griff an seine Augenlider, zog sie hoch und blickte intensiv in den Spiegel. Das war nur eine Bindehautentzündung von dem Schweiß und den Tränen, nichts Schlimmes. Da bemerkte er den elektrischen Rasierapparat. Das Kabel war in die Dose eingesteckt, Strom, ein Kabel, ich könnte mich umbringen, schoss es ihm durch den Kopf.

Auch wenn er es nicht zugeben wollte, daran hatte er täglich mindestens einmal gedacht, für später, falls es schlimmer wurde. Doch er gab es schnell auf, denn außer seine Zunge zu verschlucken oder den Kopf ins Campingklo zu stecken, war in der Zelle nichts möglich, selbst das Plastik der Wasserflaschen war nicht hart genug, um damit vernünftige Scherben hinzubekommen.

Aber gerade jetzt? Jetzt, wo er wieder lebte, sauber war?

Er schaltete den Rasierer an, es summte. Nate hatte sich immer nass rasiert und wusste im Grunde nicht genau, wie so ein

Ding funktionierte, doch er schob den Langhaarschneider fast automatisch hoch und fing an, die Haare aus seinem Gesicht zu entfernen. Als auch die letzten Stoppeln verschwanden, erkannte er sich. Längst nicht mehr so schlimm, dachte er, da der gewohnte Nate ihn anblickte. Das Rasierwasser in dem Glasflakon roch herb, holzig, wieder blitzte für einen Moment der Gedanke auf, den Flakon auf den Fließen zu zertrümmern, um die Scherben zu benutzen, doch alles, was er tat, war, das Rasierwasser in seine Hände zu schütten und das Brennen in seinem Gesicht zu genießen. Nicht jetzt, so weit war es noch lange nicht.

Die Ringe unter seinen Augen waren irgendwie nicht mehr so schlimm, auch wenn seine Augen selbst pechschwarz erschienen, keine Pupillen, ein schwarzer runder Kreis in dem rötlich entzündeten Weiß des Glaskörpers. Kein Wunder, dachte er, denn er wusste ja, dass sein Melaninhaushalt anormal war, seine Augenfarbe variierte, seit er denken konnte. Als Kind hatte man ihn gründlich untersucht, um herauszufinden, warum er mal hell-, mal dunkelblaue Augen hatte. Er war einer der wenigen Menschen, bei denen sich die Melaninsynthese im direkten Zusammenhang mit seinen Hormonausschüttungen reguliert. Adrenalin, Endorphin, Dopamin, all dies konnte zu einer sehr schnellen Veränderung seiner Augenfarbe führen und hatte gewisse, wenn auch nicht spontane Auswirkungen auf die Tönung seiner Haut. Ganz konnte keiner der Ärzte erklären, wieso sein Körper so reagierte. Da es keine negativen Auswirkungen bei ihm zeigte, außer dass es andere irritierte, war es ihm selbst relativ egal. Doch so schwarz hatte er seine eigenen Augen noch nie gesehen. Er musste in hohen Mengen Adrenalin und Dopamin – die typischen Stresshormone – ausschütten, um eine solche Färbung zu erzeugen. Testosteron oder die durch dieses gebildeten Endorphine hellten seine Augen auf bis hin zu einer Bernsteinfarbe, besonders beim Sex, wenn es stimmte, was Mary-Ann behauptet hatte. Tandra hatte nie darüber geredet; er bezweifelte, dass sie ihm dabei überhaupt in die Augen geschaut hatte.

Viel weiter kam er nicht mit seinen Gedanken, denn es öffnete sich die Tür, er schnellte herum und sah die beiden Männer, graue Overalls, Gesichtsmasken aus Leder, zwei Sehschlitze und eine Mundöffnung. Sie kamen auf ihn zu und ergriffen die Stoffbinde, um seine Augen wieder zu verdecken, doch dieses Mal legten sie noch eine weitere Lage darüber, er legte seine Hand darauf und für den kurzen Moment, bevor ihm der Arm heruntergerissen wurden, konnte er Leder fühlen. Er war wieder in die Dunkelheit zurückgekehrt und sofort war seine Begleiterin wieder bei ihm, die Angst. Sie fesselten ihn nicht, packten seine Oberarme in einen festen Griff und führten ihn. Warum zum Teufel wehrte er sich eigentlich nicht?

Ein anderer Raum, glatte, kalte Fließen unter seinen Fußsohlen, nicht seine Zelle, mehr Menschen anwesend, nur ein Gefühl. Nate wurde auf einen Tisch bugsiert, man legte ihn auf den Bauch, Metall, glattes Metall, wie die Seziertische in der Pathologie, seine Arme jedoch rechts und links ausgebreitet.

Oh Gott, was kommt jetzt?

Seine Beine wurden mit Lederriemen festgeschnallt, ebenso seine Oberarme, ein breiter Riemen über sein Kreuzbein, jetzt fing er an zu zappeln, doch es war schon zu spät, ein letzter schloss sich fest über seinem Nacken und drückte seine Wange an den kalten Tisch.

„Was wollt ihr von mir?! Was soll das?!"

Endlich hatte er Worte gefunden. Keine Antwort. Irgendetwas wurde auf seinen Rücken gesprüht, er roch ein Antiseptikum, dann ein plötzliches Surren von einem elektrischen Gerät, es hörte sich nach einer Autopsiesäge an. Oh nein! Nate zerrte an allen Gurten gleichzeitig, ruckelte hin und her auf dem Tisch, fing an zu schreien.

Eine genervte, heisere Stimme erklang, ein Mann: „Wenn er nicht stillhält, geht das nicht!"

Nate verstummte sofort.

Dann eine dunkle, sonore Stimme, das war er, der Kerl mit dem Dolch, der Tandra … Nate erkannte ihn, diese Stimme vergäße er nie mehr. Sein Herz fing an zu rasen, er keuchte, als liefe er.

„Es wird nur geringfügig schmerzen, doch wenn du nicht stillhältst, dann wird es sehr schmerzen."

„Du verdammtes Arschloch!", war alles, was Nate herausbrachte, und schon spürte er etwas Kaltes an der Innenseite eines seiner Oberschenkel, ein kleiner Schnitt, er zuckte, ein wenig Blut trat aus. Jemand drückte Stoff darauf.

„Wie ich sagte, es KANN sehr schmerzhaft werden. Lieg still und sei still, dann ist es schnell vorbei." Jedes Wort sorgfältig artikuliert und gnadenlos gesprochen.

Es bildeten sich Schweißtropfen auf Nates Stirn, er versuchte ruhig zu liegen, das Surren kam näher, dann kleine Einstiche in Höhe des siebten Halswirbels, es war nicht besonders schmerzhaft, eher unangenehm. Einstiche, tupfen, Einstiche, tupfen. Die Zeit verging, Nate atmete ruhiger, sein Herzschlag war runtergegangen, und er versuchte, nicht so verkrampft zu liegen. Man tätowierte ihn. Wurden das Engelsflügel wie bei den toten Mädchen? Aber die waren ja nicht sehr groß, das würde nicht so lange dauern, und der Mann war schon viel zu lange mit seinem Rücken beschäftigt. Sein Tattoo wurde größer.

Einstiche, tupfen, Einstiche, tupfen.

Seine Wange wurde langsam taub, aber der Riemen auf seinem Nacken gab ihm keine Möglichkeit, den Kopf zu drehen. Wie viel Zeit war vergangen?

Einstiche, tupfen, Einstiche.

Seine Nerven lagen blank von dem unangenehmen Stechen, außerdem musste er dringend pinkeln.

„Aufhören, ich kann nicht mehr und muss aufs Klo!"

Das Surren stoppte. Tupfen, eine Creme wurde verstrichen, sein Rücken abgedeckt mit einer Art Plastikfolie, von Klebestreifen fixiert, dann endlich lösten sie die Gurte, und er richtete sich langsam auf. Nate wollte nach seinem Rücken greifen, doch er wurde davon abgehalten. Berührungen an seinen Handgelenken, er wurde wieder geführt, gestoppt, er griff nach vorne und ertastete ein Pissoir. Okay, dachte er, keine Ahnung, ob ich treffe, aber das ist auch egal.

Er fühlte sich etwas besser, auch wenn seine Haut auf dem Rücken irritierend zu brennen begann. Was passierte jetzt? Zurück in die Zelle? Eins wusste er mit Sicherheit, heute blieb er am Leben, er hatte sich gerade Leben erkauft, denn dieses Tattoo war noch lange nicht fertig, heute und morgen würde er leben.

Man drückte ihn runter auf einen Stuhl, wieder Riemen um die Beine und Unterarme, um ihn daran zu hindern aufzustehen. Es war nicht so unbequem wie auf dem Tisch, er hatte mehr Bewegungsfreiheit. Was wollten sie jetzt von ihm?! Keinen Schmerz mehr, bitte, auch wenn es ein noch so geringer ist! Fast sehnte er sich nach der Matratze in seiner Zelle.

„Nathaniel?"

Eine Frauenstimme, sie war jung, melodisch und hörte sich so gut an, es war das erste Tröstliche, was er hier vernahm. Nate nickte, wollte, dass sie weiterredete.

„Hör mir zu", sagte sie sanft.

Sie konnte nicht weit entfernt sein, er konnte sie riechen. Sie roch gut, irgendwie frisch, nach Meer und Sonne.

„Wir können das nun sehr angenehm gestalten, wenn du dich entspannst und einfach nur genießt." Ein verführerischer Unterton schwang in dem Gesagten mit.

„Was soll ich genießen?", fragte er überrascht.

„Deinen Orgasmus."

„Meinen was?! Seid ihr alle wahnsinnig?!", polterte er entsetzt heraus, seine Stimme überschlug sich dabei.

„Hör mir zu", begann sie wieder, schon bedrohlicher, „ich werde das nur noch ein Mal sagen: Wenn du dich entspannst, dann kann es sehr angenehm werden, für dich und für mich, doch wenn du dich weigerst, dagegen auflehnst, dann wird es anstrengend, auch für mich, doch es wird dir nicht helfen, ich bekomme, was ich begehre."

Ein feuchter Lappen, sie schien ihn zu säubern, dann spürte er zwei weiche Hände auf seinen Oberschenkeln, die sich langsam, fast streichelnd, hochschoben.

„Aufhören, hör auf damit!"

„Schweig!"

Wieder seine Stimme, er stand direkt hinter ihm, Metall auf seiner Schulter, schnell nickte Nate.

Das Messer verschwand, sie fuhr mit ihren Bewegungen fort, seitlich zu seinen Hüften, dann wieder hinunter zu seinem Schamhaar, reizte ihn mit den Fingerspitzen, fast liebevoll. Nate konnte es gar nicht verhindern, er bekam eine Erektion.

Er spürte ihren Mund, sie nahm ihn zwischen ihre Lippen und dann tief in den Mund, Nate stöhnte, lehnte sich zurück, sein Rücken brannte, doch er ließ sich gehen, fühlte sie, die Feuchtigkeit, ihre Zunge, das Saugen. Er atmete schwer, sie wurde schneller, umschloss ihn fester.

„Ja", entfuhr es ihm rau.

Ihre Hand griff zu und unterstützte die Bewegungen des Mundes. Der Orgasmus überspülte ihn, er kam in ihrem Mund.

Sein Herz klopfte wild und schnell, sie hatte ihn losgelassen, sein Unterleib zuckte immer noch, er hörte ein Spucken, na so groß ist die Liebe auch wieder nicht, dachte er abwesend, vollkommen der Situation, in der er sich befand, entrückt. Doch die kam schrittweise wieder näher, je mehr diese Empfindungen abflauten.

Wieder das nasse Tuch, dann wurden seine Fesseln gelöst, Hände führten ihn, stoppten ihn, eine Tür ging auf, die Augenbinde wurde abgenommen, ein kurzer Stoß in den Raum, ein letzter Blick, bevor es wieder dunkel wurde, er war zurück in seiner Zelle.

Nate ließ sich auf die Matratze fallen und bereute es sofort, als sein Rücken Kontakt bekam. Grunzend drehte er sich auf den Bauch und schob das Kissen weg.

Er lebte, immerhin, er lebte, er wurde tätowiert und man hatte ihn … was? Vergewaltigt? Nicht so richtig, oder doch? Seine Augen fielen zu, er war vollkommen erschöpft.

„Myrtha, eigentlich Myriell Angela Gibbens, langjähriges Mitglied der Bruderschaft der Engel, achtundzwanzig, ziemlich irre, die Kleine."

Agent Gab Warell sah in die Runde. Der kleine Rothaarige mit Brille, McSimmens – der Chef des CASMIRC – und die beiden Typen, die eher wie Rausschmeißer aussahen. Sein Blick glitt über das Whiteboard, die Fotos von Nate und der Frau mit dem eigenartigen Namen Tandra.

„Hören Sie, ich kann Ihnen nicht so viel sagen, ich hatte meinen Fokus nicht auf die beiden Neuen gerichtet. Ich bin seit sieben Monaten bei der Bruderschaft, nur wegen einer Anzeige auf der Homepage, einer Bombendrohung, ich bin bei der Antiterroreinheit des Bureaus, und so was ist Routine für uns."

Warell sah ganz und gar nicht nach Antiterroreinheit aus: Jeans, Flanellhemd, blondes Haar weit über die Schultern, Dreitagebart. Eine Figur aus einem von Jack Londons Romanen, aber bestimmt nicht Antiterror. Ein guter Undercoveragent.

„Wir klammern uns an Strohhalme, Agent Warell. Einer unserer Leute ist tot, der andere wird vermisst. Erzählen Sie einfach alles, was Sie mitbekommen haben, egal, wie profan.“ Sims sah ihn streng an.

Warell verschränkte die Arme und blickte zur Decke, als ob er nachdächte.

„Es war in der ersten Januarwoche, Dra, oder wie auch immer ihre Kollegin hieß, kam mit diesem Typen, sie war bekannt in der Bruderschaft, war kein Mitglied, aber als Mitläufer toleriert, sie trieb sich auch bei den Loving Angels rum. Na ja, wie auch immer. Sie kam mit ihm, stellte ihn als Nathaniel vor, er machte Eindruck ... sein Auftreten ... seine Größe ... und dann hieß er noch Nathaniel. In den Kreisen, in denen ich mich bewege, bedeutet der Name Nathaniel ‚Jener, dem Gott es gegeben hat‘.“

Er griff in die Brusttasche seines Hemdes und zog ein Päckchen Zigaretten hervor, hielt es fragend zu Sims, der nickte, und Warell zündete sich eine Kippe an.

„Ich hab mich nicht weiter um die beiden gekümmert, ich weiß nur, dass Dra mit John Hades rumhing, das tat sie schon, bevor Ihr Neuer erschien, und John war nicht begeistert, als der auftauchte. Das legte sich aber, denn dieser Nathaniel fing was mit Myrtha an, wissen Sie, es wird viel ... na ja, man ist nicht gerade prüde in diesen Kreisen.“ Er verzog den Mund, bevor er weiterredete: „Myrtha oder Myriell, wie sie wirklich heißt, ist ein komisches Mädchen. Sie gehört zum engeren Kreis der Sekte, auch wenn sie aussieht, als könnte sie kein Wässerchen trüben, die Unschuld selbst. Nun, sie testet alle Neuen, ich hatte auch das Vergnügen.“

„Testen?“ Der kleine Rothaarige sah ihn an.

„Mann, sie fickt alle, die neu dazukommen. Die Bruderschaft glaubt, dass beim Sex das wahre Ich erscheine.“

„Ach du Scheiße“, brummte Sims, und es war gar nicht seine Art zu fluchen.

„Ja“, fuhr Warell fort, „Ihr Agent hat es wohl drauf gehabt, sie war ganz high von ihm. Auf jeden Fall verschwanden die beiden zwei, drei Tage später, man munkelte, dass sie den Desperates vorgestellt wurden. Myrtha war dann auch irgendwann weg, ich glaube, am sechzehnten oder siebzehnten Februar.“

„Wie kommt man in Kontakt mit diesen Desperates?“

„Davon habe ich nur gehört. Sie sind eine Art höhere Stufe der Bruderschaft, die kann man nur durch Empfehlung erreichen, bisher habe ich nur einen kennengelernt, der das geschafft hat, und den habe ich nie wiedergesehen.“

„Wer war das?“

„Er war mein Anwerber, derjenige, der mich in die Bruderschaft geholt hat, von der Straße, er nannte sich nur Eze, später hörte ich, dass er Ezequeel genannt wurde. Wieder so ein Scheiß, der Name eines gefallenen Engels, der es mit Menschenfrauen trieb. Wie ich schon sagte, ziemlich …“

„Was meinst du mit ‚er trieb es mit Menschenfrauen‘?“, unterbrach ihn Don.

„Kennst du dich aus mit dem Buch Henoch oder dem kleinen Buch Genesis?“

Don schüttelte den Kopf.

„Also ich bin kein Experte, habe das nur nachgelesen, um bibelsicher zu sein bei denen. Kurzform – okay? Gott schickt zweihundert Engel auf die Erde, um über die Menschen zu wachen, die Engel vergucken sich aber in die Menschenfrauen und treiben es mit ihnen, es werden Kinder gezeugt, die sogenannten Nephilim, sehr große, schöne Wesen, die weder Mensch noch Engel sind. Gott ist stinksauer, verbannt die zweihundert Engel in einen unterirdischen Kerker und schickt die Sintflut, um alle Nephilim zu töten.“

„Nephilim … davon hat Tandra auch gesprochen“, meinte Don.

„Auf jeden Fall ist der Name Ezequeel – auch Azkeel genannt – der eines gefallenen Engels. Wir haben nie seinen richtigen Namen herausbekommen. Die Fingerabdrücke, die ich prüfen ließ, ergaben nichts. Er verschwand wie eure Agenten und Myrtha."

„Haben Sie irgendeine Ahnung, welche Ziele die Desperate Angels verfolgen?", fragte Don ungeduldig.

„Nein, es gibt nichts Offizielles. Sie sind als konservativ bekannt, keine Orgien, na ja, das bedeutet, keinen freizügigen Sex, keine Drogen, noch nicht einmal Alkohol. Es wird nur gemunkelt."

„Was?"

„Myrtha hat mal was erzählt, aber ich muss dazu sagen, sie war ziemlich zugekokst. Sie suchen einen Gefallenen, wollen die Rasse wiederauferstehen lassen, irgend so was. Damit soll das Ende der Welt verhindert werden. Vergessen Sie nicht, das sind alles ziemlich verrückte Leute, doch bisher sehr harmlos, jedenfalls die Bruderschaft, was mit den Desperates los ist, weiß ich nicht."

Warell ließ seine Zigarette in den halbvollen Kaffeebecher fallen. Don betrachtete ihn über seine Brillengläser hinweg. Sah er schon Gespenster oder war dieser Agent mehr, als er vorgab? Etwas stimmte mit ihm nicht, irgendetwas war nicht ganz koscher mit seiner flapsigen Art. Da war mehr, als er erzählte. Ohne weiter darüber nachzudenken, meinte Don plötzlich: „Sag mal, Gab – ist das eine Abkürzung von Gabriel?"

Gab sah ihn an und fing schallend an zu lachen.

„Willst du mit undercover? Könnte noch einen Irren wie dich gebrauchen! Ja, Gab ist eine Abkürzung für Gabriel, genau wie Nick eine Abkürzung für Nikolaus ist – sonst noch Fragen?" Seine hellblauen Augen blitzten.

Freitag, 27. März 2009

Tag 40

Fünfhundertzweiundsiebzig Sit-ups, dreihundertfünfundvierzig Liegestütze, der Green River Killer, Gary Leon Ridgway, achtundvierzig erwiesene Opfer, einundsiebzig vermutete. Nate war bei R angekommen, ziemlich weit im Alphabet. Mittlerweile beschwor er seine Serienkiller auch im Stillen während der allabendlichen Tattoosession.

„Ridgway wurde beobachtet, als Marie Malvar, eine achtzehnjährige Prostituierte, in seinen Pick-up einstieg, am Pacific Highway South im Jahr 1983. Ihm konnte nichts nachgewiesen werden, bis eine DNA-Analyse im Jahre 2001 zu seiner Verhaftung führte. Er war damals zweiundfünfzig Jahre alt."

Dann wurde Nate vergewaltigt ...

Einmal nur hatte er sich mit allen Mitteln gewehrt, und sie hatte recht, nach Stunden bekam sie, was sie wollte, und er konnte am nächsten Tag noch nicht einmal pissen ohne das Gefühl, sein Schwanz fiele jeden Moment ab. Zwei Tage Ruhe, solange er wund war, dann ging alles von vorne los.

Mittlerweile klinkte er seinen Kopf aus, er lehnte sich zurück und versuchte, alles nur laufen zu lassen. Nicht einfach, meist dauerte es zehn, manchmal bis zu zwanzig Minuten, doch dann hatte er eine Ejakulation, Handjob oder Blowjob.

Dann einundzwanzig Stunden Dunkelheit, bis diese eine Stunde des Lichts kam, in dem Badezimmer. Klar, sie hatten mittlerweile den Rasierer durch einen mit Akku ersetzt. Er konnte sich selbst höchstens den Schädel mit dem Ding einschlagen. Es gab auch keinen Glasflakon mehr, der war durch Plastik ersetzt. Aber er wurde kurzfristig wieder ein Mensch in dieser Stunde. Wasser, Wärme, Wohlgeruch, ein Spiegel, sehen und leben.

Wenn er in den Spiegel schaute, spielte er immer ein Spiel: *Wie alt ist dieser Mann?*, so hieß es. Manchmal, an guten Tagen, war die Antwort: Dreißig? An den schlechten Tagen: Fünfzig!

Nate taumelte auf dem schmalen Grat seiner aufs Äußerste belasteten Psyche, dieser dünnen Linie, die festen Boden bedeutet oder den Abgrund des Wahnsinns. Er hatte gedacht, dass Taubheit helfen würde, er versuchte es, wann war das? Tag dreißig, ja, er war taub, hatte sich in die Ecke der Dusche gesetzt, kein Wasser, kein Rasieren, sie waren gekommen, hatten kurz geflucht, und dann kam er, der mit dem Dolch, und stieß ihn tief in Nates Ellenbogengelenk – Gott, er schrie, solche Schmerzen hatte er nie zuvor erlebt, ein Stich in die Knochenhaut.

Sie hatten ihn verarztet, eine Infektion eingedämmt, er war nicht stark verletzt und es heilte schnell, doch er verstieß nie mehr gegen die Regeln, denn sie wussten genau, wie man Schmerzen bereitet.

Selbst heute spürte er seinen Ellenbogen bei den Liegestützen, doch er überging es, es war okay, es erinnerte ihn daran, zu funktionieren. Seit dem Tag hatte er kein einziges Wort mehr an sie gerichtet, sprach nur in seiner Zelle, wenn er allein im Dunkeln war.

„Michael Bruce Ross, der Connecticut Serial Killer, acht erwiesene Morde, Zeugenaussagen beschreiben einen blauen Datsun“, Nate hielt inne, stöhnte angenervt über sich selbst und korrigierte sich: „einen blauen Toyota, er ist der erste von dreitausendsechshundert Fahrzeughaltern, der befragt wird, gesteht sehr schnell, die acht Mädchen getötet zu haben, wird zum Tode verurteilt, Hinrichtung im Jahre 2001 durch Giftspritze.“

Giftspritze …, dachte Nate, kein so schlechter Tod … Wie spät war es? Abend? Er verlor die Übersicht, die Blechnäpfe und Wasserflaschen wurden nun täglich abgeholt, das Klo gereinigt, seine Matratze lag auf einem Bettrahmen, sie hatten ihm Toilettenpapier gegeben. Doch die Dunkelheit, die war immer noch da.

Sein Rücken heilte und blutete, heilte und blutete, heilte und blutete ... Mittlerweile zog sich das Tattoo großflächig vom siebten Wirbel zu den Schulterblättern, über die hinteren Rippenbögen zum Kreuzbein. Dort war das Tätowieren besonders unangenehm. Manchmal stellte er sich vor, was es wohl darstellte, das Kunstwerk, das entstand, denn das war es, sein heiserer Künstler, der das surrend-quälende Gerät in der Hand hielt, litt ebenso wie Nate, manchmal grunzte er vor Anstrengung, wenn er sich schwer auf seinem Rücken abstützte, manchmal kam ein Laut der Verzückung über seine Lippen. Doch Nate konnte es nicht sehen, selbst im Badezimmer verdeckte eine dunkle Folie seinen Rücken zum Schutz, wenn er duschte, und den Mut, sie abzumachen und sich im Spiegel anzusehen, hatte er nicht, seine Nemesis mit dem Dolch hatte es ihm ausdrücklich verboten.

Einmal hatte er darüber nachgedacht, wie er das Scheißding später wieder loswerden könnte, dann begann er hysterisch zu lachen, weil es egal war, es gab kein Leben danach ...

Wenn seine Gefangenschaft auch nur einen Moment mit dem Zeitraum der entführten Kinder im Einklang stand, dann hatte er noch nicht einmal die Hälfte hinter sich. Neunzig Tage, das war die magische Zahl. Das Alphabet hatte aber nur sechsundzwanzig Buchstaben, und er war mit seinen Serienmördern bereits bei R angekommen. Nate rechnete nach, es blieben ihm nur noch sechsundzwanzig, bis er bei Robert Lee Yates ankommen würde, weitere dreizehn weibliche und dann noch mal fünfzehn der Paar- oder Gruppenmörder, insgesamt vierundfünfzig. Er musste haushalten, einen pro Tag, dann hätte er vier übrig, um das Schlimmste zu meistern.

Die Grenze, die am Abgrund zum endgültigen Wahnsinn verläuft, ist nun einmal dünn.

KAPITEL VIER

Dienstag, 5. Mai 2009

„Herrschaften, uns bläst ein verdammt eisiger Wind um die Ohren. Mit den beiden Mädchen, die vorgestern und gestern gefunden wurden, haben wir fünf tote Mädchen, eine tote FBI-Agentin und immer noch zwei vermisste Personen. Wie Sie wissen, ist die Presse informiert worden und die Hexenjagd hat begonnen, die Geschichte wird bis zum Erbrechen ausgeschlachtet werden. Darum sind Sie hier, wir brauchen einen Erfolg! Noch nie stand eine Soko so dämlich da, noch nie gab es keinen einzigen Verdächtigen, keinen Anhaltspunkt. Ich erwarte von Ihnen Ergebnisse, und das innerhalb der nächsten Wochen, sonst werde ich Konsequenzen ziehen!"

Der große, grauhaarige Mann nickte McSimmens mit einem harten Gesicht zu und verließ den Besprechungsraum. Für seine vierundsechzig Jahre war der Chef des FBI immer noch in Topform, und jeder in diesem Raum wusste, dass seine Worte keine leeren Drohungen waren, denn war erst einmal der Direktor des FBI involviert, war auch der Präsident der Vereinigten Staaten über die Ermittlungen informiert. All das war keine Überraschung, wenn man bedachte, wer die Familien der toten Mädchen waren. Die Tochter eines Gouverneurs, eines Großindustriellen, einer bekannten Sängerin und nun Sandra Coburn, ihr Vater war einer der reichsten und erfolgreichsten Broker in New York. Maria Silvestri hatte man gestern gefunden, ihrer Familie gehörte die Hotelkette Silvestri Palace, die über ganz Amerika hunderte Häuser hatte. Doch Sims mutmaßte, dass Tanja Semonin, das letzte vermisste Mädchen, der Grund war für die politische Welle, die momentan das FBI unter sich zu begraben drohte. Alexander Semonin, Multimilliardär, russischer Staatsbürger, Gas, Öl, in den USA lebend, mit Diplomatenstatus; wie weit sein politischer Arm reichte, konnte selbst Sims nicht erahnen. Er hatte sich vor zwei Tagen mit der Presse kurzgeschlossen und das Unglaubliche getan: eine Belohnung von achtzig Millionen US-Dollar ausgerufen für jeden, der ihm seine Tochter lebend zurückbrächte. Diese Summe stellte alles in den Schatten, was jemals dagewesen war, sie überschritt sogar die Prämie des Senats, die auf Osama bin Ladens Kopf ausgesetzt worden war.

„Sir?"

Der junge Agent riss Sims aus den Gedanken. McSimmens trat vor die neue Soko Angel. Es saßen dreißig Männer und Frauen vor ihm, und ihm war klar, das war auch seine letzte Chance, wenn diese Soko nicht weiterkam, dann waren seine Tage beim FBI gezählt.

„Sie haben gehört, was man von uns erwartet. Durch die Aussetzung der Belohnung werden wir Tausende von Amateurschnüfflern um uns herum haben. Das Wichtigste ist, dass keinerlei Informationen, aber auch wirklich nicht die geringste Kleinigkeit nach draußen dringt – haben Sie mich verstanden? Don wird Sie auf den neusten Stand bringen."

Donald stellte sich vor die Gruppe, sein karottenrotes Haar verlieh seinem blassen Gesicht einen kranken Ton und seine dunklen Augenringe sorgten für den Rest.

„Wir haben eine Veränderung im Schema, die beiden Mädchen Coburn, vierzehn, und Silvestri, fünfzehn, wurden genauso arrangiert vorgefunden wie auch schon die ersten drei Opfer: weiße Kleider, Engelsflügel-Tattoo, gesäubert. Auch sie wurden vergiftet, aber es gibt einen eklatanten Unterschied: Das Sperma, das bei Ihnen gefunden wurde, entspricht nicht dem DNA-Abdruck der ersten drei Leichen. Es stimmt aber überein mit der DNA, die wir bei Tandra Romano fanden, somit reden wir von einem anderen oder einem Täterpaar, das mit der Sekte zusammenarbeitet oder Teil der Sekte ist. Des Weiteren wurden die beiden Mädchen Ende Dezember entführt, was bedeutet, sie waren fünf Monate in der Gewalt ihrer Entführer. Wir nehmen an, dass man sich mehr Zeit nahm und auf eine Schwangerschaft hoffte, falls unsere Theorie in dieser Hinsicht stimmt. Bei beiden Mädchen hatte der monatliche Zyklus gerade eingesetzt, als wir ihre Leichen fanden. Tanja Semonin – sie wird ebenfalls seit Dezember vermisst und ist nicht wieder aufgetaucht. Was ihren Fall speziell macht: Als man sie entführte, hatte sie ihre erste Menstruation noch nicht, das könnte erklären, warum sie noch am Leben ist, hoffe ich wenigstens."

„Agent Viggen, wie passt das Verschwinden von Agent Caim in das Bild?"

Don sah die junge Agentin an und schüttelte den Kopf.

„Wir haben keine Ahnung. Als man Tandra, Agent Romano, tot fand, rechneten wir auch damit, Agent Caim bald zu finden, doch es gibt keine Spur. Entweder er ist tot und man hat ihn so entsorgt, dass wir ihn nie finden, oder aus irgendeinem Grunde lebt er noch und ist in der Hand der Sekte."

„Haben Sie noch Fragen?"

Es blieb still im Raum.

„Gut." Sims erhob sich wieder. „Agents Seppa und Viggen werden Sie einweisen."

Mittwoch, 6. Mai 2009

Tag 80

Man kann seine Zunge nicht verschlucken, das hatte er probiert, es geht nicht. Auch kann man die Luft nicht bis zur Ohnmacht anhalten, die Lebensreflexe zwingen einen, wieder zu atmen. Ohne Hilfsmittel, die den erlösenden Tod bringen, ist man verflucht zum Leben. Klar, er hätte mit dem Trinken aufhören können, doch das war so schmerzhaft wie ein Messer an gewissen Stellen, wenn man sich nicht fügt. Eigentlich wollte er leben und darum lebte er noch.

„Arthur John Shawcross, der Genesee River Killer, ermordete zwei Kinder 1972 ..." Shit, ihm fielen die Namen nicht mehr ein! Nate stand auf und ging zur Wand, er schlug dagegen, wie hieß er, der Junge ... Black ... Bracke ... Seine Hand schmerzte von den Schlägen, dann fiel es ihm ein: „Jack Blake, zehn Jahre alt, erdrosselt und missbraucht, dann Karen Amanda" – war es Amanda?, nein – „Karen Ann Hill, acht Jahre. Er wurde verhaftet aufgrund der Aussagen von Zeugen, die ihn an den fraglichen Tagen beim Angeln am Fluss gesehen hatten. Anklage und Urteil, fünfundzwanzig Jahre. Im Jahre 1987 bereits wieder auf freiem Fuß, zwischen 1988 und 1990 ermordete er elf Prostituierte und entsorgte sie in der Nähe des Genesee River. Aufgrund des psychologischen Gutachtens wurde er endgültig verhaftet, wie erwartet kehrte er zu den Fundorten zurück. Shawcross erhielt eine Strafe von zweihundertfünfzig Jahren Haft ..." Nate lächelte, zweihundertfünfzig Jahre, ich bin achtzig Tage hier ... Na ja, Shawcross saß nicht im Dunkeln.

Tandra, da war sie wieder, sie kam jetzt öfter.

„Hallo Babe, wie geht es dir?" Das fragte sie in den letzten Tagen.

„Gut", antwortete Nate dann mechanisch und erzählte ihr von seinen Serienmördern. „Kennst du Robert Joseph Silveria?" Meist schüttelte sie den Kopf, dann redete er ausführlicher: „Weißt du, er hat einfach vierzehn Menschen umgebracht, und das sind nur die bekannten, man vermutet, tatsächlich sind es vierunddreißig, kannst du dir das vorstellen?"

„Babe, wir sind nicht zum Spaß hier, ich erwarte einen formellen Bericht."

Es war schön, wenn sie lächelte.

„Okay, R. J. Silveria a.k.a. Boxcar Murderer, tut mir leid, ich erinnere mich nicht."

„Das macht nichts, Agent Caim" – Tandras Worte waren so sanft – „nimm den Nächsten."

Dann war sie wieder weg.

Seit einer Woche war er extrem nervös, wenn sie ihn am Abend holten, denn seine Lebensversicherung war abgelaufen. Das letzte Mal, dass er tätowiert wurde, war nun sieben Tage her, schon einmal vor drei Wochen hatte er große Angst bekommen, als sein Künstler erleichtert meinte, dass sein Rücken endlich fertig sei. Doch den darauffolgenden Abend begann er mit den Schultern und Oberarmen. Und jetzt – seit sieben Tagen nichts mehr, er trug immer noch die Folie, aber er spürte, dass die kleinen Wunden längst verheilt waren.

Sie kamen, führten ihn in den Duschraum, doch dann brach ihm kalter Schweiß aus, denn bevor sie gingen, zogen sie ihm die Folie von Rücken und Armen. Er stand allein wie immer in dem hellen, weißen Raum, und seine Augen versuchten sich ans Licht zu gewöhnen. Als er einigermaßen sehen konnte, näherte er sich dem Spiegel, der mittlerweile durch eine reflektierende Metallplatte ersetzt war. Mein Gott, sie hatten wirklich Erfahrung mit der Psychologie des Folterns, sie wussten, dass er in der Lage war, sich die Kehle aufzuschneiden, bekäme er nur die Gelegenheit.

Nate trat vor den Spiegel. Seine Augen waren pechschwarz, seine Hautfarbe dunkel, als hätte er sich einen Urlaub in der Karibik geleistet, selbst die Farbe seines Haaransatzes war erheblich dunkler als die braunen Spitzen.

Melaninausschüttung, seine Aminosäuren waren durchgedreht mit all dem Adrenalin, das sein Körper erzeugte. Er sah gesünder aus als zu Beginn seiner Gefangenschaft. Seine Augenringe fielen fast nicht auf.

Langsam drehte er sich um und blickte über die Schulter. Ihm stockte der Atem. Was einmal sein Rücken war, zeigte nun ein Bild, es war perfekt aus feinen schwarzen Linien gezogen. Ein Engel, hoch gewachsen, mit einem schönen Körper, fließend langes Haar bis zu den Hüften. Aufrecht stehend, stolz mit einem Schwert in seinen Händen, deren Spitze den Boden berührte, die massigen Flügel zogen sich bis zur Mitte seiner Unterarme, und wenn Nate seine Schultern hochzog und die Arme bewegte, sah man den Flügelschlag und erwartete, der Engel müsse sich erheben von seinem Rücken und davonschweben. Es war wunderschön, ein wahres Kunstwerk, doch Nate starrte nur auf das Gesicht des Engels. Es war sein eigenes.

Irgendwann hatte er sich losgerissen von dem Anblick, verwirrt, doch mit mehr Hoffnung – warum sollten sie ihn töten, nachdem ein solches Kunstwerk erschaffen worden war? Als sie ihn holten, gelang es ihm kaum, die Leere in seinem Kopf zu erzeugen, die er brauchte, um den verdammten Stuhl zu ertragen und was mit ihm darauf passierte.

Die Frauen hatten gewechselt im Laufe der Zeit, und er konnte sie nur durch ihren Geruch unterscheiden, denn er wollte sie nicht aufgrund ihrer Bewegungen erkennen, daran versuchte er nicht zu denken. Diese war etwa seit zehn Tagen bei ihm, er nannte sie für sich Beverly, nach Beverly Gail Allitt, dem Angel of Death, einer Kindermörderin aus England in den frühen Neunzigern. Beverly war schnell und geschickt, sie ließ ihn nicht leiden, genau wie Beverly Gail die Kinder nie hatte leiden lassen, sie hatte ihren Opfern Chloride injiziert, die zum sofortigen Herzstillstand führten.

Nate lehnte sich zurück und hoffte auf die so barmherzige Schnelligkeit, die Beverly immer an den Tag legte, doch heute war sie anders drauf. Anstatt sofort zur Sache zu kommen, setzte sie sich rittlings auf seinen Schoß, er spürte ihre nackte Haut und ihren Kopf, die Lippen an seinem Gesicht. Was sollte das?

„Hör mir gut zu", flüsterte sie plötzlich in sein Ohr, während ihre Zunge damit spielte, „nicht viel Zeit, sie kommen bald wieder, in fünf Tagen kommt es zum Ritual, mach, was sie verlangen, und ich kann euch beide retten."

„Was?", hauchte Nate hastig, doch sie legte sanft einen Finger auf seine Lippen, als wollte sie mit ihm spielen.

„Halt den Mund, du darfst nicht reden. In fünf Tagen, tue einfach, was sie von dir verlangen, dann leben du und das Mädchen, verstanden? Ich hole Hilfe, hier und jetzt kann ich nichts machen, ich muss warten, bis der Ort des Rituals bekannt wird, das ist kurzfristig. Jetzt kommt das Wichtigste: Mein Name ist Olivia Marren, merke dir das gut, das musst du später bezeugen."

„Was tust du da?!"

Er. Nate kannte die Stimme nur zu gut, auch wenn er sie lange nicht gehört hatte.

„Verzeiht, Meister, er brauchte ein wenig Inspiration, es wollte auf dem anderen Weg nicht klappen."

Damit glitt sie von Nates Schoß und er registrierte wieder die gewohnten Berührungen, konzentrierte sich, denn was Olivia gesagt hatte, brachte ihn völlig aus dem Konzept. Es schwirrten alle möglichen Gedanken und Gefühle durch ihn. Hatte er eine

Chance, am Leben zu bleiben, wieder die Sonne sehen? Mein Gott, er musste sich zusammenreißen, denn egal, wie sehr sich Olivia bemühte, es drang nicht durch zu ihm, und Nate war sich sicher, ihn noch im Raum zu spüren. Konzentriere dich, bleib bei ihr, es darf kein Verdacht aufkommen … Es wirkte, die Anspannung fiel.

„Na also, war doch gut, meine Methode", hörte er Olivia.

„Schweig." Die Nemesisstimme.

Fünf Tage, hatte sie gesagt, tue, was sie von dir verlangen, und ich kann euch beide retten. Das entführte Mädchen Tanja? Was sollte er tun?

Unruhig warf er sich auf der Matratze herum, war wacher als je zuvor, hatte seine Serienmörder vergessen und sah keine Gespenster mehr. Dra war nicht mehr am Leben und konnte nicht bei ihm sein. Er hatte diesen Funken Hoffnung, und der brachte einen ungeheuren Lebenswillen. Er wollte leben, koste es, was es wolle. Dafür würde er alles tun.

„Mister Semonin, wir wissen, dass man Kontakt aufgenommen hat zu Ihnen! Reden Sie endlich mit uns!" Sims hatte einen hochroten Kopf und schrie förmlich auf den ruhigen, eleganten Geschäftsmann ein.

Alexander Semonin zuckte mit keiner Wimper und starrte McSimmens kalt an.

„Seit vier Monaten ist mein Tochter in der Hand dieser Perversen", sagte er mit einem schweren russischen Akzent. „Was hat das FBI getan? Nitschewo! Jetzt tue ich, denn diese Frau hat sich nur gemeldet wegen des Geldes. Aber um Sie zu beruhigen, nicht nur mein Tochter lebt, auch Ihr Agent, und ich werde beide befreien, darum lassen Sie mich jetzt gehen."

„Nein", zischte Sims durch die Zähne, als die Tür aufflog.

Ein ebenso gut gekleideter Mann wie Semonin stürmte durch die Tür, gefolgt von Donald Viggen.

„Mein Name ist Rechtsanwalt Kiefer, ich repräsentiere meinen Mandanten Mister Semonin, dies ist eine Verfügung" – er knallte Sims ein Papier auf den Tisch – „ihn sofort frei zu lassen. Des Weiteren werden wir eine Klage gegen Sie persönlich und das FBI veranlassen; mit der Verhaftung und dem Tatbestand, dass Mister Semonins Telefon abgehört wurde, haben Sie gegen die diplomatische Immunität meines Mandanten verstoßen. Kommen Sie, Mister Semonin."

Schon verließ er mit dem Russen den Raum. Sims sprang auf, doch Don hielt ihn zurück.

„Hör auf, wir können nichts machen, wir beschatten ihn, mehr können wir nicht tun."

Sims ließ sich schwer auf den Stuhl zurückfallen.

„Hast du mehr rausbekommen über Olivia Marren?", fragte er kaum hörbar.

„Ja, sie wurde mehrmals wegen Prostitution einkassiert, doch seit drei Jahren ist sie nicht mehr aufgefallen, sie geht nicht mehr auf den Strich. Keiner weiß, wo sie ist." Don legte eine Hand auf Sims' Schulter. „Sie ist unsere einzige Chance, du hast das Band gehört. Nate lebt und Tanja auch. Heute passiert etwas. Es ist das Beste, wenn Semonin frei ist, nur er kann mit ihr sprechen. Wenn er seine Privatarmee loslässt, sind wir dabei. Komm jetzt."

Samstag, 16. Mai 2009

Tag 90

Hatte Nate in den ersten achtzig Tagen trainiert, um die Zeit zu töten, so tat er es die letzten Tage, um vorbereitet zu sein, sich zu fühlen, lebendig und bedingungslos bereit, das auch zu bleiben. Er durchspielte alle möglichen Szenarien in seinen Gedanken. Was würden sie von ihm verlangen? Sollte er das Mädchen töten? Nein, dann hätte Olivia nicht gesagt, sie könnte beide retten. Sollte er einen anderen Menschen töten? Wenn es sein musste, um dieser Hölle zu entfliehen ... ja ... vielleicht, ja.

Es konnte alles Mögliche sein, diese Kranken hatten mehr in petto. Der Tag verging, Frühstück, wieder Training, keine Serienmörder, keine Tandra, wieder Training, Mittagessen, Training, dann legte er sich hin und schlief, ganz gegen seine Gewohnheit, doch er musste ausgeruht sein und ruhig, wenn sie heute Abend kamen.

Er wartete ungeduldig. Endlich, man brachte ihn in die Dusche. Nein! Warum?!, dachte er, doch er blieb in der Routine. Sie führten ihn in den gewohnten Raum, doch anstatt dass man ihn auf den Stuhl drückte, steckte plötzlich eine Spritze in seinem Arm und etwas wurde in seinen Körper injiziert. Dann wurde es schnell schwarz.

Das Erste, was ihm durch den Kopf ging nach dem Erwachen, war: Zeitverlust. Wann? Wie spät?

Er lag irgendwo, er blinzelte, keine Augenbinde, Kerzen, Menschen, Scheiße, komm zu dir. Nate versuchte sich hochzudrücken, doch er fiel wieder. Ein Steinboden, kalt, Déjà-vu.

Er sah sich vorsichtig um, sah eine große Halle mit vielen Menschen, nackte Füße und lange Kutten. Zwei Arme ergriffen ihn und stellten ihn auf die Beine, er knickte ein und wurde gehalten, dann sah er die Kirche, so als wäre es wieder der Tag, an dem Tandra starb.

„Er ist erwacht" – die Stimme der Nemesis – „lasst Ihn uns sehen."

Bevor man Nate den Umhang von den Schultern löste und ihn umdrehte, sah er das Mädchen auf dem Altar. Sie lag genau wie Tandra auf einem schwarzen Tuch. Tanja, es war Tanja Semonin. Man drehte ihn mit dem Rücken zum Altar in Richtung der menschlichen Kutten und er hörte die Ausrufe des Entzückens, die seine Tätowierung hervorrief.

„Er ist es, Er ist es gewiss! Bei den letzten Mädchen haben wir einen Fehler gemacht. Es kann nur durch Ihn selbst geschehen, direkt. – Er wird es erfüllen!"

Wieder die Nemesis-Stimme, und alles, was Nate sich wünschte, war, diesen Drecksack zu töten.

„Drehe dich zu ihr um."

Nate wandte sich wieder zum Altar, das Mädchen sah ihn ängstlich an, ihr Mund war geknebelt, die gleichen Augen voller Todesangst wie Dra und sie suchten ihn.

Nate stand ruhig, seine eigene Nacktheit störte ihn nicht mehr nach all den Wochen der Demütigung, er blickte ruhig auf Tanja und nickte ihr zuversichtlich zu.

„Es ist an dir, Sohn des Camio, gehe zu ihr und zeuge das Kind, auf das wir warten."

Was?! Tue, was sie verlangen, und ich kann dich retten, Olivias Worte … Das wollen sie?

Man führte Nate langsam die Stufen hinunter zum Altar. Er sah auf Tanja – ein Kind, sie war dreizehn, diese verfluchten perversen Schweine, nein! Tue, was sie verlangen, und ich kann euch beide retten. Nein. Dann sterbe ich lieber. Nein.

Nate wurde seltsam ruhig, war es nun so weit, war er bereit zu sterben? So viel Ruhe …

„Nein, Nemesis, sie ist ein Kind, das tue ich einem Kind nicht an!"

Die Worte kamen ohne Denken. Nate schüttelte langsam den Kopf und sah in Tanjas Gesicht. Das Krächzen eines Vogels war zu hören, genau wie am Tag, als Dra auf diesem Altar lag, bevor sie starb. Mein Gott, wollen sie das Mädchen auch töten?

„Habt ihr gehört? Er nennt mich Nemesis, seine Rachegöttin, die Göttin, die herzlos Liebende bestraft! Ja, das bin ich, Caim, darum liebe dieses Mädchen und zeuge das Kind, nur so kannst du ihr Leben retten."

Tanja zerrte an ihren Fesseln, riss ihre Augen noch weiter auf.

„Niemals, das kann ich nicht!"

Der Griff der beiden Männer, die Nate hielten, wurde härter, als erwarteten sie einen Angriff. Der Meister kam zu ihm die Treppe hinunter und stellte sich neben den Altar, in seiner Hand der Dolch.

„Niemals, Caim? Auch nicht, wenn sie dann sterben muss?"

Nate sah voller Entsetzen auf die Waffe. – Sie töten Tanja! Er versuchte sich zu befreien, doch er hatte keine Chance, ein dritter Mann schlang seinen Arm um Nates Hals.

„Sie ist ein Kind, was hat sie getan?! Töte mich, ich gebe mein Leben für sie!"

Nate hatte keine Kontrolle über das Gesagte, wollte er wirklich für sie sterben, er kannte sie noch nicht einmal, sie war nur irgendein Mädchen, dennoch hatte er es gesagt, es war wie ein Zwang.

„Nein, das ist eine Lüge, du gehörst zu den Gefallenen, nicht zu den Barmherzigen. Komm jetzt!"

Zornig spuckte der Meister ihm die Worte entgegen und Nate wurde nach vorne gestoßen.

„Niemals!“

Mit einer ausladenden Bewegung zog der Mann seine Kapuze vom Kopf und blickte in Nates Augen. Er war ein ganz normaler Mann, ein Durchschnittstyp, der, wenn man ihm auf der Straße begegnete, keinen zweiten Blick auf sich zog. Dennoch, seine Gesichtszüge waren verzerrt vor Zorn und Nate sah eine Entschlossenheit, die nur ein sehr krankes Gehirn hervorrufen konnte.

Mein Gott, ich bin Psychologe, ich muss auf ihn eingehen, ich muss sein Spiel mitspielen, Zeit gewinnen, Olivia hat versprochen, uns zu retten.

„Hören Sie, ich kann nicht, sie ist nicht das richtige Mädchen, lassen Sie Tanja gehen, ich selbst muss die richtige Frau dafür aussuchen.“

Ein Raunen ging durch die Kirche. Das Gesicht des Meisters wurde weicher, Nate konnte Erstaunen, aber auch Zweifel darin erkennen, doch er hielt seinem Blick stand. Mehr durfte er jetzt nicht sagen um seiner Glaubwürdigkeit willen. Es schien, als dächte der Mann in der Kutte nach, dann nickte er plötzlich.

„Vielleicht hast du recht ... Sie ist nicht die Richtige, genau wie die anderen.“ Abrupt drehte er sich zum Altar und zog mit dem Messer über Tanjas Kehle. Nate konnte wieder nur zusehen, wie ein Mensch erlosch, während er flehend in seine Augen schaute. Tanja sah aus wie Dra, und dann war sie Dra, seine Augen suchend, bevor es vorbei war. Warum? Warum nur?

Nate schrie nicht, wandte seinen Blick nicht ab. Hatte er das getan? Könnte Tanja noch leben, wenn er sich gefügt hätte? Eine schwere Taubheit legte sich über ihn. Der Lebensfunke, der ihn hielt, war in dem Moment verglüht, als sie starb. Er wollte sterben.

Die fünf schwer bewaffneten Männer rasten mit einem irren Tempo über die Belmont Road in der Nähe des Lake Anna State Parks, keine einhundert Kilometer Luftlinie von Quantico entfernt.

Semonin hatte Olivias Anruf eine Stunde zuvor erhalten, er befand sich immer noch in Washington und hatte seinen Privatjet bereit, um jederzeit abzuheben, doch dann sprach sie von einer kleinen privaten Kirche in der Nähe von Belmont. Mit dem Helikopter waren sie nach Fredericksburg geflogen, von dort mit dem Wagen unterwegs. Längst hatten seine Bodyguards mitbekommen, dass ihnen das FBI an der Stoßstange hing, doch Semonin war es nur recht so, die stellten wenigstens sicher, dass sie nicht wegen Geschwindigkeitsübertretung von der Highway Police angehalten wurden. Semonins Handy klingelte schon wieder, es war immer dieselbe Nummer, die Feds.

„Schiort, ach was soll's." Er hob ab.

„Semonin, hier ist Agent Viggen, geben Sie uns die Adresse, wir werden das übernehmen." Dons Stimme klang gehetzt.

„Den Teufel werde ich, ich hole mein kleines Mädchen selbst da raus, sorgen Sie dafür, dass man mich nicht aufhält."

„Semonin", setzte Don beschwörend wieder an, doch er wurde sofort unterbrochen:

„Verstehen Sie kein Englisch? Ich habe Nein gesagt, bleiben Sie einfach an uns dran, dann können Sie mitmischen, doch versuchen Sie nicht, mich aufzuhalten, für mein Tochter schieße ich sogar auf das FBI!"

„Okay, okay, aber wir sollten das vorsichtig machen, die Sekte ist gefährlich. Wenn wir wie ein Überfallkommando dort einfallen, gefährden wir Tanja eher."

„Ich weiß, doch wir müssen alles auf eine Karte setzen, diese Olivia sagte, wir haben keine Zeit zu verlieren, jede Minute zählt, ich muss das Risiko eingehen!"

„Komm schon! Worauf wartest du? Töte mich!"

Die Männer hatten Nate losgelassen, er stand ganz still und sah auf den Meister, auf die blutige Klinge in seiner Hand. Die Krähe über ihm fing an zu schreien und flatterte heftig im Gebälk der Kirche.

Ein raues Lachen kam von seinem Gegenüber.

„Dich töten? Das kann ich nicht, doch wenn du ebenfalls nicht der Richtige bist, dann wirst du sterben, für Ihn als Opfergabe. Holt das Kreuz!"

Sie schleppten das große Holzkreuz, das Nate schon einmal gesehen hatte, heran, die Männer ergriffen ihn und drückten ihn nieder, mit dem Rücken gegen den Längsbalken. Es ging alles so schnell, viele Gestalten hielten seine Arme und Beine, dann trieb man den ersten Nagel durch seine Handflächen, der Schmerz war unerträglich, doch nicht genug, um ihn bewusstlos werden zu lassen. Der mächtige Eisennagel durchbrach seine Handknochen und driftete immer tiefer durch sein Fleisch in den Balken. Dann die andere Hand, sie kreuzigten Nate ...

Nebel, Dunkelheit, dann wieder Schmerz. Als ich zu mir komme, ist es unglaublich kalt. Meine Arme ausgebreitet, irgendwelche Ledergurte halten meine Oberarme, meine Hände und Füße schmerzen so sehr. Oh Gott, ich kriege keine Luft ...

Dunkelheit.

Warum muss ich wieder aufwachen, ja, ich will sterben, jetzt, bitte, ich bin bereit. Ich sehe die Kirche. An einem Kreuz, das sie hinter dem Altar aufgehängt haben ... Blicke durch das Mittelschiff. Alles ist taub, fühle meine Hände und Füße nicht mehr ...

Dann plötzlich Unruhe in den Gestalten unter mir, es bricht Hektik aus, Rennen, was passiert nun? Mir ist schlecht.

Ich muss kurz weggenickt sein, wie lange, weiß ich nicht, doch dann sehe ich ihn, den Meister mit einem Speer in der Hand unter mir. Alle anderen sind weg, draußen höre ich Motorengeräusche – Rettung? Doch in dem Moment trifft mich der Speer rechts unterhalb der Rippen, tief in die Leber. Scheiße, das war's. Der Schmerz ist gar nicht schlimm. Ich bin allein, warmes Blut läuft mir an der Seite herab, ich sehe hinunter, es ist extrem dunkles Blut. Definitiv die Leber, und er hat gut getroffen, denn die Blutung ist massiv. Wie lange? Zehn Minuten? Eine Viertelstunde? Wie schnell sterbe ich? Das sind also die Gedanken, die einem durch den Kopf gehen …

Plötzlich wird mir sehr kalt.

Dieser Vogel flattert vor mir, es ist keine Krähe, eine Drossel, und sie landet zu meinen Füßen, der Meister ist verschwunden. Ich kann kaum die Augen aufhalten, fange an zu halluzinieren, denn der Vogel verwandelt sich in einen Mann, nein, einen Engel mit schwarzen Flügeln, genauso wie der auf meinem Rücken. Er sieht mich an, so traurig, dann berührt er meine Füße …

„Defibrillator, noch mal, Achtung, eins, zwei, drei …"

Eine Schockwelle überzieht meinen Körper, ich lebe, muss die Augen aufmachen.

„Wir haben ihn! Herzschlag, Puls steigend, weiter beatmen, ich brauche eine Infusion, das ist eine Leberblutung, er muss sofort in einen OP. Tempo, machen wir ihn jetzt los!"

Meine Augen öffnen sich. Don? Da ist Don neben mir.

„Reden Sie mit ihm!"

Die andere Stimme kenne ich nicht.

„Nate, wir haben dich, bleib bei uns, hörst du?"

Ich blicke in Dons Gesicht und schließe meine Augen kurz, dann sehe ich ihn wieder an.

„Ich bin's, Nate! Bleib bei uns, wir haben dich, es wird alles gut, halte durch!"

Ich höre einen Mann laut schreien, zwei Agenten versuchen ihn von Tanja wegziehen.

Gut? Wieso wird alles gut? Ich habe dieses Mädchen umgebracht! Nichts wird gut!!!

KAPITEL FÜNF

Dienstag, 19. Mai 2009

„Hören Sie, Doktor, ich verstehe, dass er Ruhe braucht, doch wir müssen mit ihm reden, wann können wir zu ihm?“

Der Chefarzt der Chirurgie des Washington Hospital Centers sah McSimmens ungläubig über seinen Schreibtisch hinweg an.

„Eine ganze Weile nicht, Agent McSimmens. Es sind nicht seine körperlichen Verletzungen, auch wenn diese uns Rätsel aufgeben, es ist das Trauma, was uns wirklich Sorgen macht.“

Sims rutschte unruhig auf seinem Stuhl hin und her.

„Was bedeutet das genau und was meinen Sie mit Rätsel bei seinen Verletzungen, unser Mann wurde gekreuzigt von Irren und ist der einzige Zeuge, der überlebt hat. Wir haben ein weiteres totes Mädchen und kaum Anhaltspunkte, wir brauchen ihn.“

Dr. Rosen schüttelte demonstrativ den Kopf.

„Ich verstehe Sie ja, aber genau das ist der Punkt: er wurde gekreuzigt. Wir haben über Stunden seine Hand- und Fußknochen operiert, um sie so zu richten, dass er sie auch wieder normal benutzen kann. Aber die Abdominalverletzung können wir uns immer noch nicht erklären.“

Sims zog die Stirn in Falten.

„Seine was?“

„Nun, Agent Caim hat eine etwa vier Zentimeter große Stichwunde dexter im unteren Thoraxbereich, also hier …“, dabei zeigte der Arzt auf seine rechte Seite, kurz unterhalb der Rippen.

„Die Verletzung wurde von unten nach oben geführt, die Eintrittswunde zeigt, dass der Stich mit extremer Gewalt erfolgt ist. Wir nehmen an, es handelt sich um einen großes Messer oder eine Art Speer. Die Waffe ist unterhalb der Rippen eingedrungen und hätte die Leber punktieren müssen. Der enorme Blutverlust unterstützt diese Annahme, denn es war der Blutverlust, der zum Herzstillstand geführt hat, seine Wunden an den Händen und Füßen bluteten nicht so stark." Dr. Rosen strich sich mit der Hand übers Kinn. „Sehen Sie, aufgrund des Blutverlustes hätte seine Leber zerstört sein müssen und wir hätten ein Transplantat gebraucht. Wir haben uns als Erstes um diese Verletzung gekümmert, das heißt, wir haben seine Bauchdecke geöffnet, um das Organ zu versorgen – doch nichts. Die Leber ist nicht beschädigt, einwandfrei. Also haben wir die Stichwunde vernäht und rätseln seither."

„Ist es möglich, dass der Schnitt an sich so stark geblutet hat?"

„Nein. Die Blutgefäße der Haut geben nicht so viel Flüssigkeit ab, dass ein Mensch eineinhalb Liter Blut verliert, das kann nur durch ein verletztes Organ oder eine der Hauptarterien passieren. Abgesehen davon hat der Notarzt, der die Erstversorgung vor Ort durchführte, bestätigt, dass es sich um extrem dunkles Blut handelte, was immer ein Zeichen einer Leberverletzung ist."

Sims sah Don an.

„Gut, lassen wir das mal für einen Moment beiseite. Wie schlimm muss ich mir seinen psychischen Zustand vorstellen?"

Dr. Rosen sah auf seine Uhr, er war wie immer unter Zeitdruck.

„Momentan ist es eine akute Belastungsstörung – Albträume, Verweigerung von Nahrung und Schweigen. Der Zustand kann ein paar Tage dauern oder auch Wochen. Wir haben ihn mit Antidepressiva ruhiggestellt, nachdem er heute versucht hatte, seine

Verbände zu öffnen. Das ist nicht ungewöhnlich, wenn man bedenkt, was er durchgemacht hat. Momentan braucht er einfach Ruhe. In ein, zwei Tagen wird einer unserer Psychologen anfangen, mit ihm zu arbeiten. Wenn in etwa zehn Wochen die Symptome nicht aufhören, reden wir von einer posttraumatischen Belastungsstörung, die zu Depressionen und in vielen Fällen zu Suizidversuchen führen kann."

„Sie meinen also, wir können ihn momentan überhaupt nicht dazu befragen?"

„Genau das meine ich. Sehen Sie, Agent ... wie soll ich es ausdrücken ... Ihr Mann ist tief verzweifelt, sprachloses Entsetzen, er muss erst lernen, darüber zu reden. Er braucht eine psychotherapeutische Behandlung, wir werden es auch mit EMDR versuchen, doch er muss wollen, dass man ihm hilft. Wenn Sie ihn jetzt dazu befragen, kann es sein, dass Sie ihn einem erneuten Trauma aussetzen. Es tut mir leid, ich muss jetzt gehen, wir haben einen OP-Termin." Dr. Rosen stand auf und hielt Sims und Don die Hand hin.

„Kann ich ihn besuchen?", fragte Don, während er seine Hand schüttelte.

„Ja, wenn Sie es schaffen, Fragen zu vermeiden. Sein Vater ist auch täglich hier, doch machen Sie sich nicht zu viel Hoffnung auf eine Reaktion. Auf Wiedersehen." Damit verließ der Arzt das Besprechungszimmer.

„Ich geh zu ihm, vielleicht redet er von allein."

Sims stimmte Don mit einem Nicken zu.

Montag, 21. Dezember 2009

Die Schneeflocken fielen nicht sehr dicht, doch es war kalt genug, dass sie liegen blieben, um die Straßen und Gebäude mit einer weißen Schicht zu bedecken. Don fuhr die Chestnut Ridge Road entlang und bog nach links auf das Gelände des West Virginia University Hospital. Ihm war nicht ganz wohl bei dem Gedanken, in wenigen Minuten Nate wieder gegenüberzustehen. Es war über sechs Monate her, dass er ihn das letzte Mal gesehen hatte, oder besser gesagt, was von ihm übrig war, damals auf der Intensivstation in Washington. Er hatte ihn mehr als zwei Wochen lang täglich besucht, doch nie ein Wort, selbst sein Blick war leer und losgelöst von der Realität. Kein Mensch drang zu ihm durch, weder Don noch sein eigener Vater. Man überstellte ihn Ende Mai in das Mountain View Regional Rehabilitation Hospital, wo die Therapien anfingen. Nach Auskunft der Ärzte nahm er an der physischen Reha teil, wann immer man es ihm sagte, er aß, wenn man ihn aufforderte, doch sein psychischer Zustand verschlechterte sich immer mehr. Es schien, als befände er sich in einer katatonischen Endlosschleife, keine Bewegung aus eigenem Antrieb und beharrliches Schweigen. Die Psychotherapeuten, die mit ihm parallel zur Reha arbeiteten, fanden keinen Ansatz, außer Medikamente zu verabreichen. Nates Vater kehrte nach New York zurück, er konnte es nicht ertragen, seinen Sohn so zu sehen. Im August war die Bewegungsfähigkeit der Füße und Hände wieder restlos hergestellt und man plante, Nate in die offene psychiatrische Abteilung des University Hospital zu verlegen. Das war zwei Tage vor seinem Selbstmordversuch.

Nate hatte lange genug im Krankenhaus gearbeitet, um ganz genau zu wissen, wonach er suchen musste und wann er die gestohlenen Medikamente einzunehmen hatte, sodass man ihn erst fände, wenn es zu spät wäre. Doch ein verrückter Zufall hatte seinen Plan zunichte gemacht.

Da Nate als katatonisch eingestuft und medikamentös versorgt war, sahen weder die Ärzte noch das Pflegepersonal, dass der apathische Zustand in eine akute Suizidgefahr überging. Seit Kurzem hatte Nates Bewusstseinszustand sich geändert, er spielte die Apathie nur noch, um den richtigen Zeitpunkt abzupassen; sie merkten nicht, dass er seit Tagen kein einziges Medikament geschluckt hatte, da er die Pillen ausspuckte, sobald die Schwester das Zimmer verließ.

Am Abend des sechzehnten August, eine Stunde nachdem die Nachtschicht angefangen hatte, schlich sich Nate in ein Behandlungszimmer und brach den Medikamentenschrank auf. Er nahm hochwirksame Digoxintabletten, deren Hauptbestandteil Digitalis ist, das bei akuter Herzinsuffizienz verabreicht wird, schlich sich zurück in sein Zimmer und schluckte die ganze Packung.

Er wäre innerhalb der nächsten Stunde gestorben, wenn nicht die Stationsschwester in dieser Nacht eine Intuition gehabt hätte, sie prüfte die Liste der verabreichten Medikamente und stellte voller Schrecken fest, dass drei Patienten am Abend das falsche Mittel verabreicht worden war. Es war nicht so, dass Lebensgefahr bestand, doch sie alarmierte den Stationsarzt und sie eilten zu den Patienten. Einer dieser Patienten war Nathaniel Caim, und als sie nach ihm sahen, hyperventilierte er bereits und hatte Herzvorhofflimmern.

Er konnte stabilisiert werden, der Magen wurde ausgepumpt und erst da bekam der Arzt Klarheit über die Situation. Am siebzehnten August lieferte man Nate in die geschlossene Abteilung der psychiatrischen Klinik ein.

Weder Don noch McSimmens erhielt Besuchsrecht, nicht einmal Nates Vater durfte noch zu ihm. Das Letzte, was McSimmens tat als Leiter des CASMIRC, war Dr. Lydia Merkhem anzurufen, eine Psychologin der Tidewater-Klinik und Beraterin des FBI für Gewaltopfer; danach musste er seinen Platz räumen und wurde als Ausbilder nach Quantico versetzt. Don war genau wie Seppa und Donnoghou immer noch Mitglied der Soko Angel, doch man hatte alle anderen Agenten abgezogen, dringendere Aufgaben warteten und in dem Fall Angel gab es nur tote Kinder, keine potenziell noch Lebenden, denen dringend geholfen werden musste. Der Fall wurde langsam, aber sicher ein Cold Case. Es wurde gearbeitet an Angel, doch wieder mit begrenzten Mitteln. Genug, um Leute wie Semonin halbwegs zu beruhigen, doch keinen Deut mehr, denn Dons neuer Boss wollte sich die Finger nicht verbrennen. Sein neuer Vorgesetzter war ein echtes Arschloch, zu jung, zu arrogant und mit politischen Ambitionen, die ihn noch weit bringen würden beim FBI. Er, James Carter, interessierte sich nicht im Geringsten dafür, wie es Agent Caim ging, jedenfalls nicht, bis sie einen Verdächtigen verhafteten. Darum war Don hier und er fühlte sich zum Kotzen, denn er musste Nate irgendwie dazu bekommen, an einer Gegenüberstellung teilzunehmen.

Er hatte Dr. Merkhem angerufen, die während der letzten vier Monate Nate betreut hatte, und sie war erstaunlicherweise sehr positiv, als er sein Anliegen vorbrachte, und bestellte Don her.

Don stieg aus seinem Wagen, der eisige Wind fuhr unter seine Jacke und er schloss den Reißverschluss, während er auf die geschlossene Abteilung der psychiatrischen Klinik zuging. Es grauste ihn davor, Nate wiederzusehen. Der Fall Angel hatte Dons Glauben an Gerechtigkeit schwer erschüttert. Fünf tote Kinder, Dra tot und ein brillanter Agent von siebenundzwanzig Jahren so tief durch seine Erlebnisse erschüttert, dass er sich umbringen wollte.

Nichts hatte die Soko weitergebracht, keine Festnahme in der Kirche, die Sekte wie vom Erdboden verschluckt, und außer Tanjas und Nates Fingerabdrücken gab es keine Beweise in dieser Kirche. Don schüttelte sich automatisch, wenn er daran dachte. Wie war das möglich? Die Antwort lautete: Gar nicht. Als er das erste Mal ein Foto von Nates Tätowierung sah, fing er langsam an zu begreifen, was dieser durchgemacht hatte, und es war dieses Tattoo, das letztendlich einen kleinen Durchbruch brachte. Sie hatten sich mit Hunderten von Tattoostudios in den Vereinigten Staaten beschäftigt, Stile verglichen, Techniken geprüft, Materialien gesucht. Er selbst war mit Seppa unterwegs gewesen. Ein kleines Studio in New York, der Inhaber hatte den Ruf, ein Experte für Gothicsymbole zu sein. Er betrachtete lange das Foto und dann sagte er die Worte, an die Don schon nicht mehr geglaubt hatte: „Ja, das ist hundert Prozent Yoros' Arbeit. Sehen Sie die Linien? So fein, das ist ein Prachtwerk, daran arbeitet man für Wochen, mehrere Stunden am Tag. Das kann nur Yoros."

Es dauerte nochmals anderthalb Monate, bis sie diesen Yoros fanden. Es war sofort klar, dass er etwas auf dem Kerbholz hatte, denn Gordon hetzte mindestens fünf Blocks hinter ihm her, bis er sich ergab. Ein Underground-Künstler, kein Studio, nur Auftragsarbeiten, und für so einen Mann hatte er verdammt viel Geld auf seinem Konto.

Don wartete keine fünf Minuten an der Rezeption des Klinikums, als eine hochgewachsene, nicht gerade schöne Frau in einem lavendelfarbenen Kostüm auf ihn zukam und kräftig seine Hand schüttelte.

„Dr. Lydia Merkhem, wir hatten noch nicht das Vergnügen, Agent Viggen."

Don sah in ein sanftes Gesicht mit einem energischen Ausdruck in den Augen.

„Danke, dass Sie sich Zeit nehmen, mit mir zu sprechen. Wie geht es Nate?"

„Das fragen Sie ihn lieber selbst, kommen Sie, er wartet auf uns."

Don folgte ihr durch kameraüberwachte Gänge, alle fünfzig Meter Trenntüren, die nur vom Sicherheitspersonal hinter den Monitoren per Knopfdruck geöffnet werden konnten.

„Was meinen Sie damit, ich soll ihn selbst fragen?"

Lydia Merkhem lächelte Don zu.

„Das, was ich sage: Fragen Sie ihn selbst."

Und schon betraten sie einen der Räume, ein Arztzimmer. Nate stand mit dem Rücken zur Tür und blickte auf den verschneiten Parkplatz, er trug Jeans und ein Sweatshirt. Sie nickte in Nates Richtung und richtete ihre Worte an ihn: „Agent Caim, wollen Sie, dass ich bei der Besprechung dabei bin?"

Don konnte es nicht fassen, er hatte alles erwartet, aber nicht, dass er alleine mit Nate reden durfte.

„Ich denke, das ist nicht notwendig. Geben Sie uns etwas Zeit, danach können wir zu dritt weiterreden." Nates Stimme war sehr ruhig und gefasst, sehr emotionslos, er drehte sich langsam um. „Hallo Don."

Mein Gott, er sah gut aus, das Gesicht vielleicht etwas blass und die schmale Narbe an seiner Oberlippe war ungewohnt, doch alles in allem sah er gut aus mit seinen hellen Augen!

„Hi Nate."

Don ging auf ihn zu und hielt unsicher seine Hand zum Gruß hin. Nate ergriff sie und lächelte, während Dr. Merkhem den Raum verließ und hinter sich die Tür schloss.

„Du siehst gut aus", kam es zögerlich von Don. Wieder sah er dieses amüsierte Lächeln in Nates Gesicht.

„Setzen wir uns, ich weiß, du hast mehr oder weniger einen Verrückten erwartet."

„Na ja, weißt du, nicht verrückt, doch, wenn ich ehrlich bin, einen sehr kranken Mann."

Nate schüttelte den Kopf.

„Ganz unrecht hast du nicht, ich war sehr krank und bin es immer noch, ich muss aufpassen, dass ich es im Griff behalte, doch keine Angst, ich bin nicht aggressiv."

„Jetzt verarschst du mich", rutschte es Don raus.

„Das ist der Don, den ich kenne! Ja, ein bisschen, doch mit einem Funken Wahrheit. Ich bin immer noch auf Medikamenten, sehr leichten, doch immerhin, es sind Antidepressiva. Sie ist der Meinung" – er nickte Richtung Tür, durch die Dr. Merkhem verschwunden war – „dass ich ganz darauf verzichten kann, wenn ich mich draußen wieder eingelebt habe."

„Sie entlässt dich?"

„Ja, in zehn Tagen."

Don konnte den Blick nicht von Nate wenden, er war wie früher, kontrolliert, seine Augen voller Leben.

„Hör mal, ich wollte erst deine Ärztin fragen, aber sie ist scheinbar der Meinung, dass ich selbst alles mit dir besprechen sollte."

Nate nickte, griff in seine Hosentasche und zog ein zerdrücktes Päckchen Zigaretten heraus. Er zündete sich eine an und hielt Don das Päckchen hin.

„Ist erlaubt bei schweren Fällen wie mir und dir." Er lächelte wieder.

Sie rauchten eine Weile schweigend. Don kämpfte mit den Worten, er war unsicher, wie sollte er es ihm sagen?

„Nate, dein Vater …"

Doch der unterbrach ihn und setzte den Satz fort: „… ist tot, ich weiß, Herzinfarkt vor drei Wochen. Weißt du, wir standen uns nicht so nahe, wie es für einen Sohn und einen Vater normal sein sollte. Es ist nicht so, dass es mich aus der Bahn wirft."

Don kommentierte das mit einem erleichterten Seufzen.

„Also wie geht es dir wirklich?"

„Gut, Don, ich lebe und denke, dass ich das noch für eine Weile möchte.“ Nate machte eine Pause und blickte Don ernst an. „Das ist ein gutes Zeichen, wenn man bedenkt, dass ich sterben wollte … Ihr habt jemanden geschnappt?“, wechselte er abrupt das Thema.

„Ja, wir denken, es ist der Mann, der dich tätowiert hat. Um ihn unter Druck zu setzen und eine Anklage zu führen, brauchen wir eine Gegenüberstellung.“

Die Andeutung eines Nickens kam von Nate.

„Wie geht's Sims?“

„Strafversetzt, Quantico, als Ausbilder. James Carter ist der neue Boss des CASMIRC und ein wirklicher Idiot. Wenn du dich weiter weigerst, wird er einen Gerichtsbeschluss erwirken, er will deine Aussage und die Gegenüberstellung. Falls nicht, hat er vor, dich der Anhängerschaft zu bezichtigen.“

Nate fing an zu lachen.

„Ist das dein Ernst, der Anhängerschaft, du meinst, ich habe mich freiwillig kreuzigen lassen?!“

„Hör zu, Nate, ich spiel nur mit offenen Karten, und das ist das Einzige, was ich für dich als Freund tun kann. Sag aus, ich bitte dich. Das FBI ist für dich gelaufen, ich muss dir das nicht sagen, man lässt dich nicht mehr ran nach vier Monaten Geschlossener … nach einem Selbstmordversuch … Doch wenn du aussagst, dann geben sie dir vielleicht etwas wie Sims … Ausbildung … Quantico …“

Nate erhob sich von Dr. Merkhems Sessel. Eigentlich sitzt Don wie ein Patient vor mir, dachte er und begann, langsam von rechts nach links zu gehen, so wie er es früher immer gemacht hatte, wenn er nachdenken musste.

„Das kann ich nicht, Don. Ich werde niemals wieder darüber reden, was in der Zeit vom fünfzehnten Februar bis zum sechzehnten Mai passiert ist. Neunzig Tage, Don, über die ich nie mehr reden werde.“

„Nate, Carter wird dich fertigmachen."

„Das kann er nicht. Ich habe so ziemlich alles erlebt, was einen fertigmacht."

Don schüttelte den Kopf.

„Du kennst ihn nicht, er ist ein verdammter Politiker, er wird alles für seine Karriere tun."

„Lass gut sein, erzähle mir lieber von dem Künstler, den ihr einkassiert habt."

„Künstler?"

„So nannte ich ihn für mich selbst, damals."

Don setzte sich auf.

„Tust du mir einen Gefallen?"

Nate sah ihn an.

„Setz dich, um Himmels willen, du machst mich irre mit deinem Rumgelaufe."

Nate grinste und ließ sich wieder in den Stuhl fallen.

„Also ihr habt meinen Künstler und wollt, dass ich ihn identifiziere."

„Ja, eine Gegenüberstellung, er ist in Washington in Untersuchungshaft, schweigt beharrlich. Wir hoffen, wenn du ihn erkennst, dann redet er."

„Erkennen!" Nate lachte wieder, doch auf eine ungute Art und Weise. „Na gut, so viel verrate ich dir, ich habe ihn nie gesehen, denn mir waren immer die Augen verbunden. Nur einmal habe ich einen von ihnen gesehen, den Mann, der …" – Nate zögerte einen Moment und seine Wangenmuskeln zucken – „… Tanja die Kehle durchgeschnitten hat. Wenn ihr ihn habt, dann kann ich auf ihn zeigen."

„Du meinst, du hast in der ganzen Zeit nichts gesehen?" Don wirkte schockiert.

„Drei Monate blind – ja, das meine ich."

„Scheiße", entfuhr es Don, „dann haben wir nichts."

„Langsam, ich habe ihn gehört und werde die Stimme des Künstlers immer überall erkennen, das kannst du mir glauben."

Don schüttelte wieder den Kopf.

„Nate, ich weiß nicht, ob das reicht, um einen Prozess zu gewinnen, nur die Stimme. Die Verteidigung wird dich durch den Dreck ziehen. Sie werden deine Stresssituation hervorheben und deine Wahrnehmungen auseinanderreißen. Ohne deine Geschichte ist die Erkennung einer Stimme nichts wert."

Nate sah Don lange an, dann zündete er sich eine weitere Zigarette an.

„Don, Lydia, also Dr. Merkhem, sie hat mich auf Cold Turkey gesetzt, um mich zum Reden zu bringen. Sie hat alle Medis abgesetzt, mich in eine Zwangsjacke gesteckt und mich toben, schreien und heulen lassen, bis ich begriff, dass ich einmal darüber reden muss. Das habe ich getan, mit ihr. Ich habe mir selbst und auch Dr. Merkhem geschworen, das niemals zu wiederholen. Sag Carter, er kann es vergessen, Lydia ist an die ärztliche Schweigepflicht gebunden und kann ohne mein Einverständnis die Akten nicht vorlegen, selbst wenn er mich entmündigen lässt, ist sie daran gebunden."

Seine Gesichtszüge verhärteten sich, und Don fühlte sich hilflos, denn Nates Augen hatten wieder einen Teil jener Leere, die er schon einmal gesehen hatte.

Freitag, 21. August 2009

Vier Monate zuvor

„Hören Sie mich? Ich bin Lydia Merkhem, eine Psychologin. Ihr Boss, Mister McSimmens, hat mich angerufen und gebeten, Sie zu behandeln. Agent Caim, Sie müssen reden, ich weiß, dass Sie nicht katatonisch sind. Ich weiß, dass Sie bewusst schweigen, weil Sie es nicht ertragen, über all das, was man Ihnen angetan hat, zu reden. Glauben Sie mir, es trifft Sie keine Schuld, für was auch immer Sie sich schuldig fühlen. Ihnen wurde das angetan, Sie trifft keine Schuld. Ich werde Ihre Antidepressiva absetzen und Sie in eine Zwangsjacke stecken, um sicher zu sein, dass Sie sich nichts antun können, und hier bei Ihnen sein und warten. Reden Sie, bitte."

Warum lässt sie mich nicht in Ruhe? Gott, warum hast du mich schon wieder zurückgeholt? Wieso lasst ihr mich alle nicht in Ruhe?!

Ich erwache auf einer Matratze, und sie ist wieder da, die Angst, doch als ich die Augen öffne, brennt Licht. Kann meine Arme nicht bewegen. Ich sehe an mir herunter, stecke in einer Zwangsjacke, die Arme über dem Bauch gekreuzt, die unteren Enden der Ärmel sind hinter meinem Rücken zusammengeschnürt. Ich bin wieder in einer Zelle, doch es brennt Licht, bitte löscht niemals das Licht, bitte ... Die Wände der Zelle sind ausgepolstert mit einer Art Gummi, kein Schaumstoff, nein, natürlich nicht, ich erinnere mich, damals im Studium, Schaumstoff wurde früher herausgebissen und von Patienten verschluckt, damit sie sterben konnten. Das hier ist eine Irrenanstalt. Darf ein Psychologe eigentlich den Ausdruck verwenden? Nein, aber ein Patient schon, und das bin ich jetzt. Ich spüre genau, dass sie die Beruhigungsmittel abgesetzt haben, ich bin nicht mehr müde, es ist mir nicht mehr gleichgültig. Mein Magen kribbelt, ich werde verrückt, wenn ich mich nicht bewegen kann, darum springe ich auf, falle mit dieser Jacke, krabble wieder auf, bis ich stehe, dann schreie ich.

In einer Ecke der Zelle komme ich wieder zu mir, sitze dort zusammengekauert, mein Mund ist trocken, fühlt sich rau an. Wie lange habe ich geschrien? Meine Schulter schmerzt, wahrscheinlich habe ich mich gegen die Gummiwände geworfen.

Es ist irre, gerade ist mir ein Gedanke gekommen. Meine Feinde haben mich entführt, in eine Zelle gesperrt und mich davon abgehalten mich umzubringen. Meine Freunde sperren mich in eine Zelle ein, um mich davon abzuhalten mich umzubringen. Die ganze Welt ist verkehrt. Egal, was ihr tut, aber schaltet das Licht nicht aus …

Ich hieve mich hoch an der Wand. Dann schreite ich die Zelle ab, doch ich kann nicht zählen, darum schließe ich die Augen, jetzt geht's, vier Meter lang, zwei Meter breit, und dann noch ein Meter für die Matratze, zwölf Quadratmeter, ich habe mich verbessert, vor allem, wenn man bedenkt, dass ich die Augen aufmachen kann, wann immer ich will, und sehe.

„Agent Caim, wie geht es Ihnen?"

Eine Frau sitzt auf dem Boden vor mir, sie ist niemand Besonderes, doch sie ist ganz nah bei mir, ich bin nicht allein.

„Bitte reden Sie mit mir, nur so kann ich Ihnen helfen."

Ich sehe sie an und schüttle den Kopf, dann legt sie eine Hand auf meine Schulter und lächelt mich an.

„Danke, mit diesem Kopfschütteln haben Sie geredet, wir haben einen Anfang gemacht."

Vier Tage nachdem er das erste Mal mit dem Kopf geschüttelt hatte, stand Lydia Merkhem resigniert auf, sie hatte jeden Tag fast drei Stunden vor ihm auf den Boden gesessen, geredet, geschwiegen und manchmal die Geduld verloren und sich in letzter Sekunde zusammengerissen. Sie verließ den Raum.

Er ist nicht katatonisch, sonst hätte er nicht reagiert, sonst hätte er nicht den Plan fassen können, sich die Medikamente zu beschaffen für den Suizid. Er ist selbst Psychologe, hochintelligent, sein Verstand versucht das Erlebte zu verarbeiten, doch er hängt fest.

Sie musste ihn zum Reden bringen.

„War's das für heute, Dr. Merkhem?"

Joshua, der Pfleger, der in wechselnden Schichten hier arbeitete, schloss die Tür. Sie sah ihn an und nickte nur, wollte sich schon abwenden, als der große, massige Pfleger sie sanft am Ellenbogen hielt.

„Ma'am, hätten Sie mal einen Moment Zeit für mich?"

„Worum geht es denn?"

Joshua nickte in Richtung Nates Raum.

„Um ihn."

„Ja klar, können Sie mit in mein Büro kommen?"

„Jo, das geht schon, muss nur meinem Kollegen Bescheid sagen. Warten Sie, bin gleich zurück."

Er war schneller wieder bei ihr als erwartet, und sie machten sich auf den Weg in ihr Büro.

„Josh, was ist es, ist Ihnen etwas Besonderes an Agent Caim aufgefallen?"

„Ma'am, er ist nun mal krank wie alle hier."

„Ich weiß, dass Sie jemand sind, der hinsieht, Sie behandeln die Patienten anders als die meisten Ihrer Kollegen. Sie sagen, er ist krank und nicht irre, das würden die meisten Pfleger der Isolierten nie sagen."

Joshua schüttelte energisch den Kopf. Er wirkte kindlich, obwohl er ein Bulle war, riesig groß, kräftig und schwarz wie die Nacht. Im Inneren aber schien er eine Seele von Mensch zu sein.

„Nein Ma'am, irre würde ich nie sagen, besonders bei ihm, nun ja, ich meine, Mister Caim, er war beim FBI, so sagen sie jedenfalls. Ihm muss etwas ziemlich Schlimmes passiert sein, wenn er so geworden ist."

Lydia lächelte ihn traurig an.

„Ma'am, ich bin nur ein Pfleger, kein Psychologe, doch ich habe in meinem Beruf einiges gelernt und habe ihn beobachtet."

„Ja?"

„Also, er ist anders, nicht wie die Katatonischen. Zum Beispiel wenn wir abends das Licht ausschalten, schreit und tobt er so lange, bis es wieder angeht, und das bereits vier Nächte hintereinander, wir schalten es dann wieder ein, na und dann ist Ruhe, er legt sich hin. Katatonische würden nie schreien, wenn die äußeren Verhältnisse sich ändern, er aber hasst die Dunkelheit. Auf der anderen Seite, als er das erste Mal die Zelle abschritt, waren seine Augen geschlossen, als ob er das nur in Dunkelheit könnte."

Lydia sah ihn an.

„Sind Sie sich sicher?"

„Klar doch, Ma'am, wir haben die Aufnahmen der Überwachungskamera, wenn Sie mir nicht glauben."

„Doch, doch, das tue ich, erzählen Sie weiter, keine Sorge, erzählen Sie einfach alles, was Ihnen aufgefallen ist."

Dr. Merkhem hatte sich in ihren Sessel hinter dem Schreibtisch gesetzt und bot Joshua ebenfalls an sich zu setzten, doch er blieb beharrlich vor dem Schreibtisch stehen.

„Manchmal wenn ich Nachtschicht habe, dann wacht er auf, sieht nach Albträumen aus, und dann redet er."

„Was?" Lydia konnte es nicht glauben. „Er redet? Wovon?"

„Er redet von Serienkillern“, meinte Joshua zögerlich, als ob sein eigener Geisteszustand hier auf der Prüfliste stünde.

„Er redet? Wirklich?“ Ihr Gesicht verriet eine Spur von Skepsis.

„Nun, nicht richtig, aber wissen Sie, er bewegt die Lippen. Ich habe als Pfleger in einer Taubstummenklinik angefangen, also ich bin mir sicher, dass er von Serienkillern erzählt, von deren Morden und Verhaftungen.“

„Sie lesen von seinen Lippen?“

„Ja, Ma'am.“ Josh nickte energisch mit dem Kopf.

„Josh, bitte setzen Sie sich doch und erzählen mir ganz genau, was Sie alles gesehen haben, ich brauche mit Mister Caim wirklich Hilfe, verstehen Sie, irgendeinen Ansatz. Ich mache mir große Sorgen um ihn.“

Josh setzte sich ihr gegenüber und nickte wieder.

„Also meiner Meinung nach ist er wie gefangen, sehen Sie, er rattert die Berichte über Serienkiller alphabetisch herunter. Dabei ist er sehr explizit. Wenn er das im Rahmen seines Berufs mal lesen musste, dann hat er ein sehr gutes Gedächtnis, denn es hört sich wirklich an wie ein Polizeibericht. Wissen Sie, Dr. Merkhem, ich habe mir lange darüber Gedanken gemacht, ich lese viel und will vielleicht einmal noch ein Studium anfangen. Also ich glaube, die Zwangsjacke und die Zelle tun ihm nicht gut, der ist einer, der Frischluft braucht. Er braucht Licht, Sonne, wenn Sie mich fragen.“

Lydia sah den Pfleger an. War sie auf dem richtigen Weg? War ihre Radikalkur falsch? Sie holte tief Luft.

„Es ist ein zu großes Risiko. Ihn von den Medikamenten zu nehmen, ist meiner Ansicht nach erst einmal das Richtige, aber es bedeutet auch, dass er hochgradig suizidgefährdet sein wird. Solange er sein Trauma nicht verarbeiten kann, können wir ihn nicht in die offene Psychiatrie überstellen. Es ist sechs Tage her, seit er versucht hat sich umzubringen.“

Joshua seufzte.

„Das weiß ich, ich rede auch nicht über eine Verlegung. Man könnte ihn doch für mehrere Stunden am Tag in den Park lassen? Wenn ich bei ihm bin, dann haut er nicht ab, dafür sorge ich. Spazieren gehen, ich könnte mit ihm joggen, mit ihm reden … Auch denke ich, dass die Zwangsjacke nicht mehr nötig ist, er wird überwacht, falls er etwas versucht, können wir schnell bei ihm sein, wenn Sie das nötige Personal anfordern."

Lydia dachte nach. Natürlich, wenn sie Josh fulltime für sich bekäme und eine zusätzliche gute Kraft für die Nacht, wäre das möglich, doch das FBI zahlte momentan ihr Gehalt, und sie hatte keine Ahnung, ob weitere Gelder genehmigt würden.

„Worauf stützt sich Ihre Annahme, dass er durch diese Maßnahmen das Trauma überwinden kann?"

„Wie gesagt, ich bilde mich fort und habe mich speziell auf Opfer von Gewaltverbrechen konzentriert." Josh machte eine Pause.

„Ja?", erwiderte sie nur.

„Tut mir leid, Doc, ich vergesse immer wieder, dass Sie der Experte sind, eigentlich steht es mir nicht zu, überhaupt darüber zu spekulieren, ich meine, Sie sind eine Koryphäe auf dem Gebiet, sonst wären Sie nicht Beraterin des FBI."

Lydia schüttelte den Kopf.

„Joshua, ich bitte Sie. Momentan verbringe ich drei bis vier Stunden am Tag mit Agent Caim. Ich kann nicht an den Überwachungskameras sitzen, ich habe noch mehr Fälle, die ich von hier aus nur per Telefon betreuen kann. Seit vier Tagen versuche ich alles, um Reaktionen zu bekommen, doch außer einem einzigen Kopfschütteln gab es keinerlei Resonanz von Agent Caim. Ich bin froh über jede Hilfe und möchte Sie einfach nur bitten zu sagen, was Sie denken."

Josh sah sie skeptisch an. Doch dann sagte er: „Gut, aber bitte, das soll keine Kritik sein. Was ich bei ihm gesehen habe, ist Angst vor

Dunkelheit und ein fast autistisches Verhalten, wenn er jede Nacht über Serienkiller redet. Nun, ich bin der Meinung, dass er Verhaltensweisen von Hospitalismus zeigt. Reine Spekulation, okay?"

Sie nickte, damit er fortfuhr.

„Der Mann war neunzig Tage entführt, ich denke, er war in einer Zelle untergebracht, die nicht viel größer war als die, in die wir ihn jetzt gesteckt haben, und ich glaube, er saß die ganze Zeit in Dunkelhaft."

„Ja, das ist möglich, Joshua. Doch es kann auch sein, dass er nur im Dunkeln gefoltert wurde, das könnte seine Angst davor erklären."

„Ja, Ma'am, doch warum schreitet er seinen Raum hier ab, als ob er herausfinden will, wie groß er ist, und schließt dabei die Augen? Wissen Sie, ich habe mal einen Bericht über die CIA gelesen, wie sie ihre Spione ausbilden. Es ging darin um Foltermethoden und Gegenmaßnahmen. Bei Dunkelhaft sollen diese Spione sich schützen, und zwar durch täglichen Rhythmus, positive, vertraute Gedanken, lautes Sprechen und Körperübungen."

„Ja und?"

„Seit zwei Tagen steht er jeden Morgen auf und läuft von einer Wand zur anderen, bis wir mit dem Frühstück kommen. Dann nehmen wir ihm die Jacke ab, führen ihn ins Bad, er erledigt alles alleine dort, auch wenn ich immer neben ihm stehe. Dann frühstückt er allein, er verweigert keine Nahrungsaufnahme, anschließend setzt er sich in eine Ecke und Sie kommen. Dort sitzt er, schweigt und reagiert nicht. Kaum dass Sie weg sind, fängt er an, Sit-ups und Liegestütze zu machen, setzt sich auf die Matratze und geht seine Serienkiller durch. Nach dem Abendessen legen wir ihm die Zwangsjacke an, er liegt auf der Matratze und rezitiert, bis er einschläft."

„Sie meinen also, er spielt seine Gefangenschaft wieder durch?"

„Dr. Merkhem, ich meine nicht, er spielt die Gefangenschaft durch, sondern er fühlt sich wieder gefangen, nur dass wir ihn nicht im Dunkeln lassen. Lassen Sie ihn raus an die Luft, geben Sie ihm Sonne und holen Sie ihn so schnell wie möglich aus der Isolation. Ich denke, dann wird er früher oder später reden."

Lydia nahm die Brille ab und legte sie auf den Schreibtisch, der mit Krankenberichten überfüllt war. Sie rieb sich ihr Gesicht, bedacht darauf, nicht das Augen-Make-up zu verschmieren.

„Das ist ein hohes Risiko, Joshua. Ich bin mir nicht sicher, ob Sie wissen, dass Agent Caim ein ausgebildeter Psychologe ist – das und ein, wie ich hörte, sehr guter Profiler des FBI. Er könnte uns das alles nur vorspielen, um sich bei der nächstbesten Gelegenheit umzubringen."

Joshua hob etwas hilflos die Hände.

„Nein, das wusste ich nicht, aber was wollen Sie tun, Doc, ihn für immer einschließen? Warum geben Sie ihm dann nicht einfach weiter Medikamente und halten ihn mit der chemischen Keule ruhig?"

Dr. Merkhem verzog den Mund.

„Wissen Sie, warum das FBI mich momentan Vollzeit bezahlt? Natürlich denke ich, es spielt eine Rolle, dass er wieder gesund werden soll, doch ich glaube, es geht ihnen in erster Linie darum, Informationen von ihm zu bekommen."

Josh stand auf und schickte sich an, den Raum zu verlassen.

„Ich geh jetzt besser zurück."

Sie stand ebenfalls auf.

„Warten Sie, Josh. Sie haben recht. Egal, was das FBI will, ich bin Arzt und Sie Krankenpfleger, es sollte uns darum gehen, ihn wieder gesund zu machen. Ich rufe seinen ehemaligen Chef an und versuche weitere Gelder zu bekommen. Wenn das klappt, würden Sie mit mir zusammenarbeiten, Josh?"

Er drehte sich wieder zu ihr und lächelte sie erleichtert an.
„Klar doch!"

„Morgen Nathaniel, wie geht es Ihnen?"

Ich schlage die Augen auf, mein Rücken schmerzt, da ich mich mit der Jacke nicht auf die Seite drehen kann beim Schlafen, ohne dass mir die Arme einschlafen. Die Stimme des Pflegers, der mich die letzten drei Tage schon ins Bad gebracht hat, doch heute trägt er einen Jogginganzug, nicht die weiße Anstaltskluft, und hält einen Stapel Sportkleidung und ein Paar Turnschuhe in den Händen. Er hilft mir hoch, nachdem er das Zeug auf die Matratze gelegt hat, und schält mich aus der Jacke, ich strecke meine Arme.

„Kommen Sie, wir gehen ins Bad. Aber nur kurz, heute gibt es die Dusche später."

Ich benutze das Klo und putze mir die Zähne, rasiere mich und streife mir mit nassen Händen durchs Haar.

„Hier, ziehen Sie das an, wir gehen joggen."

Was? Er will mit mir raus, laufen? Aber ich muss zurück in meine Zelle, verdammt, ich bekomme Kopfschmerzen.

Wir laufen in einem gemütlichen Trott über die Parkwege des Krankenhauses, es ist warm, noch nicht so unerträglich heiß, wie es im August während des Tages wird. Er atmet etwas lauter als ich, doch er scheint sportlicher zu sein, als man es seiner massigen Statur ansieht. Ich atme tief durch, die Sonne auf meinen Armen, meine Füße machen mir keine Probleme. Abgesehen von den sternförmigen Narben dort und auf meinen Händen fühlt es sich an wie vorher. Sein T-Shirt ist vollkommen verschwitzt, als wir wieder vor dem Gebäude ankommen. Ich bin okay, etwas Schweiß auf der Stirn, aber nicht so viel, nur die kurzen Ärmel meines T-Shirts stören mich sehr, denn die Tätowierung schlängelt sich auf der Rückseite meiner Arme hervor, und es ist mir unangenehm, dass man sie sieht.

„Super, ich habe einen Bärenhunger, die Dusche muss warten. Was halten Sie von Frühstück, Nathaniel?"

Ich zucke fast, wenn er Nathaniel sagt, und irgendwie spüre ich kurz Zorn – er soll mich Nate nennen!

„Na kommen Sie schon."

Wir betreten die Krankenhauskantine, alles voller Patienten und Ärzte, er drückt mir ein Tablett in die Hand und fängt an, sich sein Frühstück zusammenzustellen.

„Los, Nathaniel …"

Hör auf damit! Nate, nenn mich Nate!

„… suchen Sie sich was aus, und dann setzen wir uns raus in die Sonne."

Aussuchen? Mein Kopf sticht schon wieder.

Er schiebt sich eine Gabel mit Rührei in den Mund, dann richtet er die Gabel auf mich: „Ein Brötchen und eine Tasse Milch – bescheiden!" Er lächelt mich breit an.

Ich reiße das Brötchen auseinander und tunke es in die Milch, dann beiße ich die weiche Masse ab. Das ist gut, besser als jedes Frühstück, das ich jemals hatte, denn ich habe es mir ausgesucht.

„Darf ich Sie was fragen, Nathaniel?"

„Nate!", knurrt eine raue Stimme.

„Was? Was haben Sie gesagt?"

Er ist plötzlich ganz aufgeregt. Ich tunke wieder mein Brötchen ein und esse weiter.

„Sie wollen, dass ich Sie Nate nenne, richtig?"

Ich blicke nicht hoch. Du hast es kapiert. Mein Zorn ist verschwunden, doch mein Kopf klopft wie verrückt.

„Gut, Nate, es freut mich, Sie kennenzulernen! Mein Name ist Joshua, und ich denke, wir werden ab jetzt viel Zeit miteinander verbringen. Hätten Sie was dagegen, wenn wir uns duzen?"

Armer Joshua, du willst dich mit einem Mörder duzen? Wenn du wüsstest, dass ich zwei Menschen umgebracht habe, eine Frau – meine Partnerin! – und ein dreizehnjähriges Mädchen, wolltest du mich dann immer noch duzen? Ich blicke von meiner Tasse auf in sein Gesicht.

Er zeigt seine großen Zähne und sagt lachend: „Ich denke, das ist ein Ja!"

Montag, 21. September 2009

Ich sitze alleine im Außenbereich der Kantine, vor mir ein Teller Spaghetti und Salat, muss zugeben, es schmeckt. Josh hat mich allein gelassen, hat etwas zu erledigen, so sagt er, doch ich bin der Überzeugung, er testet mich. Natürlich, es wäre für mich ein Leichtes, jetzt abzuhauen, weit genug weg, und dann könnte ich es tun, es ist immer noch in meinen Gedanken. Doch heute scheint die Sonne, wir haben einen Indian Summer, der Park ist wunderschön mit dem gefärbten Laub und das Licht irgendwie golden, abgesehen davon schmeckt mir das Essen einfach zu gut. Er wird bald wiederkommen und auf seinem Gesicht wird keine Überraschung zu sehen sein, mich hier vorzufinden, sondern reine Freude. Josh ist ein Menschenfreund und will helfen, einer von denen, die diesen schlecht bezahlten Job von Herzen gerne machen. Nach all dem Laufen mit Josh bin ich ungemein fit, ich ziehe immer noch meine Übungen durch, körperlich bin ich gesünder als jemals zuvor, nur meine Narben und das Kunstwerk auf meinem Rücken erinnern an andere Zeiten.

Die Therapiestunden mit Lydia Merkhem sind bisher okay, ich hatte es mir schlimmer vorgestellt, doch weiß ich von meinen eigenen Patienten, die ich als klinischer Psychologe in Stanford betreut habe, dass es sich noch um die Introphase bei der kognitiven Verhaltenstherapie handelt. Sie geht davon aus, dass meine eigenen Kognitionen krankhaft sind, und das versucht sie zu ändern. Wirklich beginnen kann die eigentliche Therapie erst, wenn es ihr gelungen ist, mich davon zu überzeugen, dass ich von dem Trauma rede, dann erst können Korrekturen durchgeführt werden. Doch das werde ich nicht. Ich weiß, dass meine Bewertung, was den Tod von Dra und besonders Tanja angeht, richtig ist. Ohne mich wären beide noch am Leben!

Für mich gibt es nur zwei Möglichkeiten: Irgendwann fange ich an, damit zu leben, oder ich entscheide mich dafür zu sterben, doch das ist meine Sache, nur meine.

Da kommt Josh mit seinem fröhlichen Gesicht.

„Hey, bin wieder da, wie war das Essen?"

Ich sehe ihn an.

„Gut."

„Es freut mich, dass du nicht versucht hast zu türmen. Bist du fertig? Dr. Merkhem wartet."

Ich nicke, stehe auf und nehme mein Tablett, um es zur Geschirrrückgabe zu bringen.

„Josh, wenn ich es gewollt hätte, dann hätte ich es tun können, denn die beiden, die du dort zu meiner Überwachung platziert hast, sind nicht schnell genug für mich." Dabei sehe ich auf die beiden jungen Pfleger am Nachbartisch.

Joshua schüttelt den Kopf.

„Das ist der Nachteil, wenn ein Patient mal beim FBI war, vormachen kann ich dir nichts. Das ist Krankenhausvorschrift, weißt du doch. Abgesehen davon wäre es mittlerweile ein Leichtes für dich, mich abzuhängen, wenn wir joggen. Darum bleibt es eine

Vertrauenssache, und wie gesagt, ich freue mich, dass du noch da bist!“

„Hallo Dr. Caim.“

Sie erhebt sich aus ihrem Sessel, der in dem kleinen Arbeitszimmer vor dem Bücherregal steht, und schüttelt meine Hand. Ich muss wie immer grinsen, wenn sie mich Dr. Caim nennt.

„Warum amüsiert es Sie jedes Mal so, wenn ich Sie mit Doktor anrede, Sie sind doch ein Kollege, oder?“

Wir sitzen uns gegenüber, kein Schreibtisch zwischen uns, der Distanz schafft, es ist das ideale Ambiente für eine Therapie.

„Weil Sie so offensichtlich die gleichberechtigte Partnerschaft betonen, die bei der kognitiven Verhaltenstherapie empfohlen wird.“

„Ist das so falsch, wenn wir Partner sind anstatt Patient und Arzt?“

Ihre Stimme ist immer etwas weicher, wenn wir die Therapiestunden beginnen.

„Nein, aus ärztlicher Sicht nicht. Ich bin nun mal der Experte meiner Gedankenmuster, und Sie müssen mich aktiv beteiligen – Aaron Temkin Becks' Theorie. Also, Doktor, Ihrer Meinung nach, bei welchem der sechs Schritte der kognitiven Umstrukturierung sind wir angekommen?“

Sie lehnt sich entspannt zurück, während ich auf der Stuhlkante sitze, leicht vorgebeugt, mit den Unterarmen auf meinen Oberschenkeln, die Hände ineinandergelegt. Ein Außenstehender könnte aufgrund der Körpersprache annehmen, ich wäre der Arzt und sie der Patient.

„Sagen Sie es mir, Dr. Caim.“

„Das Vorstellen des kognitiven Modells haben wir hinter uns, da ich als Psychologe weiß, was dieses Modell ist. Schritt zwei vielleicht ...“ – ich bin sehr bewusst sarkastisch – „... Bewusstwerdung der dysfunktionalen Kognition? Ups! Das ist das Problem, ich glaube, die kann mir nicht bewusst werden, da ich sie nicht habe! Damit sind Schritt drei und vier, Infragestellung und Reflexion dieser, genauso hinfällig wie Schritt fünf und sechs, die Entwicklung alternativer Überzeugungen und deren Training."

Sie sieht mich durchdringend an.

„Jetzt redet der FBI-Agent in Ihnen und nicht der Doktor."

„Ach ja?"

„Ja. Denken Sie nochmals für einen Moment als Arzt. Wenn Sie einen sechsundzwanzigjährigen Menschen vor sich haben, von dem man nur weiß, dass er neunzig Tage gegen seinen Willen gefangen gehalten wurde …"

Sei still!, denke ich, Zorn kocht wieder hoch in mir …

„… den man gekreuzigt hat …"

„Hören Sie auf!" Wut ballt sich in meinem Magen, das geht keinen was an!

„… und der, nachdem sein Leben wie durch ein Wunder gerettet wurde …"

Ich springe so heftig auf, dass der Stuhl umfällt, ich bin so wütend, dass sich meine Fäuste verkrampfen.

Auch sie erhebt sich, spricht aber gnadenlos weiter: „… nur auf eine Gelegenheit wartet, sich umbringen zu können – wie nennen Sie das dann?"

Die Tür öffnet sich und Josh tritt in den Raum.

„Alles in Ordnung, Doc?"

Er sieht mich mit ernstem Gesicht an, ich löse meine Fäuste und bücke mich, um den Stuhl aufzuheben, dann setzte ich mich, bin müde und die Kopfschmerzen fangen wieder an.

„Tut mir leid", sage ich so leise, dass nur sie es hören kann.

„Alles okay, Josh, gehen Sie wieder."

Die Tür schließt sich hinter ihm, wir sind wieder allein.

„Also, Dr. Caim, wie nennen Sie das dann?"

Ich beiße mir von innen in die Wangen, merke, dass mir Tränen in die Augen steigen. Sie wiederholt ihre Frage noch einmal sehr sanft. Ich blicke auf.

„Ein pathologisches Fehlverhalten aufgrund eines Traumas", sage ich kleinlaut und kann es nicht verhindern, dass mir eine Träne über die Wange läuft.

Dr. Merkhem nickt, ich lege meine Handflächen auf mein Gesicht und wische darüber.

„Nate, Sie selbst haben gerade Schritt zwei der Therapie eingeleitet, die Bewusstwerdung Ihrer nicht funktionalen Gedanken und Bewertungen. Damit wir sie infrage stellen können, müssen Sie mir erzählen, warum Sie sich selbst töten wollten."

Mein Kopf pocht, ich kann nicht mehr ruhig sitzen und stehe auf, gehe ans Fenster und sehe auf den Park der Klinik. Sie ist still, wartet darauf, dass ich rede. Keine Ahnung, wie lange ich ohne ein Wort aus dem Fenster blicke.

„Ich habe zwei Menschen getötet."

„Wie haben Sie die beiden getötet?"

„Ich habe zugelassen, dass sie umgebracht wurden, sie sind gestorben wegen meiner Unzulänglichkeit. Ich hätte sie retten können."

„Meinen Sie ihre Partnerin Agent Romano und das Mädchen Tanja Semonin?"

„Ja."

Ich werde immer leiser und möchte mich wieder in Schweigen zurückziehen, doch sie merkt das genau.

„Hören Sie jetzt nicht auf, Nate. Was war Ihrer Meinung nach so unzulänglich, was hätten Sie tun können?"

Ich kann sie nicht ansehen.

„Wenn ich getan hätte, was man von mir verlangte, würde Tanja jetzt noch leben. Doch ich konnte nicht."

„Was konnten Sie nicht?"

Mein Gott, ich sehe alles wieder vor mir, den Altar mit Tanja, den Meister mit dem Dolch, ich höre ihn sagen: „Geh zu ihr, Sohn des Camio, und zeuge das Kind, auf das wir warten.“ Noch mehr Tränen, ich muss mich an der Fensterbank festhalten, denn ich habe das Gefühl zu fallen.

„Mit ihr schlafen.“

Dr. Merkhem steht auf und kommt auf mich zu, sie bleibt hinter mir stehen.

„Diese Menschen haben von Ihnen verlangt, mit ihr Sex zu haben?!“

Ich nicke nur. Sie legt eine Hand auf meine Schulter, während ich ein Taschentuch aus meiner Jeans krame.

„Nate, Sie haben sich nur geweigert, ein dreizehnjähriges Kind zu vergewaltigen, das ist kein Fehler. Sie haben ihr nicht die Kehle durchgeschnitten, Sie haben sie nicht getötet.“

Ich drehe mich um, lehne mich gegen die Fensterbank, ich bin erschöpft.

„Nein, ich habe ihr nicht die Kehle durchgeschnitten, doch dieser perverse Kranke hat es getan, und zwar aufgrund meiner Worte! Ich wollte so schlau sein ... dachte, wenn ich auf sein Spiel eingehe, dann kann ich ihn überzeugen ...“

Sie sieht mir in die Augen.

„Wie?“

„Ich sagte, dass Tanja nicht die Richtige sei, um ein Kind zu zeugen, dass ich mir die Frau dafür selbst aussuchen müsse. Das war der Grund, warum sie getötet wurde!“

Dr. Merkhem schüttelt den Kopf, kann aber ein gewisses Entsetzen in ihrem Gesicht nicht verbergen.

„Nein, Nate, das war nicht der Grund, warum man sie tötete. Sie starb, weil sie in den Händen eines Mörders war, weil Tanja genau wie Sie ein Opfer war, nicht weil Sie versucht haben, ihr Leben zu retten. Kommen Sie, wir setzen uns wieder.“

Sie führt mich am Arm zurück zum Stuhl und ich lasse mich hineinfallen.

„Wie fühlen Sie sich?“

Komisch, die Frage macht mich gar nicht zornig, im Gegenteil, ich höre in mich hinein, um zu verstehen, wie ich mich fühle.

„Müde, traurig, hilflos und einsam.“

„Sie sind nicht allein, ich helfe Ihnen und die Trauer, die Sie fühlen, wird weniger werden. Nate, fangen Sie an zu erzählen, ganz von vorne.“

Ich atme tief ein und dann finde ich Worte, von denen ich dachte, dass sie mir nie über die Lippen kämen. Stück für Stück berichte ich ihr alles, was passiert ist in den schlimmsten neunzig Tagen meines Lebens. Es dauert genauso lange, meine Geschichte zu erzählen, wie meine Gefangenschaft gedauert hat. Immer wieder muss ich aufhören, da ich es nicht ertrage oder einfach nur Heulkrämpfe bekomme, doch am nächsten Tag geht es wieder. So erfährt Dr. Lydia Merkhem meine Geschichte und sie muss mir schwören, diese niemals, unter gar keinen Umständen vor irgendwem zu wiederholen.

KAPITEL SECHS

Montag, 11. Januar 2010

Seit zwei Tagen war Nate wieder in Washington, Don hatte ihn vorgestern von der Klinik abgeholt und ihn zu seiner alten FBI-Wohnung gebracht. Dort fand er alles so vor, wie er es vor knapp einem Jahr verlassen hatte; jemand hatte die Wohnung sauber gehalten, und er nahm an, dass er Don die Einkäufe in seinem Kühlschrank verdankte. Der Tisch quoll über mit geöffneten Briefen, geöffnet von seinen Leuten, während er verschwunden war, Papiere und Reklame, aber bisher hatte er nicht die Muße gefunden, den Kram durchzusehen, eigentlich hatte er überhaupt nicht viel getan, Essen gekocht, geschlafen und war täglich seine Joggingrunden in den Constitution Gardens unweit des J. Edgar Hoover Buildings gelaufen. Gestern hatte er mit dem Rechtsanwalt, der den Nachlass seines Vaters verwaltete, gesprochen. Er hatte ihm zugesagt, die persönlichen Unterlagen weiterzuschicken und die fünfzigtausend Dollar zu überweisen, nach Abzug seines Honorars und der Kosten der Wohnungsauflösung. Kein Vermögen, doch das konnte ein guter Start sein, wenn er wirklich beim FBI rausflog. Momentan war er suspendiert, erhielt aber weiter sein Gehalt, wie lange noch, war nicht geklärt.

Morgen würde sich viel entscheiden, er sollte seine Aussage machen und die Gegenüberstellung im Beisein der Staatsanwaltschaft sollte stattfinden. Carter, der neue Boss des CASMIRC, hatte ihn zwei Tage vor seiner Entlassung in der Klinik angerufen. Don lag ganz richtig mit dem, was er ihm erzählt hatte: Carter war ein richtiges Arschloch. Er verschwendete keine Zeit damit, sich nach Nates Befinden zu erkundigen, er kam gleich zur Sache und informierte ihn über den Termin Dienstag nächster Woche um neun Uhr im Hauptsitz Washington. Er machte aus seinen Erwartungen keinen Hehl.

„Ich erwarte, dass Sie pünktlich erscheinen zur Gegenüberstellung, Sie werden im Beisein des Staatsanwalts Ihre Aussage machen und anschließend mit unserem Phantomzeichner arbeiten. Danach besprechen wir Ihre Zukunft, Mister Caim."

Er hatte sehr bewusst „Mister Caim" gesagt, es war klar, dass Nate schon jetzt kein Agent mehr war.

Eigentlich wollte Nate ihm seine Bedingungen nennen, unter denen er der Anhörung zustimmte, doch Carter hatte einfach aufgelegt. Morgen war es also so weit. Dr. Merkhem hatte sich bereit erklärt, ihn anschließend zu sehen im George Washington University Hospital, das zu Fuß gut fünfzig Minuten vom Hauptsitz des FBI lag. Sie hatten die letzten Tage in der Klinik immer wieder über seine Anhörung und die dabei entstehenden Emotionen geredet; er war vorbereitet, besonders was sein Recht zu schweigen betraf.

Schon seit Ende Dezember nahm Nate keine Antidepressiva mehr, doch nachdem klar geworden war, dass seiner Entlassung nichts mehr im Weg stand, bekam er ein Phytopharmakum, ein auf natürlichen Wirkstoffen basierendes Mittel, das Angstzuständen entgegenwirken soll. Nate wusste, es war in der Schulmedizin umstritten, doch selbst wenn es nur einen Placebo-Effekt hatte, er nahm es regelmäßig. Dennoch hatte er Angst vor dem, was morgen passieren würde.

„Ich bin immer noch der Meinung, du hättest einen Anzug anziehen sollen."

Don folgte Nate durch die Sicherheitsschranke des FBI-Gebäudes, er hatte ihm seinen Ausweis mitgebracht, und beide konnten unbehelligt hinein. Nate trug Jeans und ein langärmliges, weißes Baumwollshirt unter der braunen Lederjacke; seinen Ausweis hatte er in die Außentasche gesteckt, sodass die Marke sichtbar war. Er hatte seine Haare immer noch nicht geschnitten, obwohl er es sich schon so oft vorgenommen hatte, und sah ein wenig aus wie ein Student auf Besichtigungstour.

„Meinst du, das hätte was geändert, glaubst du, Carter würde mir dann meinen Job wiedergeben?"

Don antwortete nicht, zuckte nur mit den Schultern.

Sie nahmen den Aufzug und fuhren in den vierten Stock, dort lagen die Verhörräume. Don wusste, dass Carter mit Nates Aussage anfangen wollte.

Vor dem entsprechenden Verhörraum stand ein Agent und wartete bereits auf sie. Nachdem er ihre Ausweise erneut geprüft hatte, ließ er sie ein. Beide staunten nicht schlecht, als sie anstatt zwei Personen fünf am Tisch sitzen sahen. Bis auf zwei kannte Nate alle Gesichter. Ihm wurde klar, das war verdammt hoch aufgehängt. Robert Dickens – der Direktor des NCAVC, National Center for Analysis of Violent Crime, dem das CASMIRC unterstand – und neben ihm ein Mann Mitte dreißig, aalglatt, das sah man ihm schon an, es musste Carter sein, der neue Leiter des CASMIRC. Auf der anderen Seite Simon Robes, Gouverneur des Bundesstaates Virginia, der Generalstaatsanwalt Malbrigde und eine Frau, die wahrscheinlich die zuständige Staatsanwältin für den Fall war.

Dickens stand auf und kam auf Nate zu.

„Agent Caim, ich freue mich, Sie gesund vor uns zu sehen, Sie kennen die Anwesenden?"

Bei dem Satz zuckte Carters Mundwinkel leicht.

Nate ergriff Dickens' Hand.

„Direktor Dickens, Sir, ich nehme an, Agent Carter, Leiter des CASMIRC" – Nate nickte in dessen Richtung, worauf er ein gekünsteltes Lächeln erntete – „Gouverneur Robes, Sir, Generalstaatsanwalt Malbrigde, Sir, und ich nehme an, die zuständige Staatsanwältin, Ma'am?"

„Ja, Monica Winter, freut mich, Agent Caim."

Die beiden Männer lächelten ihn an. Dickens führte ihn an die Kopfseite des Tisches.

„Bitte setzen Sie sich, möchten Sie einen Kaffee?"

„Nein danke."

„Der Tonträger, der die Aussage aufnimmt, läuft bereits. Für das Protokoll: Agent Nathaniel Caim hat den Raum betreten, ebenso Agent Don Viggen, Leiter der Soko Angel, die dem CASMIRC zugeordnet ist. Agent Caim, Agent Carter wird zusammen mit Mrs. Winter die entsprechenden Fragen zu Ihrer Aussage stellen, es wird …"

Nate unterbrach ihn mit ruhiger Stimme: „Verzeihen Sie, Sir, das lehne ich ab."

Alle Beteiligten außer Don schauten erstaunt auf.

„Ich werde hier keine ausführliche Aussage machen, was den Zeitraum meiner Gefangenschaft angeht, ich werde nur auf relevante Fakten eingehen, die den Mord an Agent Tandra Romano sowie Tanja Semonin betreffen. Natürlich auch auf die Fakten, die zur möglichen Ergreifung der Beschuldigten führen. Um der nächsten Frage zuvorzukommen, nein, ich werde keine Strafanzeige stellen, was meine persönlichen Verletzungen betrifft, und bin daher nicht gezwungen, darüber auszusagen."

„Sind Sie verrückt geworden? Aufgrund welcher rechtlichen Grundlage glauben Sie, die Aussage verweigern zu können?"

Carters Stimme war hart und aggressiv. Dickens ergriff Carters Arm, der auf dem Tisch lag, und stoppte ihn.

„Agent Caim, verzeihen Sie Agent Carter, er meinte bestimmt nicht, dass Sie verrückt sind, aber es hat Relevanz, was er sagt, welche juristische Grundlage führen Sie an? Sie wissen, ohne diese können wir Sie zur Aussage zwingen und im Falle Ihrer Ablehnung Strafanzeige gegen Sie erstatten."

„Ich weiß, es gibt kein Zeugnisverweigerungsrecht vor einer Grand Jury, und man kann Beugehaft gegen mich verhängen, doch ich glaube nicht, dass die Grand Jury mich zwingen wird. Einmal habe ich einen Opferstatus und zweitens werde ich aufgrund meiner ärztlichen Verschwiegenheitspflicht die Aussage verweigern. Ihnen ist doch klar, dass eine ärztliche Schweigepflicht genauso heilig ist wie ein Beichtgeheimnis."

Monica Winter beugte sich vor und sprach sehr höflich: „Bitte erklären Sie uns das."

„Ma'am, ich habe die letzten fünf Monate eine Therapie gemacht bei Dr. Merkhem, einer Psychologin des FBI für Opfer von Gewaltverbrechen. Sie entschied sich in meinem Fall für eine Form der kognitiven Verhaltenstherapie, die Patienten und Arzt zum Partner macht. Da in diesem Fall der Patient auch ein psychologischer Psychotherapeut ist, handelt es sich um eine Therapie, in der zwei Ärzte involviert sind. Daher unterliege ich der ärztlichen Schweigepflicht, auch wenn es um mich selbst geht." Nate griff in die Ledermappe, die er mitgebracht hatte und die jetzt vor ihm auf dem Tisch lag. „Ich habe Ihnen hier eine eidesstattliche Bestätigung von Dr. Merkhem mitgebracht, die den Ansatz dieser kognitiven Therapie als Partnerschaft, in meinem Fall von zwei Ärzten, untermauert. Damit bin ich rechtlich nicht verpflichtet, eine Aussage zu machen."

Er reichte das Schriftstück an den Generalstaatsanwalt. Der sah es sich an und gab es an Monica Winter weiter. Die studierte es gründlich, bevor sie nickte.

„Mister Caim, ist das nicht ein bisschen an den Haaren herbeigezogen?" Der Generalstaatsanwalt blieb völlig emotionslos.

„Nein, Sir, es besteht sogar ein Präzedenzfall, Hornburg gegen Hornburg 93, es handelte sich zwar nur um einen Scheidungsfall, dem eine Ehetherapie vorausging, doch die juristische Grundlage ist dieselbe und damit ein Teil des gültigen Rechtssystems."

Monica Winter und Malbrigde wechselten kurz leise ein paar Worte, dann wandte die Staatsanwältin sich an den Direktor des NCAVC: „Mister Dickens, wir möchten Sie bitten, das Verhör zu unterbrechen, damit ich die Möglichkeit habe, das zu prüfen. Ich denke, in einer Stunde können wir weitermachen."

„Gut. Doch bevor ich das tue, sagen Sie mir, Agent Caim, warum Sie sich weigern, ich verstehe es nicht, warum verzichten Sie auf die Strafverfolgung derjenigen, die Ihnen das angetan haben, sind Sie involviert und würden sich selbst belasten?" Er sah Nate streng an.

Nate blickte nicht zurück. Er heftete seine Augen auf die Tischplatte, als er antwortete: „Sir, ich bin nicht involviert in irgendeine Straftat, meine Aussage würde mich auch nicht belasten, aber ich kann Ihnen die Einzelheiten nicht erzählen, ich kann nicht."

„Warum dann, Mister Caim?", ergriff Carter in autoritärem Ton das Wort.

„Agent Carter, bei dieser Sekte handelt es sich um eine sadistische und perverse Organisation, dementsprechend handeln diese Leute, und ich könnte es nicht ertragen, wenn die Taten, die an mir vollzogen wurden, jemals öffentlich gemacht werden würden, besonders nicht vor einer Jury in einem Gerichtssaal. Falls es aber je zu einem Punkt in der Ermittlung kommen sollte, an dem die Veröffentlichung von Details zu Verhaftungen führen kann, dann werde ich explizit Dr. Merkhem von ihrer ärztlichen Schweigepflicht entbinden, sodass sie vor Gericht aussagen kann."

Carter wollte noch etwas sagen, doch Dickens hob stoppend eine Hand in seine Richtung.

„Gut, hiermit beende ich die Anhörung von Agent Nathaniel Caim, es ist neun Uhr zehn."

Die Staatsanwältin stand auf und verließ den Raum, zurück blieb ein betretenes Schweigen, bis auch Dickens aufstand.

„Gouverneur, Herr Generalstaatsanwalt, Carter, bitte folgen Sie mir in mein Büro, damit wir uns besprechen können. Agent Viggen, bitte warten Sie zusammen mit Agent Caim. Meine Herren."

Das Phantombild zu erstellen dauerte eine Ewigkeit, da Nate immer wieder unterbrach, wenn die Panik in ihm aufstieg, nach draußen ging und im Innenhof rauchend umherlief. Als sie endlich fertig wurden, war es bereits vier Uhr am Nachmittag. Sowohl der Gouverneur als auch der Generalstaatsanwalt hatten das Gebäude verlassen, da sie noch Termine hatten.

Monica Winter wartete mit Don, Dickens und Carter im Verhörraum. Durch die Scheibe, die auf der anderen Seite gespiegelt war, sahen sie Yoros mit seinem Anwalt am Tisch sitzen. Er war ein kleiner, kräftiger Mann Mitte fünfzig, seinem immer noch sehr schwarzen Haar und den dunklen, braunen Augen sah man die südländischen Wurzeln an. Wie er so saß und wartete, wirkte er vollkommen harmlos, fast hilflos. Die Untersuchungshaft, die ohne Gewährung von Kaution bereits drei Wochen dauerte, hatte dem Mann zugesetzt.

„Gibt es besondere Wörter, die er sagen soll?" Don sprach mit Nate, der nun neben Dickens stand und Yoros aufmerksam beobachtete.

Nate wandte sich von der Scheibe ab.

„Ja, versuche ihn dazu zu bringen, Folgendes zu sagen: ‚Wenn er nicht stillhält, geht das nicht.' Es sollte genervt klingen, so als fühle er sich nicht wohl bei der Sache."

„Okay." Don verschwand im Verhörraum und setzte sich Yoros gegenüber.

Nate blieb mit dem Rücken zur Scheibe stehen und schloss die Augen, während Don mit den üblichen Fragen nach Namen, Alter und den anderen Formalitäten anfing. Als Nate Yoros' Stimme hörte, war er sich bereits sicher – das war sein Künstler. Nachdem Don ihn aufgefordert hatte, den speziellen Satz mehrere Male zu wiederholen, nickte Nate.

„Ja, das ist er."

„Sind Sie sich ganz sicher?", fragte Winter.

„Hundert Prozent."

Don kam wieder in den Nebenraum und sah sie fragend an.

„Agent Caim hat die Stimme identifiziert, er ist es", ergriff Dickens das Wort. „Konfrontieren Sie ihn damit, dann zeigen Sie ihm das Phantombild."

Yoros wies alles von sich, blieb beharrlich bei seiner Version, dass er der Falsche sei, nichts damit zu tun habe. Als Don ihm das Phantombild hinlegte, zuckten seine Mundwinkel merklich, doch er schüttelte den Kopf.

„Lassen Sie mich das Verhör führen", sagte Nate plötzlich.

„Das halte ich für keine gute Idee, Sie sind momentan suspendiert", fiel ihm Carter direkt ins Wort.

„Was halten Sie davon, Monica?", fragte Dickens und ignorierte Carter.

„Agent Caim kann kein Verhör führen, wenn er suspendiert ist, das käme einem Verfahrensfehler gleich und könnte vor Gericht nicht standhalten."

„Aber ich kann ihm gegenübergestellt werden als Zeuge, solange Don die Fragen stellt, sollte das kein Problem sein."

„Das ist doch Unsinn, Sie bleiben da raus." Carter behandelte Nate so, als ob er auf der Anklagebank säße.

„Agent Caim hat nicht unrecht, solange Agent Viggen die Fragen stellt, kein Problem, und rein rechtlich ist nichts Falsches dabei, wenn Agent Caim ihm diese in den Mund legt. Ich denke, wir sollten es versuchen, denn nur aufgrund der Stimmenidentifizierung haben wir einen beschränkten Beweiswert und es könnte schwer werden, die Untersuchungshaft aufrechtzuerhalten.

„Robert, das ist doch Unsinn, er“ – Carter deutete aggressiv mit dem Finger auf Nate – „macht die Sache doch so undurchsichtig, mit seinem Zeugnisverweigerungsrecht.“

„Carter, jetzt machen Sie mal einen Punkt! Agent Caim ist ein Opfer, kein Täter!“ Dickens war energisch geworden. In gelassenerem Ton sagte er zu Nate gewandt: „Gut, gehen Sie rein, aber denken Sie daran, alle Fragen müssen von Don wiederholt werden.“

„Geht klar.“

Nate öffnete den Verhörraum und trat ein. Yoros' Augen wurden groß, als er ihn sah, fast ängstlich wandte er sich an seinen Anwalt.

„Fürs Protokoll: Der Zeuge Agent Caim hat den Verhörraum betreten.“ Don verstand die Situation und sprach laut, damit der Satz deutlich aufgenommen wurde.

„Ein FBI-Agent?“ Es schoss förmlich aus Yoros' Mund.

Nate ging zum Tisch, beugte sich vor und legte die Handflächen rechts und links neben das Phantombild, das immer noch vor Yoros lag.

„Ein FBI-Agent“, bestätigte Nate bedrohlich ruhig, „ein FBI-Agent, der gegen seinen Willen von Ihnen tätowiert wurde.“ Dann griff er nach seinem Sweatshirt, zog es über den Kopf und drehte seinen Rücken Yoros zu.

„Moment mal ...“, griff der Anwalt ein, wurde aber von Yoros unterbrochen, der aufgesprungen war und sich an die hintere Wand drückte:

„Ich dachte, Sie gehören zu denen?!“

„Sie sollten jetzt nichts mehr sagen“, warnte ihn der Anwalt.

„Mister Yoros“, sagte Don bestimmt, „Freiheitsberaubung und Körperverletzung eines FBI-Agenten, das bringt Ihnen im schlimmsten Falle fünfzehn Jahre. Beihilfe zum Mord weitere zehn Jahre, glauben Sie mir, Sie werden das Gefängnis nicht mehr lebend verlassen. Wenn Sie jetzt reden, dann können wir noch etwas für Sie tun.“

„Was?! Ich dachte, er wäre einer von diesen Leuten, dass er es wollte, dass ich ihn tätowiere!“, polterte Yoros panisch.

„Don, frag ihn, warum ich dann gefesselt auf dem Tisch lag, warum ich schrie, bis man mir in den Oberschenkel geschnitten hat!?“

Nate sah, weiterhin ganz ruhig, mit hartem Gesicht zu Yoros, während Don seine Frage wiederholte. Yoros wurde blass und sah Hilfe suchend auf den Anwalt.

„Was bieten Sie an?“, fragte dieser plötzlich.

Schon öffnete sich die Tür und Monica Winter trat ein. Sie sah betreten auf Nates Tätowierung. Zwar hatte sie die Fotos gesehen, doch jetzt, wie er so vor ihr stand, wirkte es fürchterlich.

Nate zog sich das Shirt wieder an.

„Zehn Jahre ohne Bewährung, und vergessen Sie nicht, damit habe ich den Tatbestand der Unterstützung einer konspirativen Vereinigung gar nicht erst mit ins Strafmaß genommen.“

Der Anwalt stand auf und ging zu Yoros, um sich kurz mit ihm zu beraten. Dann setzten sich beide wieder an den Tisch.

„Mein Mandant ist einverstanden und wird reden, aber wir wollen fünf Jahre, davon drei auf Bewährung.“

Winter sah kurz zu Nate, der nur kurz ein Nicken andeutete.

„Gut, reden Sie. Wenn sich herausstellt, dass ihr Mandant wirklich nur tätowiert hat und alles aussagt, was er weiß, gilt der Deal.“

Don und die Staatsanwältin saßen mit Yoros und seinem Verteidiger am Tisch, Nate lehnte seitlich an der Wand und rührte sich nicht. Er nahm seine Augen nicht von Yoros, sein Gesicht blieb regungslos, während Yoros immer wieder ängstlich zu ihm sah.

Die Sekte hatte ihn angeworben, in New York, über eine Frau, von der er nur wusste, dass sie Olivia hieß. Man hatte ihm gesagt, dass ein Mitglied aufgenommen worden sei und dafür tätowiert werden solle. Sie boten ihm zwanzigtausend Dollar, das höchste Honorar, das er jemals erhalten hatte. Olivia hatte eine alte Zeichnung von einem Engel mit Schwert bei sich und erklärte genau, wo am Körper und wie groß. Yoros hatte sich die Zeichnung angesehen, und ihm wurde klar, wie umfangreich und kompliziert sie war. Er veranschlagte achtzig Stunden und empfahl, nicht länger als zwei Stunden am Tag.

Dann wurde es eigenartig, denn sie bestanden darauf, dass man ihn abholte, im Auto bekam er eine Augenbinde angelegt, sodass er nicht wusste, an welchen Ort sie fuhren. Neunundsechzig Tage lang, jeden Abend um sieben, dann fuhren sie eine Stunde, er tätowierte, die meiste Zeit ebenfalls eine Stunde lang, und wurde danach sofort wieder zurückgefahren.

Yoros gab zu, dass er sich wunderte über die Fesseln und auch dass der Mann beim ersten Mal geschrien hatte und verletzt wurde ... Doch die ganze Angelegenheit war so verrückt ... was wusste er denn schon von Aufnahmeriten bei Sekten! Keiner im Raum glaubte ihm davon auch nur ein Wort, es war klar, der Mann hatte beide Augen zugedrückt in Anbetracht der Zwanzigtausend – ein Vermögen für ihn.

Don legte ihm ein Foto von Olivia Marren vor und er bestätigt es, genauso wie er das Phantombild erkannte. Es war der Mann, der sich nur als „Meister“ anreden ließ, der jeden Abend seine Arbeit akribisch beobachtete und nie viel sagte. Er war auch derjenige, der mit dem Messer in Agent Caims Oberschenkel gestochen hatte bei der ersten Sitzung.

Sonst hatte er keine weiteren Mitglieder gesehen. Nach den ersten drei Sitzungen hatte man ihm fünftausend Dollar gegeben, einen Monat später wieder. Nachdem das Tattoo fertig gewesen war, bekam er die restlichen Zehntausend, alles in bar. Yoros hatte sein eigenes Werkzeug, die Farbe, Desinfektionsmittel, Vaseline und auch die Folie mit den Klebestreifen mitgebracht. Es klang nach einer Sackgasse.

„Don, frag ihn, ob dieser Meister jemals irgendetwas berührt hat."

Die Staatsanwältin sah Yoros an, es war nicht notwendig, dass Viggen die Frage wiederholte, der Deal, den sie eingegangen waren, hatte rechtliche Priorität, ein Verfahrensfehler war somit nicht mehr möglich.

„Nein, er gab mir noch nicht einmal die Hand, sprach nicht weiter mit mir und bestand darauf, dass ich mein Werkzeug bei ihnen ließ, er bezahlte das extra. Mann, es tut mir leid" – dabei wandte er sich an Nate – „ich wusste wirklich nicht, was da abgeht, ich hielt das für ein durchgeknalltes Spiel, die meisten Goths sind genauso, ich konnte doch nicht ahnen, dass die Entführer sind und Mörder, tut mir echt leid, Mann!"

Don sah auf.

„Sagen Sie, haben Sie jemals auch eine andere Person tätowiert, während Sie bei der Sekte waren?"

Yoros' Gesichtsausruck war ehrlich, als er sagte: „Nein, nie, nur ihn."

Er war also nicht für die Engelsflügel auf der Brust der Mädchen verantwortlich, das glaubte ihm selbst Nate.

Sie saßen wieder in dem großen Raum mit den hellen Fenstern, in dem heute Morgen die Anhörung stattgefunden hatte. Dickens war mit im Raum, und auch der Generalstaatsanwalt war wieder ins Haus gekommen und hatte die Aufgabe, den Gouverneur zu briefen, der weiterhin beschäftigt war. Nate hatte Dr. Merkhem angerufen und den Termin abgesagt, denn es war bereits später Nachmittag.

„Mister Caim“, sagte Carter in dem gleichen rüden Ton, den er schon die ganze Zeit anschlug, wenn er sich an Nate wandte, „in Anbetracht der Tatsache, dass heute alles länger gedauert hat als geplant, sollten wir beide einen neuen Termin ausmachen, um Ihren weiteren Werdegang beim FBI zu besprechen. Ich glaube, wir brauchen Sie heute nicht mehr.“

Nate schnalzte mit der Zunge.

„Weiterer Werdegang ... hübsch ausgedrückt. Sie meinen, um mich zu feuern, das haben Sie doch vor, Carter, oder?“

„Dieses Gespräch gehört nicht hierher“, erwiderte dieser schnell.

„Moment mal“, griff Dickens ein. „Erstens ist noch nichts entschieden, was Sie angeht, Agent Caim. Sie sind zwar suspendiert, doch es ist noch nichts entschieden und ich habe da auch noch ein Wort mitzureden. Zweitens, Agent Carter“ – dabei blickte er ihn streng an – „halte ich es für sinnvoll, dass wir die nächsten Schritte gemeinsam mit Agent Caim besprechen. Nun, was halten Sie von diesem Yoros?“ Diese Frage stellte er an niemanden explizit.

Carters Gesicht wurde hart und man sah, wie er sich auf die Zähne biss.

„Ich glaube ihm“, meinte die Staatsanwältin. „Für mich ist er kein Mitglied, er ist aus Geldgier in die Sache gerutscht und hat einfach die Augen zugemacht. Immerhin drücken wir ihm zwei Jahre Gefängnis auf und drei auf Bewährung wegen Körperverletzung, und das, obwohl er keine Vorstrafen hat, das ist eine Menge.“

„Eine Menge ...!“, schnaubte Nate. „Wenn man bedenkt, dass ich ein Leben lang seine Körperverletzung genießen kann, ist das nicht gerade viel.“

„Nate!“, murrte Don vorwurfsvoll.

„Schon gut, sorry, ich sollte konstruktiv bleiben.“

„Danke, Agent Caim“, sprach sie wieder. „Nun, die Frage ist doch, was jetzt? Olivia Marren ist ein Anhaltspunkt, war sie aber schon vorher, und wir wissen nicht, wo sie sich befindet. Sie hat sich nie mehr bei Semonin gemeldet. Wir haben das Phantombild dieses Meisters und können den Ort der Gefangenschaft in einem Radius von einer Stunde rund um New York eingrenzen, wie wollen Sie vorgehen?“

„Wenn wir das Phantombild an die Presse geben und nicht vorsichtig sind, dann ist die Chance, dass Semonins Schergen ihn vor uns finden, hoch, und lassen Sie uns ehrlich sein, meine Herren, dass Semonin in Verbindung mit der russischen Mafia steht, ist mehr als ein Gerücht. Dann ist unser Mann tot und wir finden nie den Rest der Sekte.“

Alle schwiegen einen Moment, doch jeder stimmte Don zu.

„Warum lassen wir das NYPD nicht das Phantombild ausgeben? Wir kreieren eine Story um den Mann, die nichts mit dem Fall Angel zu tun hat, und bitten die lokalen Behörden um Hilfe. Die Geschichte muss intern wie auch extern wasserdicht sein. Wenn der Ort, an dem ich gefangen gehalten wurde, wirklich im Umkreis von einer Stunde um New York ist, dann hätten wir dort die besten Chancen.“

„Dünnes Eis, Agent Caim, wenn wir ihn suchen lassen wegen eines Luftvergehens, bekommen wir Probleme vor Gericht, und es wird schwer sein, ihn zu belangen. Im Gegenteil, man kann uns Rechtsmissbrauch vorwerfen. Dass Sie genug von Jura verstehen, haben Sie uns ja schon bewiesen.“ Der Generalstaatsanwalt wirkte skeptisch.

„Das verstehe ich. Wenn ich sage ‚Story kreieren‘, meine ich, wir sollten ihn wegen etwas suchen lassen, von dem wir glauben, dass er involviert ist, doch weder die Morde noch die Sekte.“

„Und das wäre?“, fragte Monica Winter.

„Entführung von Olivia Marren?“

„Dann haben wir Semonin an unseren Hacken", warf Don ein. „Doch wie wäre es mit Myriell Angela Gibbens, Semonin weiß nichts von ihr, wenn ich mich recht erinnere, war ihr letzter Wohnsitz sogar in New York, bis sie sich der Bruderschaft anschloss."

Monica Winter rutschte mit dem Stuhl zurück und schlug die Beine übereinander.

„Ich weiß nicht, damit führen wir das NYPD und auch den Gerichtshof der Stadt an der Nase herum, die Richter könnten das dem FBI sehr übel nehmen, vor allem, da wir nicht im Zugzwang handeln, keines der entführten Kinder lebt noch."

„Doch, Myriell", sagte Nate und zog einen Mundwinkel hoch. „Sie ist zwar achtundzwanzig, doch die Tochter einer Mutter und eines Vaters, und wenn die beiden zustimmen, dass es sich um eine Entführung handelt, dann haben wir rechtlich festen Grund unter den Füßen."

Dickens nickte und auch Carter stimmte zu. Dem Generalstaatsanwalt war zwar nicht ganz wohl bei der Sache, doch auch er nickte letztendlich.

„Also, Don, leite alles in die Wege, schick ein paar Agenten zu den Eltern, und dann geht alles seinen Weg mit dem Phantombild." Nate verschränkte demonstrativ die Arme.

„Sie, Agent Caim, halten die Füße still, Sie sind weiterhin suspendiert und bleiben unser Zeuge, bis wir den Mann gefunden haben, dann kommt Ihre große Stunde. Don hält Sie auf dem Laufenden, doch wehe, Sie mischen sich ein und tun etwas auf eigene Faust, dann sorge ich selbst dafür, dass sie hochkant hier rausfliegen. Machen Sie Urlaub, erholen Sie sich. Haben Sie mich verstanden?" Dickens meinte jedes Wort, wie er es sagte, und das war Nate ziemlich klar; vielleicht hatte er doch noch eine Chance, beim FBI zu bleiben.

„Ja, Sir, ich habe verstanden."

„Dann los."

Mittwoch, 12. Mai 2010

Vier lange Monate kaum ein Erfolg. Es lief schleppend. Keine wirklich brauchbaren Informationen zu dem Phantombild. Nate hatte sich die ersten drei Monate ziemlich gelangweilt. Don traf sich mit ihm zweimal die Woche, aber es gab nichts Neues, meist gingen sie zusammen essen oder besuchten ein Footballspiel der Redskins. Er war immer noch einmal die Woche mit Dr. Merkhem zusammen, und es war nicht von der Hand zu weisen: die Stunden taten Nate gut.

Die Angst wurde weniger, auch wenn sie nicht völlig verschwand. Nachts schlief er immer mit einer brennenden Lampe, es ging, auch wenn die verfluchten Träume mit dem Engel blieben. Immer wieder sah er ihn unter dem Kreuz, das Gesicht, welches seinem eigenen so ähnlich war. In dem Moment, in dem er seine Füße berührte, wachte Nate auf, verschwitzt und ausgepowert, als wäre er einen Marathon gelaufen. Zu Anfang träumte er jede Nacht davon, doch auch das nahm ab. Von dem Engel hatte er selbst Lydia nie etwas angedeutet, es war einfach zu absurd.

Im Februar hatte Nate einen plastischen Chirurgen aufgesucht und sich über eine mögliche Entfernung des Tattoos informieren lassen. Doch der riet ihm davon ab, sein Bild war zu großflächig und zu tief gestochen, es würden Narben bleiben, die genau dieses Tattoo widerspiegelten. Der Arzt hatte den Kopf geschüttelt und ihm gesagt, dass es ein wenig spät sei, jetzt mit dem Denken anzufangen. Wenn man sich so etwas stechen lasse, dann sollte man vorher an die Konsequenzen denken. Das war immerhin klargestellt: für den Rest seines Lebens würde er den Engel auf Rücken und Armen nicht mehr loswerden; darum konzentrierte er sich darauf, den Engel in seinem Kopf loszuwerden.

Wie gesagt, er langweilte sich und fing an, sich mit Engelskunde zu beschäftigen. Er las alles, was er in die Hände bekommen konnte, in seiner Wohnung stapelten sich die Bücher, neben der Bibel der Tanach, der Koran, Buddhistische Schriften und dann all die Bücher, die sich speziell auf Engel und besonders auf gefallene Engel bezogen. Selbst Gnostiker, Sufis und andere asiatische Religionen hatten einen gewissen Engelsglauben.

Am genauesten befasste sich das Buch Henoch oder auch Enoch mit der Geschichte der gefallenen Engel, eine Schrift, die weder von östlichen noch von westlichen Kirchen als Teil der Bibel anerkannt ist. Bei Henoch handelt es sich um eine mystische Gestalt. Er wird mal als Prophet, mal als Engel verehrt und man sagt von ihm, er wäre der Erde entrückt und in den Himmel aufgestiegen und sein Buch eine Hinterlassenschaft. Dort, im Buch der Wächter, fand Nate die Geschichte, die sich am intensivsten mit den gefallenen Engeln beschäftigt. Sie beginnt nach der Genesis und vor dem Bau der Arche Noah, die die Sintflut überstehen sollte:

Es geschah, nachdem die Menschenkinder sich gemehrt hatten in diesen Tagen, dass ihnen herrliche und schöne Töchter geboren wurden. Und als die Engel, die Söhne des Himmels, sie erblickten, erbrannten sie in Liebe zu ihnen und sprachen zueinander: „Kommt, lasst uns für uns Weiber auswählen aus der Nachkommenschaft der Menschen und lasst uns Kinder zeugen." Dann sprach Samjaza, ihr Anführer, zu ihnen: „Ich fürchte, dass ihr vielleicht der Ausführung dieses Unternehmens abgeneigt werdet und dass ich allein dulden müsste für ein schweres Verbrechen." Aber sie antworteten ihm und sprachen: „Wir schwören alle und verpflichten uns durch Verwünschungen gegenseitig, dass wir nicht ändern unser Vorhaben, sondern ausführen unser beabsichtigtes

Unternehmen. Dann schworen sie alle einander und alle verpflichteten sich durch gegenseitige Verwünschungen. Ihre Zahl betrug zweihundert, welche herabstiegen auf Ardis, den Gipfel des Berges Armon. Dieser Berg wurde deshalb Armon genannt, weil sie geschworen hatten auf ihm und sich gebunden durch gegenseitige Verwünschungen. Dies sind die Namen ihren Häupter: Samjaza, welcher ihr Führer war, Urakabarameel, Akibeel, Tamiel, Ramuel, Danel, Azkeel, Sarakujal, Afael, Armers, Batraal, Anane, Zavebe, Samsaveel, Ertael, Turel, Jomjael, Arazjal. Dies waren die Vorsteher der zweihundert Engel und die übrigen waren mit ihnen. Dann nahmen sie Weiber, ein jeder wählte sich; ihnen begannen sie sich zu nahen und ihnen wohnten sie bei, lehrten sie Zauberei, Beschwörungen und das Teilen von Wurzeln und Bäumen. Und die Weiber empfingen und gebaren Riesen, deren Länge dreihundert Ellen betrug. Diese verschlangen allen Erwerb der Menschen, bis es unmöglich wurde, sie zu ernähren. Da wandten sie sich gegen Menschen, um sie zu essen, und begannen zu verletzen Vögel, Tiere, Gewürm und Fische, ihr Fleisch zu essen eins nach dem andern und zu trinken ihr Blut. Dann tadelte die Erde die Ungerechten.

Weitere Verweise fand Nate in der Bibel, im Alten Testament im Ersten Buch Mose, der Genesis. Im sechsten Kapitel, gleich zu Beginn, las er:

Da sich aber die Menschen begannen zu mehren auf Erden und ihnen Töchter geboren wurden, da sahen die Kinder Gottes nach den Töchtern der Menschen, wie sie schön waren, und nahmen zu Weibern, welche sie wollten. Da sprach der HERR: „Die Menschen wollen sich von meinem Geist nicht mehr strafen lassen; denn sie sind Fleisch. Ich will ihnen noch Frist geben hundertundzwanzig Jahre.“ Es waren auch zu den Zeiten Tyrannen auf Erden; denn da die Kinder Gottes zu den Töchtern der Men-

schen eingingen und sie ihnen Kinder gebaren, wurden daraus Gewaltige in der Welt und berühmte Männer.

Während Moses nicht weiter auf die Engel eingeht, die sich versündigten an den Menschenfrauen, und nur noch beschreibt, wie Gott die Sintflut schickt, um alle Menschen und auch die Söhne der Engel vom Angesicht der Erde zu vertreiben, führt Henoch die Geschichte der Gefallenen weiter. Er erzählt, wie die Erzengel Michael, Uriel, Raphael und Gabriel das Unrecht vom Himmel aus betrachten und sich an Gott wenden, um die zweihundert Engel zu strafen. Gott schickt Michael, um Afael, der das Wissen des Himmels an die Menschen weitergab, zu strafen mit Finsternis bis zum Tage des großen Gerichts. Michael verbannt den Anführer Samjaza und die restlichen der gefallenen Engel unter die Erde und reinigt die Welt von den Sünden der Wächter. Gabriel wird ausgesandt, um die Bastarde, Verworfenen und Hurenkinder der Wächter gegeneinander aufzubringen, damit sie sich selbst vernichten.

Manchmal wurde es Nate regelrecht schwindlig, wenn er stundenlang in diesen Texten gelesen hatte. Das alles war solch ein ausgemachter Blödsinn, dass selbst ein Tolkien mit seinen Beschreibungen von Mittelerde als Historiker anerkannt werden sollte. Doch von den etwa sieben Milliarden Menschen auf der Welt glauben circa zwei Milliarden an das Christentum, eineinhalb Milliarden an den Islam und nur ein bis eineinhalb Milliarden sind Konfessionslose. Der Rest der Menschheit verteilt sich in Fragen des Glaubens auf den Buddhismus, Hinduismus, das Judentum und alle möglichen Splitterreligionen.

Nicht zu fassen, aber – und das musste Nate vor sich selbst zugeben – als er dem Tod ins Auge geblickte hatte vor etwa einem Jahr, hatte auch er laut gerufen: „Warum? Warum, Gott?“

Der plötzliche Glaube und die Engelshalluzination im Angesicht des Todes machten ihm zu schaffen, und immer wenn er den Punkt erreichte, darüber nachzudenken, zog er sich um und rannte aus der Wohnung, um beim Joggen wieder einen klaren Kopf zu bekommen. Wenn er dann vom Grand Memorial zum Washington Monument lief, weiter zu den Constitutional Gardens, dort einige Runden drehte und sich wieder auf den Rückweg machte, dachte er an gar nichts, dann war alles einfach.

Es war der fünfzehnte Mai, als Don Viggen unangemeldet vor seiner Tür stand, Nate war gerade vom Laufen zurück und hatte sich nach dem Duschen umgezogen. Das ist ungewöhnlich, dachte er, als Don eintrat, denn er kam nie, ohne vorher anzurufen.

„Wir haben ihn", war alles, was Don sagte.

Nate musste das erst einmal sacken lassen. Meinte er den Meister?

„Was ist passiert?" Eine große Unruhe stieg in Nate auf.

Don schob achtlos ein paar der Papiere, die über die Couch verteilt waren, beiseite und setzte sich.

„Machst du uns einen Kaffee?"

„Mach ich, aber rede dabei, okay?!"

„Ich bin mir sicher, wir haben den Mann, den du Meister nennst. Dein Phantombild war ausgezeichnet. Er wurde vor zwei Stunden in Trenton verhaftet. Ein Steuerberater, Ian Shandler, fünfundfünfzig, verheiratet, zwei Söhne im Alter von achtzehn und dreiundzwanzig. Seine Frau Barbara, neunundvierzig, Hausfrau. Ziemlich teures Häuschen in der Old York Road mit allem Pipapo, Pool, Tennisplatz etc. Eigenes Büro downtown, zehn Angestellte. Keinerlei Vorstrafen. Monica versucht gerade mithilfe des Generalstaatsanwalts, einen Durchsuchungsbefehl für Haus und Büro zu bekommen."

Nate gab Don den Becher mit Kaffee und trank vorsichtig aus seiner Tasse.

„Wie seid ihr auf ihn gekommen?"

„Agent Gab Warell, er hat Trenton ins Spiel gebracht, und dann war es mit dem Phantombild eine Kleinigkeit."

„Gab Warell?"

„Er war mit euch undercover bei der Bruderschaft der Engel, du müsstest ihn eigentlich kennen. Nachdem ihr verschwunden wart, arbeitete er weiter undercover."

Nate schüttelte erstaunt den Kopf.

„Kann mich nicht an ihn erinnern, bist du dir sicher, dass wir uns bei der Bruderschaft begegnet sind?"

„Ja, das sagt er jedenfalls. Wie auch immer, er hat gewusst, dass wir in Trenton suchen müssen. Näheres erfahre ich noch, wenn ich ihn treffe."

„Wo ist der Meister jetzt?"

„Wir haben ihn ins Headquarter gebracht", meinte Don und nippte an seinem Kaffee.

„Wann kann ich ihn sehen?"

„Das wird noch eine Weile dauern, wir müssen erst New Jersey überzeugen, doch alles passt, Trenton ist eine Stunde sieben Minuten von Yoros' Wohnung entfernt. Wenn die Durchsuchung etwas ergibt, dann findet die Gegenüberstellung statt."

Nate setzte sich auf den Couchtisch, mitten in die Engelsartikel, die er dort sortiert hatte.

„Wenn er es ist, dann …"

Doch Don unterbrach ihn: „Er ist es, glaub mir, die Phantomzeichnung gleicht einem Foto."

Nate setzte wieder an: „WENN er es ist", dabei betonte er das erste Wort so stark, dass Don seinen Mund verzog, „dann finden wir etwas. Es kann nicht sein, dass er keine Beweise hinterlassen hat."

„Ach ja? So wie die Beweise auf der Farm, auf der du und Tandra angeblich waren?"

Don knallte den Becher auf den Tisch, Kaffee schwabbte über und hinterließ braune Flecken auf den Artikeln.

„Nate, du wühlst hier im Mystischen herum. Ich glaube deine ganzen Engelsrecherchen haben dir ein Loch ins Hirn gebrannt."

Nate lachte sarkastisch.

„Ach und wie erklärst du es dir?"

„Mit viel Geld und forensisch ausgebildeten Leuten kannst du einen Tatort DNA- und fingerabdruckfrei machen." Don war sauer auf Nate, wusste aber im Grunde nicht, warum.

„Kannst du nicht, irgendetwas bleibt immer zurück, und das weißt du."

Don stand auf.

„Wie dem auch sei ... Ich wollte es dir nur sagen. Ich rufe dich an, wenn wir dich brauchen."

Er ging auf die Tür zu und drehte sich nochmals um.

„Nate, hör auf mit dem Scheiß" – er deutete auf die Papiere und Bücher – „das ist nicht gut für dich."

Vielleicht war was dran, an dem, was Don sagte, vielleicht schoss er sich auf eine Richtung ein, die nicht gut war. Was bewog ihn eigentlich? War es nicht vielleicht das eigene Erstaunen darüber, dass er Gott angerufen hatte, obwohl er sein Leben lang nie eine Kirche von innen gesehen hatte? Er war Atheist, ein Freidenker, Wissenschaftler und kein Gläubiger, und dennoch hatte er Gott beschworen. Natürlich, es gab auch noch etwas anderes, was ihm keine Ruhe ließ. Im Februar hatte er die Unterlagen seines Vaters bekommen, zwei Kartons, und natürlich auch den Nachlass von fünfzigtausend Dollar.

Seine Eltern, einfache Leute aus Fredericksburg. Simon, sein Vater, war Ingenieur bei dem einzigen Maschinenbauunternehmen der Stadt gewesen; Maren Hausfrau. Sie kamen über die Runden, doch sparen konnten sie nichts. Woher die fünfzigtausend kamen, war Nate ein Rätsel. Simon hatte immer gesagt: „Mein Junge, wenn du auf eine Universität willst, brauchst du ein Stipendium, wir können es nicht bezahlen, also strenge dich an."

Aber Nate musste sich nicht anstrengen, es flog ihm zu. Klassenbester, Jahrgangsbester und bei seinem Abschluss auf dem College war er Schulbester in Virginia. Das Stipendium in Stanford war eines unter vielen, das ihm angeboten wurde. Er liebte seine Mutter sehr. Dass er nach Stanford ging, konnte sie leider nicht mehr erleben, sie starb an einem Krebsleiden, zwei Wochen bevor er Fredericksburg für immer verließ.

Sein Vater verließ Fredericksburg ebenfalls, was Nate verwunderte. Simon war sechzig, als Nate in sein viertes Semester kam, ging in Rente, kündigte das Haus, was sie nur gemietet hatten, und zog nach New York. Mom war immer dagewesen für Nate, doch Simon, irgendwie war sein Vater ihm nie emotional nahe. Er hasste Nähe, erlaubte keine körperlichen Kontakte. Nate konnte sich nicht erinnern, wann er seinen Vater das letzte Mal umarmt hatte. Funktionierte sein Sohn, schlug er ihm anerkennend auf die Schulter, ging was schief, wandte er sich schweigend ab. Kein lautes Wort. Schweigen. Als Nate sechzehn wurde, nannte er seinen Vater nur noch Simon und, obwohl seine Mutter lautstark dagegen protestierte, sein Vater schien es zu begrüßen.

Wie genau sein Vater nach Mutters Tod lebte, wusste Nate nicht. Während er in Stanford war, sahen sie sich etwa einmal alle zwei Jahre, Simon kam dann zur Universität, blieb ein paar Nächte und kehrte nach New York zurück. Wenn Nate fragte, bekam er keine Antwort. Sei es drum, dachte er damals.

Jetzt war Simon auch tot, und – genau wie er es Don erzählt hatte – es machte Nate nicht allzu viel aus. Doch als seines Vaters Nachlass bei ihm ankam, war Nate erstaunt. Die Rente reichte kaum für das Einzimmerappartement in New York und Simon hatte einen Job als Taxifahrer angenommen, um leben zu können. Dennoch hatte er ihm fünfzigtausend Dollar vermacht.

Es dauerte seine Zeit, die Kartons zu durchwühlen, die Papiere zu lesen, die alles beinhalteten von der Heiratsurkunde seiner Eltern bis zum Diplom seines Vaters und auch Nates Geburtsurkunde aus Fredericksburg. Eigentlich wollte Nate schon aufgeben und alles vernichten, und das hätte er auch getan, wenn er nicht so viel Zeit gehabt hätte, doch er sah alles durch, las jeden der Zettel, von der Tankabrechnung aus dem Jahr 1982 bis hin zu der Straßenkarte für die Gegend von Jackson, Mississippi. Das Letzte, was er unten in dem Karton fand, war eine Bibel, und das überraschte ihn am meisten, beide waren doch glaubenslos gewesen. Er schlug die Bibel auf und fand einen Namen in kindlicher Handschrift auf dem Innendeckel: Patricia Carmickel. Patricia? Carmickel war Moms Mädchenname, doch sie hieß Maren. Wer war Patricia? Hatte sie eine Schwester? Nate wollte die Bibel schon zur Seite legen, als ihm auffiel, dass ein Briefumschlag darin lag. Sein Name stand darauf, Nathaniel Caim, es war die Handschrift seines Vaters. Ungläubig öffnete er den Umschlag und begann zu lesen.

New York, 17. August 2009

Nathaniel,

gerade bin ich wieder in N.Y. angekommen, ich habe zwei Wochen an deinem Bett gesessen und es nicht mehr ertragen können, dich so zu sehen. Wie viel ist mir bewusst geworden in den vielen Stunden, in denen ich in deine leeren Augen blickte. Mir wurde das erste Mal in meinem Leben bewusst, dass ich dich liebe, und darum bin ich gegangen. Nate, auch ich bin krank und habe nicht mehr lange zu leben, mein Herz will nicht mehr, und es kann jeden Tag passieren, doch hatte ich gehofft, ich würde vor dir sterben. So, wie ich dich jetzt sehe, kann es sein, dass du das, was du erlebt hast, nicht überstehst, und glaube mir, Junge, ich weiß jetzt, wie ein Vater fühlt. Auf der anderen Seite sagte deine Mutter immer, und sie war eine kluge Frau, dass du stark bist und ein Kämpfer ... Wenn du diese Zeilen liest, bedeutet das, dass ich gegangen bin, zu deiner Mutter, zu meiner Maren.

Nathaniel, ich habe viele Fehler in meinem Leben gemacht, doch der größte war, dich nicht so zu lieben, wie ich es hätte tun sollen. Es tut mir leid!

Bitte verzeih mir.

Junge, ich muss dir jetzt etwas sagen, was dich schockieren wird. Ich bin nicht dein Vater und Mom, Maren, war nicht deine Mutter. Wir beide haben dich adoptiert. Maren wollte, dass du es nie erfährst, und ich hoffe, sie verzeiht mir diesen Brief.

Wir waren beide schon Mitte dreißig und hatten längst die Hoffnung auf ein Kind aufgegeben, trotz aller Versuche. Als plötzlich die Chance auf ein Kind kam. Du. Deine Mom hatte eine jüngere Schwester, Patricia, vielleicht erinnerst du dich dunkel an deine Großeltern, sie waren sehr gläubig, und als Patricia, gerade mal zwanzig, in den Orden eintrat, waren sie überglücklich. Maren und ich waren bereits seit Langem verheiratet, und ihre Eltern hatten mich von Anfang an abgelehnt, da ich weder gläubig war noch – nach ihren Maßstäben – ihrer Tochter würdig. Doch Maren war eine starke Frau, die sich über Grenzen hinwegsetzte. Wir heirateten, und ihre Eltern wandten sich von ihr ab. Sie war damals sechsundzwanzig und ihre kleine Schwester gerade einmal zehn Jahre alt. Doch Maren und Patricia schafften es, in Kontakt zu bleiben, heimlich. So erfuhren wir auch, dass sie Nonne wurde. Deine Mom besuchte sie im Kloster, sooft es ging, und ihre Eltern wussten nichts davon. Dann passierte das Unmögliche: Patricia, die Nonne, wurde schwanger.

Es schien, dass Patricia verrückt geworden war, sie hatte Halluzinationen, und ich glaube, das kam daher, dass sie vergewaltigt wurde. Das Kloster arbeitete zusammen mit deiner Mom, alles wurde verheimlicht, und nachdem Patricia ihren Sohn zur Welt gebracht hatte, adoptierten wir dich. Du bist Patricias Sohn. Ich kann dir nicht sagen, wer dein leiblicher Vater ist, nur dass ich es bin mit meinem Herzen.

Das Kloster zahlte Maren und mir fünfzigtausend Dollar und wir unterschrieben, ein Leben lang über diesen Vorfall zu schweigen. Offiziell blieb Patricia bei den Nonnen, doch sie war für immer geisteskrank. Deine Großeltern brachte Patricias Krankheit fast um, erst als sie erfuhren, dass Maren und ich einen Sohn haben, öffneten sie sich langsam. Nun ja, es waren keine Großeltern, wie sie es hätten sein sollen, doch trotz all dem Streit kamen sie dich immer mal wieder besuchen.

Es war für mich nicht einfach, dich heranwachsen zu sehen, denn ich sah weder Maren noch Patricia in dir, du kamst nach deinem Vater, und für mich war er immer nur ein Vergewaltiger. Du siehst, das erklärt auch, warum du uns so unähnlich bist mit deiner Größe und auch mit deiner Attraktivität. Mom und ich, beide keine eins fünfundsiebzig, mit durchschnittlichen Landbevölkerungsgesichtern. Ich war nur ein Ingenieur und habe als Schichtleiter gearbeitet. Du hingegen warst von der ersten Sekunde, als ich dich sah, so ein schönes Kind, du wuchsest heran, so unglaublich begabt.

Ich weiß nicht, was mich von dir wegtrieb, warum ich dir nie meine Liebe erklären konnte, obwohl es Maren jede Sekunde ihres Lebens tat. Verzeih mir, mein Sohn.

In großer Liebe
Dein Vater.

Der Brief erklärte einiges und Nate fand Frieden mit seinem verstorbenen Vater, doch natürlich setzte auch bei ihm die Spirale ein, die irgendwann jedes adoptierte Kind erfasst: Wer sind meine Eltern?

Immer wieder hatte er die Gedanken beiseite geschoben, und immer wieder kamen sie doch auf, besonders, seit er sich mit der ganzen christlichen Mythologie beschäftigte. Seine leibliche Mutter eine Nonne – wer war sein Vater? Ein Priester? Himmel bewahre …

Stand das alles im Zusammenhang mit seiner eigenen Entführung und all diesem Sektenzeug? Er war zu sehr FBI-Agent, um die Logik auszuschalten, aber auch zu sehr Psychologe, um nicht zu wissen, dass der menschliche Verstand gerne mal an das Übersinnliche glaubt, wenn es keine Erklärungen gibt.

Drei Tage später rief Don an, er hatte sich abgeregt und entschuldigte sich sogar für seine heftige Reaktion. Er bat Nate, am kommenden Morgen um neun Uhr ins J. Edgar Hoover Building zu kommen, sein Ausweis und seine Marke sollte bei der Rezeption hinterlegt sein. Er war kurz angebunden, denn er hatte es eilig, doch er erwähnte, dass es ein Problem gäbe, ohne es jedoch weiter zu erläutern.

Punkt neun Uhr nahm Nate seine Dienstmarke entgegen und zeigte seinen Ausweis, um durch die Schleuse zu gehen. Am Aufzug wartete Mario Seppa auf ihn und schüttelte herzlich seine Hand. Er hatte sich nicht die Spur verändert in dem einen Jahr, seit Nate ihn nicht mehr gesehen hatte. Gemeinsam fuhren sie wieder in den vierten Stock und gingen direkt zu den Verhörräumen.

Er stand lange vor der verspiegelten Scheibe und schaute auf den Mann, Bilder tauchten in seinem Kopf auf, Dra, wie sie ihn flehend ansah, die Blutfontäne, die Sekunden später aus ihrem Hals schoss. Zusammenreißen, kontrollier dich!

Nate drehte sich zu Monica Winter und Carter um.

„Das ist er."

„Sie sind sich ganz sicher?"

„Ja, ganz sicher, das Gesicht vergesse ich nicht mehr."

Er blickte wieder in den Raum, dieser Mann saß ungerührt am Tisch und blickte arrogant in den Spiegel, von dem er scheinbar wusste, dass er von der anderen Seite transparent war.

„Warum ist sein Verteidiger nicht bei ihm? Wir sollten jetzt keine Fehler machen", richtete Nate seine Worte an Monica.

„Er hat keinen Anwalt verlangt, doch wir haben ihm einen Pflichtverteidiger gestellt, auf den warten wir noch, dann beginnen wir wieder mit dem Verhör. Mal sehen, wie er reagiert, wenn er hört, dass er identifiziert wurde."

„Don sagte etwas von Problemen?"

Diesmal antwortete Carter: „Er redet nicht, kein Wort bisher. Wir haben so ziemlich alles versucht, von Verbrüderung über Einschüchterung, selbst als wir ihm sagten, seine Frau und seine beide Söhne seien verhaftet worden, schwieg er."

„Was hat die Durchsuchung ergeben?"

Monica kam auf Nate zu und legte ihm die Hand an den Unterarm.

„In Shandlers Haus haben wir eine Menge gefunden, unter anderem die Räume, in denen Sie und die Mädchen gefangen gehalten wurden. Ich habe mir das alles selbst angesehen."

Carter schwieg, aber er schien ebenfalls von seiner harten Position abgerückt zu sein.

„DNA?"

„Ja", sagte Carter, „von allen Opfern, einschließlich Agent Romano. Agent Caim, wir brauchen noch Ihre DNA, um den Abgleich zu vervollständigen."

Nate nickte.

„Kein Problem."

Die Tür wurde geöffnet und ein etwas schlampig aussehender Mann in einem Anzug, der schon bessere Zeiten gesehen hatte, trat ein. Es war der Pflichtverteidiger.

„Wir möchten Sie bitten, hierzubleiben und das Verhör zu verfolgen, vielleicht sagt er etwas, wobei Sie uns helfen können."

Wieder nickte Nate nur, dann gingen Monica, Carter, Don und der Pflichtverteidiger in den Verhörraum. Shandler blickte ihnen hocherhobenen Hauptes entgegen, als sie sich an den Tisch setzten.

„Es ist Montag, der 17. Mai 2010, neun Uhr siebzehn, Fortsetzung des Verhörs von Ian Shandler. Anwesend: Staatsanwältin Monica Winter, FBI-Agent Donald Viggen, FBI-Agent John Carter und der Pflichtverteidiger Everett Main“, sprach Carter ruhig.

„Mister Shandler, Sie sind über Ihre Rechte belehrt worden, Sie haben keinen Verteidiger gewünscht, darum wurde Ihnen ein Pflichtverteidiger gestellt. Agent Viggen wird das Verhör führen.“

Don richtete sich im Stuhl auf und öffnete die Aktenmappe vor sich.

„Mister Shandler, das sind Fotos Ihres Kellers.“ Er griff den Stapel und schob ihn Shandler zu; der starrte Don hämisch an und ignorierte die Fotografien. „Es wurden DNA und Fingerabdrücke aller sieben Opfer genommen. Vor Ihnen steht eine siebenfach lebenslange Freiheitsstrafe, wir werden den Prozess vor einem Bundesgericht führen, somit gibt es keine Möglichkeit der Strafmilderung. Also reden Sie, erklären Sie uns, warum, erzählen Sie uns, wer alles involviert ist, und es gibt für Sie die Möglichkeit gewisser Straferleichterungen.“

„Moment!“, griff der Pflichtverteidiger ein. „Momentan reden wir von reinen Indizien im Haus meines Mandanten, doch Sie können meinen Mandanten selbst nicht damit in Verbindung bringen, oder haben Sie seine Fingerabdrücke dort auch gefunden?“

„Nein, das nicht, aber wir haben einen Zeugen, der vor ein paar Minuten Mister Shandler eindeutig identifiziert hat als den Mörder von Tanja Semonin und Agent Tandra Romano.“

Ein Zucken ging durch Shandlers Gesicht, sein Blick wurde aufmerksam und er sah auf den Spiegel.

„Was?“ Mehr konnte der Pflichtverteidiger erst nicht sagen, dann stotterte er weiter: „Das ist ein grober Verfahrensfehler, in den mir übergebenen Unterlagen steht nichts von einem überlebenden Zeugen.“

„Kein Verfahrensfehler, das wurde vom Bundesgericht genehmigt, um den Zeugen zu schützen. Sie werden alle Unterlagen erhalten und genug Zeit haben, sich mit den Informationen vertraut zu machen."

„Ich protestiere entschieden, Sie hätten …"

Er stoppte, denn Ian Shandler erhob das erste Mal seit seiner Verhaftung die Stimme: „Schweigen Sie."

Nate zuckte hinter der Scheibe zusammen, als er die monotonen, ruhigen Worte hörte. Meine Güte, die Stimme, die ihn so oft zum Schweigen aufgefordert hatte …

„Nathaniel Caim?" Ian Shandler sah Don durchdringend an und wartete auf eine Antwort.

„Ja, der Mann, den Sie neunzig Tage in Ihrer Gewalt hatten, ist ein Agent des FBI, der undercover eingesetzt war, um Ihnen auf die Spur zu kommen, und ich hoffe, Sie wissen, dass Sie sich gerade selbst belastet haben."

„Ich will ihn sehen, mit ihm sprechen."

Alle im Raum sahen entsetzt auf Shandler. Carter sammelte sich als Erster.

„Kommt gar nicht in Frage!", raunzte er Shandler laut an.

„Dann hören Sie kein Wort mehr von mir, ich rede, wenn ich ihn gesehen habe, denn ich muss ihm etwas sagen, etwas von Wichtigkeit. So oder gar nicht."

„Mister Shandler, Sie sollten jetzt lieber nichts …" Der Verteidiger stoppte erneut, als Shandler ihn gebieterisch ansah und allein mit diesem Blick zum Schweigen brachte. Er hob verteidigend beide Hände, als wollte er sagen: Mach doch, was du willst, es ist dein Leben.

Die Tür ging auf und Mario Seppa betrat den Raum.

„Könnte ich Sie bitte für einen Moment sprechen?"

„Das Verhör wird unterbrochen, es ist neun Uhr einunddreißig", sagte Carter und stand auf, gefolgt von Monica Winter und

Don. Der Pflichtverteidiger blieb neben seinem Mandanten sitzen.

Nate blickte ernst auf die drei.

„Ich will mit ihm reden, lassen Sie mich zu ihm, allein."

Carter verzog den Mund.

„Ich weiß nicht, fühlen Sie sich dem gewachsen?"

Nate nickte kurz.

„Hat es rechtliche Konsequenzen, wenn wir einen Zeugen zu ihm lassen?", fragte er die Staatsanwältin.

„Nein, doch der Pflichtverteidiger muss anwesend sein, außer der Verdächtige entlässt ihn von dem Verhör."

„Also gut, versuchen wir es."

Don ging allein wieder in den Verhörraum.

„Fortsetzung des Verhörs Ian Shandler, es ist neun Uhr vierunddreißig. Mister Shandler, Agent Caim ist bereit, Sie zu sehen, doch Ihr Verteidiger hat das Recht, anwesend zu sein, es sei denn, Sie entlassen ihn von dem Verhör, dann kann er genau wie die Staatsanwältin dem Verhör außerhalb des Raumes folgen."

Shandler blickte kurz zu seinem Verteidiger.

„Verschwinden Sie", schnaubte er ihn mit rauer Stimme an.

Everett Main packte seine Unterlagen zusammen und ging mit Don in den Nebenraum, Nate schob sich an den beiden vorbei und trat zu Shandler in den Raum.

Er ging auf den Tisch zu und blieb davor stehen; Shandlers Gesicht veränderte sich, er lächelte selig, als er Nate ansah, und erhob sich.

„Setzen Sie sich sofort wieder hin, oder ich sorge dafür, dass Sie nicht mehr in der Lage sind zu stehen", drohte Nate dem Mann.

Immer noch mit dem irren Lächeln, das seinen Mund umspielte, ließ er sich wieder auf dem Stuhl nieder und legte beide Hände ineinander auf den Tisch.

„Agent Seppa, bleiben Sie nahe bei der Tür, damit Sie sofort eingreifen können“, befahl Carter und starrte mit den anderen gebannt auf die Szene im Nebenraum.

Shandler, die Hände wie zum Gebet gefaltet, blickte Nate fast ehrfürchtig an, er schien überglücklich, ihn vor sich zu sehen.

„Was willst du von mir?“, fragte Nate, während er seine Hände auf den Tisch stemmte und kalt in Shandlers Augen blickte.

„Nathaniel, das ist der Beweis, du bist es.“ Dann plötzlich wechselte Shandler in eine andere Sprache: „Ol sonf vorsag, goho iad balt, lonsh calz vonpho.“

Nate hob ein wenig den Kopf. Es war wieder die Sprache, die er schon in der Kirche gebraucht hatte, nur dieses Mal verstand Nate jedes Wort: „Ich regiere über euch, sagt der Gott der Gerechtigkeit, in Kraft erhoben über das Firmament des Zorns.“ Dann fuhr Shandler fort, und Nate konnte nur wie gefesselt zuhören.

„Der Beweis ist angetreten, du bist aus direkter Linie der Wächter, und dein Blut muss sich regenerieren zum Wohle einer neuen Weltordnung. Wir, die Bruderschaft der Verzweifelten Engel, werden nicht aufgeben, bis deine Aufgabe erfüllt ist. Du kannst deinem Schicksal nicht entfliehen, wir werden dich finden, wo auch immer du hingehst, wo auch immer du dich befinden magst. Vor Seinen Augen wirst du dein Blut weitergeben und die Apokalypse abwenden.“ Dann schwieg Shandler und es blieb nur sein irrer Blick, der auf Nate gerichtet war.

Nate stellte sich auf.

„Leck mich am Arsch“, war alles, was er sagen konnte, und er verließ den Raum.

„Himmel, was war das denn?!“, entfuhr es Carter, er richtete sich damit an Nate. „Haben Sie irgendwas von dem verstanden? Was für eine Sprache ist das?“

Nate zuckte nur mit den Schultern. Selbst der Pflichtverteidiger zog die Augenbrauen hoch.

„Also gut, Monica, denken Sie, wir haben genug, um ihn zu verurteilen?"

„Mit den Indizien und Agent Caims Aussage allemal, doch ich glaube, er wird uns keine weiteren Namen nennen. Ich werde jetzt seine Familie aufs Korn nehmen."

Carter stimmte zu.

„Don, versuchen Sie mal rauszubekommen, was für eine Sprache das ist, und lassen Sie es übersetzen. Ich denke, das war's für heute. Ich danke Ihnen. Herr Verteidiger, noch irgendwelche Anmerkungen?"

„Nein, ich warte auf Ihre Anklageschrift, wir sehen uns dann vor Gericht, ich möchte in den nächsten Tagen noch einmal mit meinem Mandanten sprechen."

„Kein Problem."

Sie verließen den Raum und der Verteidiger eilte zum Aufzug, während Agent Seppa den Angeklagten abführte.

„Agent Caim", wandte Carter sich nochmals an Nate, der stehen blieb, „wir werden Sie in den nächsten zwei Tagen noch einmal herbitten, einmal, um eine DNA-Probe abzugeben, und dann müssen Direktor Dickens und ich über Ihre Zukunft entscheiden. Jedenfalls danke ich Ihnen für die Zusammenarbeit. Ich kann mir jetzt vorstellen, dass es nicht einfach für Sie war."

Erstaunlicherweise hielt Carter ihm die Hand hin und Nate schlug ein.

Nate begleitete Don zu seinem Büro im sechsten Stock, er wollte Kopien der Durchsuchungsberichte mitnehmen und sich zu Hause alles genau durchlesen, er dachte sogar daran, um eine Ortsbegehung zu bitten, doch dafür musste er erst die Tatortbilder sehen, um abzuschätzen, ob er dem gewachsen war. Außerdem brannte er darauf herauszubekommen, in was für einer Sprache Shandler gesprochen hatte, auch wenn es ihm Angst machte, weil er nicht erklären konnte, warum er alles verstanden hatte. Nein, davon würde er Don nichts sagen, noch nicht einmal Lydia Merkhem. Das war ein wenig zu irre, und es war das Letzte, was er gebrauchen konnte, dass man ihn vor Gericht für unzurechnungsfähig erklärte, dann wäre seine Aussage wertlos.

Als sie in das Büro eintraten, wartete jemand auf sie und stand von seinem Sessel auf. Don kam sich mickrig vor zwischen den zwei hoch gewachsenen Männern, darum setzte er sich schnell hinter den Schreibtisch.

„Nate, darf ich dir Agent Warell vorstellen, Gab, das ist Agent Nate Caim."

Beide blieben einen Moment voreinander stehen und taxierten sich. Nate fühlte sich nicht gerade wohl dabei, denn er spürte eine unheimliche Feindseligkeit von Agent Warell ausgehen.

Dennoch hielt er ihm die Hand hin zur Begrüßung.

„Agent Warell, freut mich, ich habe gehört, wir haben es Ihnen zu verdanken, dass Shandler gefasst wurde."

Nate hielt weiterhin seine ausgestreckte Hand hin, ohne dass Warell zugriff. Im Gegenteil, er schob beide Hände in seine Jeans, sodass Nate die Hand auch endlich runternahm. Nein, der Agent würde ihm die Hand nicht schütteln, und er wunderte sich, was er ihm getan hatte.

„Agent Caim", sagte Gab betont langsam, „Nathaniel Caim."

Nate spürte Zorn in sich aufsteigen. Was wollte dieser Agent von ihm?! Dann trat Gab einen Schritt auf ihn zu, sodass sein Gesicht sehr nahe an Nates war, und flüsterte ihm etwas zu, das Don hinter seinem Schreibtisch nicht verstand: „Nimm dich in Acht, was du tust, du hast noch ganz andere Feinde als diese Sektenbrüder, auch wenn du ihr Pin-up-Girl bist." Dann ging er zur Tür. „Mach's gut, Don, bis zum nächsten Mal."

Und er verließ, ohne noch einen Blick auf Nate zu werfen, den Raum.

Nate ließ sich frustriert in den Sessel gegenüber Don fallen.

„Sag mal, bin ich nur noch von Verrückten umgeben oder liegt das an mir? Was hat der Typ gegen mich? Ich kenne ihn noch nicht mal, nie gesehen."

Don zog die Schultern hoch.

„Er ist ein bisschen komisch, Antiterroreinheit, aber alles in allem ganz okay. Keine Ahnung, was er gegen dich hat. Was hat er denn eigentlich zu dir gesagt?"

Nate zündete sich ein Zigarette an, Don stand auf, holte den Aschenbecher aus dem Regal und stellte die Klimaanlage auf die Höchststufe.

„Er hat mir gedroht, ich soll aufpassen, was ich tue, ich hätte noch ganz andere Feinde als die Sekte."

Don schüttelte den Kopf.

„Ach vergiss ihn, hat wahrscheinlich Stress, ist immer noch undercover, und ich denke, die Verhaftung von Shandler hat einige Unruhe hervorgerufen in den Kreisen."

Nate drückte die Kippe aus.

„Gib mir die Kopie, ich hau ab."

Don reichte ihm den Stapel mit Papieren.

„Soll ich dich fahren?"

„Nein, nicht nötig, kümmere dich lieber um diese Sprache, die Shandler benutzt hat. Rufst du mich an, wenn du es weißt?"

„Komm, Nate, du weißt, wie das hier läuft, kann ich nicht, bis Carter sein Okay gibt. Verscherz es dir nicht schon wieder mit ihm, ich hatte das Gefühl, dass er langsam anfängt, dich zu akzeptieren. Du willst doch deinen Job wieder, oder?"

„Hast recht. Meld dich, du könntest mich mal wieder zum Essen einladen!"

Don hob den Daumen und Nate ging.

Dienstag, 25. Mai 2010

Die Woche war vergangen, ohne dass Nate es registrierte. Er hatte seinen Termin bei Dr. Merkhem verpasst, und sie hatte ihn Donnerstagabend angerufen, um zu hören, was los war. Er entschuldigte sich, sagte, er wäre eingeschlafen und käme natürlich nächste Woche pünktlich wie immer. Doch das war nur die halbe Wahrheit. Es stimmte zwar, er schlief an diesem Morgen um elf Uhr, aber das tat er bereits die ganze Woche, denn sein Rhythmus hatte sich verändert. Er arbeitete wie besessen die Nächte durch und fiel meist erst gegen sechs Uhr morgens ins Bett, immer noch angezogen. Dementsprechend stand er nie vor dreizehn Uhr auf, ging laufen, duschte und aß etwas, was immer er in seinem mittlerweile fast leeren Kühlschrank finden konnte. Danach saß er an den Papieren, am Computer und über den Büchern, die er sich in der Historischen Bibliothek Washingtons ausgeliehen hatte.

Er konnte diese verdammte Sprache nicht finden. Er verstand sie, konnte sie laut aussprechen, und es war für ihn ein Leichtes, jedes Wort, das Shandler gesagt hatte, zu wiederholen. Er versuchte es niederzuschreiben, in Lautschrift. Nate hatte sich mit allem beschäftigt, von Hebräisch über Jordanisch, Syrisch, Aramäisch, selbst mit Ugaritisch, einer semitischen Sprache aus dem 13. Jahrhundert vor Christus. – Nichts hatte auch nur Ähnlichkeit.

Gestern hatte er es aufgegeben, er musste es dem FBI überlassen und hoffte, irgendwann Klarheit zu bekommen. Also fing er an, sich um den Sinn des Gesagten zu kümmern.

Der Beweis ist angetreten, du bist aus direkter Linie der Wächter, und dein Blut muss sich regenerieren zum Wohle einer neuen Weltordnung. Wir, die Bruderschaft der Verzweifelten Engel, werden nicht aufgeben, bis deine Aufgabe erfüllt ist. Du kannst deinem Schicksal nicht entfliehen, wir werden dich finden, wo auch immer du hingehst, wo auch immer du dich befinden magst. Vor Seinen Augen wirst du dein Blut weitergeben und die Apokalypse abwenden.

Welcher Beweis? Was war bewiesen? Dass er aus direkter Linie der Wächter stammte? Und wie sollte das denn überhaupt bewiesen sein?

Nate griff unter sein T-Shirt und rieb über die Narbe unter seinen rechten Rippenbögen. Dann schüttelte er den Kopf, nein, das ist idiotisch, er hatte Glück gehabt, seine Leber war nicht verletzt worden! Aber er hatte das dunkle Blut gesehen, es war regelrecht aus ihm herausgeströmt … Halluzinationen? Er hatte ja auch eine Drossel gesehen, die sich in einen Engel verwandelte. Ach Scheiße. Nate stand auf und kochte Kaffee, es war bereits sieben Uhr am Dienstagmorgen, und er hatte noch keine Minute geschlafen.

Mit einem dampfenden Becher kehrte er zur Couch zurück und blickte wieder auf das Din-A4-Blatt, auf dem in seiner Handschrift die Übersetzung stand.

Direkte Linie der Wächter. Ein Nachkomme der Gefallenen Engel. Das war ziemlich klar zu deuten, sie hielten ihn für einen Nachkommen … wie hießen die noch gleich …? Er schlug nach, hier, ja, Nephilim, ein hebräisches Wort, das von „Nahil" kommt und „Riese" bedeutet. Gut, diese Irren glaubten, er sei ein Nephilim.

Sein Blut regenerieren zum Wohle einer neuen Weltordnung. Er soll sich fortpflanzen, ja sie hatten von ihm verlangt, mit Tanja zu schlafen, sie hatten auch die anderen Mädchen schwängern wollen, zwar nicht mit ihm, aber es war klar, es ging um ein Kind.

Vor Seinen Augen wirst du dein Blut weitergeben und die Welt vor der Apokalypse retten. – Er, war „Er" der Meister, meinte er sich selbst?

Nate lachte auf. Vielleicht sollte er Shandler einfach mal den medizinischen Bericht zeigen, in dem klipp und klar stand, dass er nie Kinder haben konnte!

Das Klopfen an der Tür riss ihn aus seinen Gedanken. Als er öffnete, kam Don herein und verzog angewidert das Gesicht.

„Mann, lässt du eigentlich mal Luft hier rein?“

Nate sah sich um, die Vorhänge geschlossen und das Licht brannte, obwohl draußen schon längst die Sonne aufgegangen war, im Wohnzimmer hingen Rauchschwaden in der Luft, und der Aschenbecher auf dem Tisch quoll über, sodass einige Kippen schon daneben lagen.

Don hustete und riss einen Vorhang zur Seite, um das Fenster zu öffnen, sofort drang der Lärm der Rushhour zu ihnen hoch. Er öffnete auch noch die beiden anderen Vorhänge und ließ den Morgen ein. Dann sah er Nate an, der langsam auf ihn zukam.

„Meine Scheiße, wie siehst du denn aus, wann hast du dich das letzte Mal rasiert? Und diese Jogginghose steht vor Dreck ...“

Nate sah an sich herunter, Don hatte recht, Donnerstag war er das letzte Mal zum Laufen gegangen und hatte ergo auch danach das letzte Mal geduscht und sich rasiert.

„Ich war beschäftigt“, kam es kleinlaut von ihm.

„Komm, mach dich fertig, wir werden erwartet.“

„Gibt's was Neues?“

Don nickte, sagte: „Ist der Kaffee frisch?“, und deutete mit dem Kinn auf die Kaffeemaschine.

„Ja, ich geh mich duschen. Anzug?“

„Ich an deiner Stelle würde einen anziehen, die haben das hier ja nicht gesehen und denken, du bist auf dem Weg der Besserung.“

Er suchte in den Schränken nach einer sauberen Tasse, das Geschirr stapelte sich im Spülbecken. Nachdem er fündig geworden war, schenkte er sich Kaffee ein und setzte sich auf die Couch, um gleich wieder aufzustehen und den Aschenbecher in der Küche zu entleeren, mit spitzen Fingern hatte er die ausgedrückten Kippen auf dem Tisch zusammengesucht. Er wischte ihn kurz durch und nahm ihn mit zur Couch, um sich selbst eine Zigarette anzuzünden. Während er den extrem starken Kaffee trank, fiel sein Blick auf die Dokumente. Die Kopien der Durchsuchungsakte, die Don ihm selbst gegeben hatte, lagen verstreut, Tatortfotos, eine Zelle ohne Fenster mit Matratze, ein Duschraum und ein weiß gekachelter Raum mit einem Tisch aus Metall. Daneben Computerausdrucke, die gegoogelt waren, Auszüge aus dem Buch Henoch, Bibeltexte. Eine Seite aus einem Spiralblock mit Nates Handschrift. Don nahm das Papier hoch und las:

Der Beweis ist angetreten, du bist aus direkter Linie der Wächter, und dein Blut muss sich regenerieren zum Wohle einer neuen Weltordnung. Wir, die Bruderschaft der Verzweifelten Engel, werden nicht aufgeben, bis deine Aufgabe erfüllt ist. Du kannst deinem Schicksal nicht entfliehen, wir …

Er legte das Blatt wieder hin und besah die gestapelten Bücher neben dem Tisch, Religionswissenschaft, Engelskunde, eine wissenschaftliche Abhandlung der Lutherischen Bibelübersetzung … Mann, Nate brauchte dringend wieder etwas zu tun, er beschäftigte sich hier mit dem falschen Zeug. Don dachte darüber nach, einmal mit Dr. Merkhem zu sprechen, als Nate aus dem Bad kam. Er hatte ein Handtuch um die Hüfte, war geduscht und rasiert und sah nun schon wesentlich manierlicher aus. Er drehte Don den Rücken zu und ging in Richtung Schlafzimmer.

Don blickte auf das Tattoo.

„Warte mal“, sagte er und stand auf.

„Was ist?“

„Kann ich mir das mal ansehen, ich mein, ich habe es nur kurz gesehen, als du es Yoros gezeigt hast – darf ich?“

Nate sah ihn zögernd an, drehte sich aber schließlich um. Es dauerte ein paar Sekunden, und dann spürte er Dons Finger, der über seinen Rücken strich, das reichte, er ging ins Schlafzimmer und schloss die Tür, um sich anzuziehen.

Na ja, dachte Don, vielleicht ist das alles hier doch nicht so schlimm, wer weiß, was ich tun würde, wenn mir das passiert wäre.

Nate kam nach etwas über fünf Minuten wieder, er trug einen anthrazitfarbenen Einreiher, ein weißes Hemd und eine silberne Krawatte. Sein Haar war zu lang, aber dennoch verlieh es ihm einen lässigen Businessstil.

„Alle Achtung, jetzt gehst du wieder als Agent durch."

„Also worum geht es heute?"

„Du weißt, ich habe mich mit der Sprache beschäftigt, wie es scheint, genau wie du", und er deutete auf die verschiedenen Wörterbücher neben der Couch. „Nichts, dann rief mich gestern Seppa an und sagte, er hätte jemanden gefunden, der uns vielleicht helfen kann, einen Sprachwissenschaftler, der sich auf religiöse Sprachen spezialisiert hat. Der ist gestern in Washington angekommen und hat sich die Aufzeichnung angehört. Auf jeden Fall hat Seppa mich angerufen und meinte, wir sollten unbedingt herkommen. Carter und Dickens kommen auch, die Staatsanwältin wird nicht da sein, aber ich dachte, du solltest auf jeden Fall dabei sein."

„Danke, Don."

Ein mittelgroßer, dünner Mann an die sechzig stand vor dem Tisch des Besprechungsraums, hinter ihm auf dem Flipchart waren viele unbekannte Zeichen geschrieben. Dickens, Carter, Seppa, Don und Nate warteten auf seine Ausführung. Der Anzug machte Eindruck, trotz der Augenringe, die ein Anzeichen von Nates Übernächtigung waren. Selbst Carter hatte sich zu einem „Sie sehen gut aus, Agent Caim" hinreißen lassen.

Prof. Dr. Daniel Mainstream rückte seine Brille auf der Nase zurecht und fing an zu sprechen. Seine Stimme eine der typischen unmelodisch-monotonen, eine langweilige Klangform, wie sie nur Universitätsprofessoren haben und so mit verlässlicher Regelmäßigkeit ihre Studenten zum Einschlafen bringen.

„Nun, Agent Seppa bat mich, mir die Aufnahme der Sprache anzuhören, und ich muss sagen, es war eine große Herausforderung."

Komm zur Sache!, dachten alle im Raum, doch der Professor genoss seinen Auftritt beim FBI.

„Es handelt sich nicht um eine der üblichen Sprachen, die im semitischen Kulturkreis angelegt sind, es handelt sich streng genommen um gar keine Sprache."

„Sie meinen, Sie konnten sie nicht entschlüsseln", griff Dickens ungeduldig ein.

„Das habe ich nicht gesagt, ich habe sie zuordnen können, und es ist ganz erstaunlich, da ich diese Sprache noch niemals ausgesprochen gehört habe. Es handelt sich um Henochisch, eine magische Sprache."

„Magisch?!" Don riss die Augen auf.

„Ja, Agent Viggen, magisch. Sie wurde angeblich in London einem Medium übermittelt. Der Mathematiker, Geograph und Alchimist John Dee, der als Hofastrologe und Berater der englischen Königin Elisabeth I. tätig war, notierte sie nach dem Diktat des Mediums Edward Kelley, während dieser sich in Trance befand."

„Verzeihen Sie, Professor, können Sie bitte zum Punkt kommen", sagte Nate höflich, aber bestimmt.

„Natürlich. Laut Kelley sollte diese Sprache der Kommunikation Gottes mit seinen Engeln dienen. Kelley und Dee wollen sie von Engeln empfangen haben."

„Engelssprache?"

„Ja, meine Herren, die Engelsprache, weder bewiesen noch anerkannt, dennoch bekannt.“ Der Professor zeigte auf die Zeichen am Flipchart. „Sehen Sie, diese Sprache verfügt über ein individuelles Alphabet, Wortschatz und Grammatik.“

„Wollen Sie damit etwa sagen, Sie kennen den Wortlaut?“ Dickens war aufgestanden und schaute sich die Zeichen näher an.

„Ja, ich habe es übersetzt, ich dachte, deshalb haben Sie mich herbestellt.“

Nate wurde unwillkürlich heiß in seiner Anzugsjacke. Engelssprache, und er verstand sie, gleich kannten alle ihren Wortlaut, würden sie es verstehen? Er zupfte an seiner Krawatte.

Professor Mainstream nahm einen Block hoch, der auf dem Tisch lag, und begann zu lesen: „Der Beweis ist angetreten, du bist aus direkter Linie der Wächter, und dein Blut muss sich regenerieren zum Wohle einer neuen Weltordnung. Wir, die Bruderschaft der Verzweifelten Engel, werden nicht aufgeben, bis deine Aufgabe erfüllt ist. Du kannst deinem Schicksal nicht entfliehen, wir werden dich finden, wo auch immer du hingehst, wo auch immer du dich befinden magst. Vor Seinen Augen wirst du dein Blut weitergeben und die Apokalypse abwenden.“

Stille im Raum.

Carter sprach als Erster: „Professor, wie würden Sie diese Worte deuten?“

„Nun, junger Mann, ich bin Sprachwissenschaftler und kein Angelologe, da müssen Sie sich an jemand anderen wenden.“

„Ein Angelologe?“, fragte Seppa

„Ein Engelskundler, Agent Seppa. Diese beschäftigen sich mit dem Dasein und Ursprung, der Natur und Anzahl der Engel. Man versucht hier eine Systematik herzustellen. Traditionell ist die Angelologie ein Teilgebiet der theologischen Dogmatik. Aber sie wird natürlich auch von esoterisch-mystischen Lehren aufgegriffen, die mit der Theologie nichts zu tun haben. Zwar findet die Dogmatik der Angelologie in der modernen Theologie heutzutage wenig Beachtung, doch es gibt ein paar Religionswissenschaftler, die sich immer noch damit beschäftigen."

Don war die ganze Zeit über still gewesen und starrte Nate an wie die Schlange den Hasen. Der versuchte das zu ignorieren und hatte keine Ahnung, was in Don vorging.

„Danke, Professor Mainstream, Sie haben uns sehr geholfen, Agent Seppa wird Sie hinausbegleiten, bitte stellen Sie uns Ihr Honorar in Rechnung." Dickens schüttelte seine Hand und Seppa brachte ihn hinaus.

„Engelssprache", nuschelte Nate, „das ist doch vollkommen idiotisch."

„Passt aber. Gut, wir können einen Angelologen darauf ansetzen, aber so viel verstehe ich auch aus dem Text: Sie, Agent Caim, sind auf deren Abschussliste." Carter lehnte sich zurück.

Dickens nickte bestätigend, griff den Block und las die Passage: *Du kannst deinem Schicksal nicht entfliehen, wir werden dich finden, wo auch immer du hingehst, wo auch immer du dich befinden magst.*

„Sie gehen in ein Zeugenschutzprogramm." Carter brachte es auf den Punkt.

Nate schüttelte energisch den Kopf.

„Nein, ich habe ein Leben und ich möchte meinen Job beim FBI wieder machen, ich gehe in kein Programm."

„Agent Caim, Sie haben recht, Sie haben ein Leben, aber wie lange noch? Shandler ist nur ein Teil einer großen und gut organisierten Sekte, die bereits acht Menschen getötet hat."

„Acht?" Nate wusste von den sechs Mädchen und Tandra.

„Ja, vor zwei Tagen wurde Olivia Marren gefunden, Kehle durchtrennt, genau wie bei Romano. Sie sehen, wir haben Shandler, aber dennoch töten sie weiter. Wir brauchen Sie, um den Prozess zu führen."

Nate atmete tief ein. Doch nicht Shandler allein, seine Anhänger waren genauso Mörder wie er selbst, und ich bin die letzten Wochen einfach so durch den Park gejoggt …!

„Ich werde McSimmens bitten, eine neue Identität für Sie zurechtzuschneidern, wir bringen Sie jetzt gleich nach Quantico, damit Sie mit ihm daran arbeiten können. Agent Viggen wird Sie nach Quantico bringen, mit dem Helikopter, und anschließend alles in Ihrer Wohnung erledigen. Sie existieren ab heute nicht mehr."

„Aber Sir, was ist mir Dr. Merkhem?"

„Ich spreche persönlich mit ihr, um den Stand der Dinge zu klären, ich meine damit, inwieweit Sie noch therapeutische Hilfe brauchen. Wir kümmern uns darum."

Nate war klar, dass er nicht die geringste Chance hatte, irgendwie Einspruch zu erheben, er konnte ihnen auch nicht klarmachen, dass er potenziell nicht gefährdet war, denn die Sekte wollte ihn lebend. Auf der anderen Seite, wieder in Gefangenschaft, das war die Alternative, nein, Dickens lag richtig, er musste sofort untertauchen, Nate Caim musste für immer verschwinden.

Seppa hatte Nate und Don zum Flugplatz gefahren. Don schwieg beharrlich und versuchte Nate nicht anzusehen. Sie warteten in einem vom FBI gesicherten Raum auf den Helikopter, nachdem Seppa sich verabschiedet hatte.

„Kannst du mir mal sagen, was mit dir los ist?" Nate saß in der Lounge und Don stand am Fenster und blickte aufs Vorfeld des privaten Flughafen.

„Wenn du mir sagst, was mit dir los ist", kam es patzig zurück.

„Ich habe keine Ahnung, was du meinst."

Don drehte sich um und sah Nate an.

„Der Text, die Übersetzung des henochischen Texts lag auf deinem Couchtisch heute Morgen, kannst du mir das erklären?"

Nate wurde blass. Er hat es gelesen, wahrscheinlich als ich duschen war, wie konnte ich nur so blöd sein!

„Ich habe es herausbekommen, mich so lange damit beschäftigt, bis ich es übersetzen konnte." Er fühlte regelrecht, wie ihm das Blut aus dem Gesicht sackte.

„Bullshit! Halt mich nicht für blöde!"

„Okay." Nate stand auf und ging zu Don. „Was würdest du sagen, wenn ich behaupte, dass ich bereits im Verhörraum jedes von Shandlers Worten verstanden habe? Henochisch, ich wusste noch nicht einmal, dass es so was gibt, und ich habe es verstanden, ich spreche es sogar. Don, ich weiß nicht, warum."

Don sah ihn an, als ob Nate sich lustig über ihn machte.

„Du hast sie nicht alle, seit du bei diesen Irren warst, hat es dich selbst erwischt."

Nate schluckte bei diesen Worten und spürte, wie Tränen in ihm aufstiegen, die er energisch zurückdrängte. Doch er fasste sich gleich wieder.

„Vielleicht stimmt es, ich mein, dass ich verrückt geworden bin."

Er setzte sich auf den nächstgelegenen Stuhl, beugte sich vor und schlug die Hände vor sein Gesicht. Don kam zu ihm und setzte sich daneben.

„Tut mir leid, das habe ich nicht so gemeint, aber mir wächst diese ganze mystische Scheiße über den Kopf. Keine Fingerabdrücke auf der Farm, du überlebst eine Verletzung, die dich hätte umbringen müssen, und jetzt noch das."

Nate strich sich mit den Händen durchs Haar.

„Was glaubst du, wie es mir damit geht?"

„Tut mir leid, wirklich, doch gibt es noch mehr Sachen, über die du schweigst, ich meine die Sachen, bei denen du dich auf das Aussageverweigerungsrecht berufst, würde uns das weiterbringen, wenn du redest?"

Nate blickte von der Seite hoch zu Don und schloss die Augen kurz.

„Nein, das sind nur widerliche, perverse Details, es steht in keinem Zusammenhang, jedenfalls in keinem, den ich momentan erkennen kann.“

KAPITEL SIEBEN

Sonntag, 1. Juli 2012

„Ah, Niall, kommen Sie rein." Adam Furner, der Chef der C.S.S. (Confidential Security Service) Division L.A. stand auf und schüttelte dem groß gewachsenen Mann die Hand.

„Setzen Sie sich, ich habe einen interessanten Auftrag für Sie. Sie kennen die Schauspielerin Mona Seasboury? Klar kennen Sie die, der Albtraum aller Ehefrauen!" Es folgte ein gekünsteltes Haha, Adam freute sich über seinen Witz, doch Niall Caveron verzog keine Miene. „Na wie dem auch sei, sie ist momentan eine Topgröße, hat Angelina Jolie mittlerweile den Rang abgelaufen. Sie bekommt wie alle Topstars Drohungen und braucht einen Bodyguard."

Niall sah Adam angenervt an und schüttelte den Kopf.

„Sie wissen, dass ich nicht im Rampenlicht arbeite, keine Leute des öffentlichen Interesses, die ständig von Kameras und Paparazzi verfolgt werden." Er schickte sich schon an aufzustehen.

„Nein, nein, ich weiß, warten Sie, es ist ideal, denn es geht nicht um sie, sondern um ihre Tochter. In den Drohbriefen wird ihre Familie angegriffen, Miss Seasboury hat einen eigenen Bodyguard, doch sie will ihre siebzehnjährige Tochter Catherine Kampell schützen."

„Sie hat eine Tochter?", fragte Niall erstaunt, das hatte er nicht gewusst.

„Ja, und sehen Sie, diese Tochter wird vollkommen aus der Öffentlichkeit rausgehalten, die meisten wissen noch nicht einmal, dass sie existiert, Sie wussten es auch nicht. Mona Seasboury ist seit zwei Jahren geschieden, vorher lebte ihr Mann mit ihnen zusammen und hat das Mädchen mehr oder weniger großgezogen. Nach der Scheidung lebte Catherine bei ihrem Vater, doch der ist vor einem Jahr geschäftlich nach Europa gegangen und seither ist Catherine wieder bei ihrer Mutter."

„Sollte sie nicht lieber einen Babysitter einstellen?"

Adam hob übertrieben die Augenbrauen. Er griff in die Akte, die vor ihm lag, und reichte Niall ein paar Papiere.

„Hier, lesen Sie sich das durch, das sind die letzten Drohbriefe. Kommen Sie schon, ich weiß, dass Sie gut darin sind."

Niall fing an, jeden einzelnen Brief zu lesen. Alle bestanden aus zusammengeklebten Buchstaben aus Zeitungen, manche obszön, manche harmlos und einige sehr ernst, aber in allen ging es um die Familie, nicht nur um Mona.

WILLST DU, DASS ICH DAS MIT DEINER FAMILIE MACHE, WAS DU IN DEINEN FILMEN ZEIGST, DU NUTTE?

„Okay, ich denke ein, zwei davon sind ernst zu nehmen, der Rest ist Unfug, grober Unfug." Niall legte die Briefe wieder auf den Schreibtisch.

„Sie zahlt ein Vermögen, fünfhundert am Tag, und ich biete Ihnen davon zweihundert."

Niall lachte laut auf.

„Nein, Adam, vierhundert für mich, den Rest können Sie fürs Nichtstun einsacken."

Adam fischte in seiner Schreibtischschublade nach einer Zigarre und biss die Enden ab, bevor er sie anzündete.

„Okay, dreihundert für Sie und ich nehme zweihundert für die Vermittlung und das Risiko, denn wenn was schiefgeht und sie hops, dann kommt Mona zu mir."

„Mal sehen … Erzählen Sie mir erst einmal die Details. Will sie eine Vierundzwanzig-Stunden-Überwachung? Wie viel Freiheit räumt sie mir ein?"

„Aaah, jetzt verstehen wir uns, mein lieber Niall, ich wusste, Sie sind nicht so verrückt, ein solch lukratives Geschäft abzulehnen! Ja, vierundzwanzig Stunden, Sie wohnen im Haus der Seasbourys, dort gibt es über den Garagen ein Appartement. Tja und Sie haben alle Freiheiten, Sie dürfen die Kleine richtig rumkommandieren, die Mutter stärkt Ihnen da den Rücken."

Niall kniff die Augen zu.

„Das heißt, sie hat den Teenager nicht im Griff und ich habe es mit einer Zeitbombe zu tun, die für jeden pubertären Unsinn zu haben ist. Dreihundertfünfzig – oder Sie suchen sich einen anderen. Und ja: das ist mein letztes Wort, Adam."

Der grinste breit, klemmte die Zigarre in den Mundwinkel und reichte ihm die Hand.

„Wir haben mal wieder einen Deal", nuschelte er. „Glückwunsch, Sie fangen morgen an, seien Sie um neun auf dem Grundstück, Mona erwartet Sie, die Kleine wird auch da sein."

Niall Caveron stieg in seinen Grand Cheerokee Overland, den er sich erst dieses Jahr vom Erbe seines Vaters gekauft hatte. Immerhin kostete der Wagen mit all den speziellen Extras, die er sich zusätzlich hatte einbauen lassen, so ziemlich genau fünfzigtausend Dollar. Er lebte bereits zwei Jahre in seinem neuen Leben als Niall Caveron. Sims und er selbst hatten die neue Identität ausgearbeitet – so nah wie möglich am alten Nate bleiben, und doch einen neuen Menschen erschaffen. Angefangen hatten sie mit seinem Namen: Sie behielten dieselben Anfangsbuchstaben bei, und so wurde aus Nate Caim Niall Caveron. Weiter ging es mit dem Beruf, darüber hatten sie am längsten debattiert. Nate wollte nicht zurück in eine Klinik, denn nach seiner eigenen Therapie sah er die Patienten mit anderen Augen, Augen, die sich ein Arzt nicht leisten konnte, ohne selbst in massive Gewissenskonflikte zu kommen. Zwar hatte er ein Master's Degree in Recht, doch als Verteidiger oder Staatsanwalt zu arbeiten, hätte ihn noch einmal drei Jahre Studium gekostet, und mit siebenundzwanzig wollte er nicht wieder auf einem Campus leben. Er war Profiler, Agent und er wollte so nah wie möglich dahin zurück. Privatdetektiv hatte einen schmuddeligen Beigeschmack. McSimmens war dann auf Security und Personenschutz gekommen. C.S.S. – ein Unternehmen, das seriös und dem FBI nahestehend war. Washington nutzte seine Dienste manchmal, wenn an der Westküste Observationen oder Personenschutz notwendig waren, mit denen man die eigenen Agenten nicht in Zusammenhang bringen wollte, sei es aus moralischen oder rechtlichen Gründen. Adam Furner war zwar ein Geldhai, aber immerhin kannte er sich aus, er hatte selbst als Agent gearbeitet, bevor er ausschied, und das nur aus einem Grund: beim FBI konnte man nicht reich werden, und Adam Furner wollte reich sein. Er hatte eine Hand fürs Geschäft und baute sein Unternehmen solide auf. Mittlerweile war C.S.S. die Nummer eins seiner Branche und Furner verdiente Millionen, denn er konzentrierte sich auf die Schönen und Reichen von Los Angeles und speziell Hollywood.

Im Juli 2010 fing Nate bei Furner an. Wie gesagt, Furner war kein Idiot und erkannte Talente schnell; ob er eine gewisse Ahnung hatte, was vorging, konnte Nate nicht sagen, denn Adam machte nie auch nur die geringste Andeutung. Niall wurde sein Mann, immer wenn es um schwierige oder delikate Fälle ging, setzte er Niall ein. Sie hatten einen freiberuflichen Beratervertrag miteinander. Wenn Furner ihn für einen Fall wollte, verhandelten sie sein Honorar und Niall übernahm den Fall oder eben nicht. Furner zahlte gut, auch wenn er es liebte zu feilschen wie ein arabischer Teppichhändler. Nate arbeitete etwa acht bis neun

Monate im Jahr. Er mietete sich ein kleines Häuschen mit Pool in den Hollywood Hills. Es war verrückt, er arbeitete vier Monate weniger im Jahr und verdiente hochgerechnet das Doppelte. Die Stars, Politiker und vor allem die Business Manager in L.A. ließen sich ihre Sicherheit und Informationen etwas kosten.

Alles in allem ging es ihm gut als Niall Caveron. Nur einmal war er in den zwei Jahren in seine alte Identität nach Washington zurückgekehrt als Zeuge vor dem Bundesgericht im Fall „Die Vereinigten Staaten gegen Ian Shandler". Das Urteil wurde innerhalb von zwei Wochen gefällt, obwohl Shandlers neuer Verteidiger zu den besten im Land gehörte. Zweimal lebenslänglich wegen Mordes an Tandra Romano und Tanja Semonin, weitere fünfzehn Jahre wegen Entführung und Körperverletzung eines Bundespolizisten. Es war das letzte Mal, dass er McSimmens und Don sah, danach waren alle Brücken abgebrochen. Seine einzige Verbindung zu seiner Vergangenheit war die Nummer des Bundesmarshalls Pete Finnigan, der sein altes Leben wegradiert und Niall Caverons Details erschaffen hatte. Nate wäre jetzt neunundzwanzig, Niall hingegen bereits fünfunddreißig, die man ihm auch leicht abnahm. Seine Vita so ganz anders als Nates: College mit mittelmäßigen Abschluss, dann freiwilliger Dienst im Marine Corps, Kampfausbildung, verschiedene Einsätze in Übersee, dann Berater bei einem Versicherungsunternehmen, na sagen wir eher, eine Art privater Ermittler bei Versicherungsbetrug und anschließend drei Jahre Tauchlehrer auf Utila, einer Insel der Bay Islands in Honduras. Natürlich war die Tauchbasis pleitegegangen, und man konnte kaum nachvollziehen, wer während dieser Zeit dort gearbeitet hatte. Die Militärzeit und die Einsätze waren so gut gefaket, dass die Papiere jeder Prüfung standhielten. Hätte jemand bei den Marines nach Niall Caveron gefragt, hätte man seine Papiere gefunden, wenn auch niemanden, der sich an ihn erinnerte, doch da seine Papiere vorhanden waren, war er auch dort gewesen. Das mit dem Tauchlehrer war für Nate der größte Schwachsinn gewesen, doch Finnigan bestand darauf, so konnte man eine Person leicht drei Jahre im Nirgendwo auf dieser Welt verschwinden lassen, ohne dass unbedingt Papiere erwartet wurden. Also biss Nate in den sauren Apfel und lernte tauchen, was er mittlerweile als das größte Glück seines neuen Lebens betrachtete – er liebte es, war süchtig danach. Sobald er sein Jahrespensum von neunzigtausend Dollar zusammen hatte, packte er die Sachen und ging tauchen für drei, manchmal vier Monate. Malediven, Honduras, Hawaii, Südostasien und auch schon einige Male im Roten Meer.

Wie gesagt, kein schlechtes Leben, doch weit entfernt von perfekt.

Er kam gut klar mit seinen Ängsten, schlief zwar immer noch bei Licht, doch er träumte so gut wie nicht mehr von dem Engel. Er befasste sich nicht mehr mit Henochisch, Nephilim oder der Bibel, das alles hatte er mit Nate begraben. Zwar spielte er mit dem Gedanken, seine leibliche Mutter aufzusuchen, doch als Niall Caveron konnte er nicht im Leben von Nate Caim herumstochern.

Finnigans größtes Problem war das Tattoo, man konnte es nicht entfernen, Niall musste immer und überall vorsichtig sein, langärmlige Hemden und Sweatshirts, selbst bei fünfunddreißig Grad, immer ein Aqua Lung Long Sleeve unter dem Tauchanzug, keine gemeinsamen Duschen, egal mit wem, keine Nacktheit, ebenfalls egal mit wem. Nun, das war ein Problem, denn Niall Caveron entschied für sich, keinen Sex zu haben. Mit einer „normalen“ Frau, und hier in L.A. gab es genug schöne Frauen, die auch durchaus Interesse zeigten, wäre er über kurz oder lang in die Situation geraten zu erklären, warum er sich nie ganz nackt zeigte, es ging nicht. Es war einfach zu gefährlich. Daher hatte er es mit Prostituierten versucht, zwei Mal. Denen musste man nicht erklären, warum man sich nicht ganz auszog, das interessierte nicht. Doch dabei fand er etwas anderes heraus. Die Vergewaltigungen während seiner Gefangenschaft hatten eine Narbe auf seiner Seele hinterlassen, es war unmöglich für ihn, intime Berührungen zu ertragen. Beim ersten Mal ging er einfach; bei der zweiten Nutte wollte er sich selbst zwingen, aber nachdem er ihr das Bett vollgekotzt und unter wüsten Beschimpfungen ihrerseits dreihundert Dollar mehr gezahlte hatte, versuchte er es nicht mehr. Auch ein Teil seiner Vergangenheit, den er begraben musste. Sex mit einem anderen Menschen war nicht mehr möglich. Es ist erstaunlich, mit was man sich arrangieren kann, wenn es notwendig ist.

Er fuhr den Santa Monica Boulevard entlang und bog am Plummer Park rechts ab in die N. Vista St., dann wieder links und dann rechts in die Courtney Ave., bis er vor seiner Garage parkte. Er ging durch das weiße Gartentor auf das Haus zu. Es war schön hier, ruhig, mondän, doch nicht zu luxuriös.

Im Haus machte er sich gleich daran, den Computer hochzufahren, checkte die Adresse von Mona Seasboury, die Adam ihm gegeben hatte, und sah sich Furners Bilder der Örtlichkeiten an. Es war ein verdammt großes Grundstück mit einer enormen Villa und einem Anbau, von dem er vermutete, dass es sich um die Garagen und das besagte Appartement handelte. Ein riesiger Pool, eine Gartenanlage, ein Tennisplatz und ein Wirtschaftsgebäude, vielleicht ein Reitstall. Großes Terrain, auf dem ein Teenager leicht verschwinden konnte. Meine Güte, eine Sechzehnjährige mit Starallüren, das hatte ihm noch gefehlt. Immerhin besaß das Grundstück eine Joggingstrecke, und er vermutete, dass sie fünf Kilometer umfasste, rund angelegt, immer der Umzäunung folgend. Er machte sich ein leichtes Abendessen, Salat mit etwas Schinken und Käse, dazu Milch, denn er trank kaum noch Alkohol, das konnte er sich nicht leisten bei seinem Job. Danach ging er runter in den Keller und tobte sich an dem Boxsack aus, der in der Mitte des Raums stand. Anschließend drehte er ein paar Runden im Pool, bevor er zwei große Reisetaschen packte mit allem, was man für zwei, drei Monate brauchte, so lange dauerte diese Art von Aufträgen in der Regel. Bevor er zu Bett ging, legte er seinen Laptop in die kleine Tasche, sammelte die Überwachungsmikros zusammen, seine Kamera und legte einen dunklen Anzug und ein weißes Hemd mit blauer Krawatte über den Stuhl. Seine Glock und das Schulterhalfter lagen in der Nachttischschublade. Es war am Anfang schwierig gewesen, sich an das Schulterhalfter zu gewöhnen, denn das FBI trug die Safariland Holster am Gürtel, und es war etwas anderes, eine Waffe unter dem Arm zu ziehen, doch am Ende war alles Gewohnheitssache. Gegen halb zwölf ging er zu Bett, morgen um sieben wollte er aufstehen, laufen gehen, duschen, frühstücken und um acht Uhr dreißig zum Seasboury-Anwesen aufbrechen. Mehr als eine halbe Stunde würde er dafür nicht brauchen.

Punkt neun stoppte er am Tor und drückte die Klingel der Gegensprechanlage. Eine männliche Stimme erklang.

„Niall Caveron, C.S.S. Division, man erwartet mich."

Ohne ein weiteres Wort öffnete sich das Tor und Niall fuhr auf die Auffahrt. Im Rückspiegel sah er, wie das Tor sich schloss, brauchte verdammt lange, er machte einen Vermerk in seinem Kopf. Er fuhr etwa einen Kilometer durch eine parkähnliche Anlage, kleine Bäume und Sträucher, gepflegter Rasen und Blumenbeete. Die Umzäunung war hoch bewachsen von Oleander und anderem Grünzeug, davor verlief der gelbe Sandweg, den er schon gestern auf dem Satellitenbild gesehen hatte. Dann tauchte das Haus auf, von der Straße nicht zu erkennen, da die Auffahrt leicht anstieg und zum Haus hin wieder abfiel, gut angelegt, um aufdringlichen Augen von draußen zu entgehen. Niall pfiff kurz, das war beeindruckend, er hatte schon so einige Villen hier in L.A. gesehen, aber das Seasboury-Anwesen stellte alles in den Schatten. Ein zweistöckiger Bau, dessen Mauerwerk komplett in Beige gehalten war und der, wie es aussah, ein Holzdach hatte. Es zog sich in langen Rundbögen über das Haus, was es wie verschiedene Hallen wirken ließ; hier und da dann spitz herausragende Dachstücke, unter welchen die Fronten verglast waren – traumhaft, und das war nur die Vorderseite! Die Garagen waren links so integriert, dass man sie erst auf den zweiten Blick wahrnahm, darüber wieder ein Dachbogen und Glasfronten. Wenn das sein Appartement sein sollte, dann zog er in eine Neunzig-Quadratmeter-Wohnung ein. Vor der mit Schmiedeeisen verzierten Tür stand ein bulliger Mann in Shorts und T-Shirt, er schien auf Niall zu warten. Er parkte das Auto vor den Garagen und ging die paar Meter zur Tür.

„Mister Caveron, ich bin Mathew Conrad, Monas Personenschützer, sie können mich MC nennen, dass tut hier jeder." Er hielt ihm die Hand hin und Niall erwiderte den kräftigen Händedruck. MC war nur ein Stückchen kleiner als Niall, vielleicht eins neunundachtzig, doch wesentlich schwerer, eine Figur wie ein ehemaliger Boxer, vielleicht etwas übergewichtig, doch scheinbar sehr fit. Er hatte kurz geschorenes blondes Haar und in einem Ohr eine Creole. Seine hellblauen Augen wach und aufmerksam. Seine Nase verriet, dass sie einmal gebrochen war, doch er war durchaus attraktiv, nicht gerade ein Adonis, aber mit dem Grübchen in seinem Kinn strahlte er etwas aus, wodurch man ihm Sympathie entgegenbrachte. Im Hause Seasboury geht es relaxed zu, dachte Niall und taxierte die bunten Shorts und das weiße T-Shirt mit dem Logo von Linkin Park. Sein Alter war schwer zu schätzen, vielleicht Mitte, Ende dreißig.

„Niall Caveron, freut mich."

„Kommen Sie, Mona erwartet Sie schon, ich denke, Sie entsprechen ihren Vorstellungen!"

Was immer das bedeutet …, ging es Niall durch den Kopf. Er öffnete seine Anzugsjacke, denn es war heute Morgen schon ziemlich heiß. Sie gingen gemeinsam durch die Tür in eine große Vorhalle. Sie hatte Geschmack, oder besser ihr Innenarchitekt. Eine frei schwebende Treppe an Edelstahldrähten führte im Hintergrund in den zweiten Stock, alles war in Creme gehalten, selbst der Marmor unter seinen Füßen. Spiegelflächen ließen die Halle noch großzügiger wirken. Hinter der Treppe ging es durch einen Rundbogen in das Wohnzimmer, das Haus war durchflutet von Tageslicht und wirkte irgendwie transparent aufgrund der vielen Fensterflächen. Der Marmor klackte unter seinen Füßen, als MC ihn ins Wohnzimmer führte. Ein Kamin brannte in der Mitte des Raumes. Eine weiße Ledercouch mit einem kleinen Glastisch. Der Raum wurde dominiert von Glas und Edelstahl, alles im minimalistischen Stil, keine Schnörkeleien, die Grünpflanzen geschickt eingebracht, und die beeindruckenden Schwarz-Weiß-Drucke von Lichtenstein und Warhol rundeten den Raum nicht nur ab, sie hinterließen auch eine Gänsehaut – hier hingen Millionen! Es war wirklich schön. Wenn man aus den Fenstern auf die Terrasse mit dem türkisfarbenen Pool schaute, der sich oval und gigantisch um die Rückseite des Hauses schlängelte, war es sogar ein Traum. Doch es war kein Zuhause, es fehlte Wärme.

Eine Frau stand vom Sofa auf und kam ihnen entgegen. Niall hatte schon Filme von Mona gesehen, sie war der Inbegriff von Schönheit: etwa eins fünfundsiebzig, schlank, aber mit Rundungen, die sie erst richtig sexy erscheinen ließen, und langes, honigblondes Haar. Das eng anliegende, dunkelblaue Trägerkleid mit tiefem Ausschnitt stand ihr ausgezeichnet, genau wie das dezente Make-up in hellen Rosatönen, eine kleine Nase, wulstige Lippen, die einen Mann nur eins denken ließen, und große, kindliche, blaue Augen. Auch wenn sie bereits Anfang vierzig war, eine tolle Frau, dachte Niall, da würde ich nicht Nein sagen. Aber das dachte wohl jeder Mann, der Mona begegnete.

Sie blieb vor ihm stehen, zündete sich lasziv eine Zigarette an und blies ihm den Rauch entgegen.

„Mister Caveron! Sehr schön … auf Furner ist Verlass, freut mich!“

Sie gab ihm nicht die Hand und betrachtete ihn genau. Niall registrierte, dass sie ihre Stimme künstlich tief hielt, um sexy zu klingen, ihre normale Stimme lag wesentlich höher und es störte ihn, wie er von ihren Augen abgetastet wurde.

„Darf ich Sie Niall nennen?“, fragte sie und legte eine Unschuldsmiene auf.

Er dachte einige Sekunden nach, bevor er antwortete: „Miss Seasboury, ich glaube, es wäre besser, etwas förmlicher zu bleiben.“ Er sah ein fast unmerkliches Zucken in ihren Wangen, sie war es nicht gewöhnt, zurückgewiesen zu werden. „Ich meine, speziell weil es um ihre Tochter geht. Bei Personenschutz halte ich nichts von Vertraulichkeiten.“

Sie lachte gespielt auf.

„Hast du gehört, MC? Er gehört der alten Schule an! Ganz wie Sie wollen, vielleicht haben Sie recht, was Cathy betrifft, doch machen Sie sich keine Hoffnungen, das Mädchen ist in einer schwierigen Phase und ich weiß nicht, ob sie Ihre Höflichkeitsrituale teilt.“

Ich wusste es doch, dachte Niall, ihre Stimme ist viel höher! Die Illusion von Mona kam ins Bröckeln, denn die Worte waren spitz und unangenehm, so wie sie sie jetzt aussprach.

„Hat Furner Sie über alles aufgeklärt?“

Sie hatte sich wieder auf die Couch gesetzt und bot ihm mit der Hand an, Platz zu nehmen. Er setzte sich, MC blieb hinter Mona stehen.

„Im Groben. Sie möchten eine Vierundzwanzig-Stunden-Überwachung, ich gehe davon aus, dass ich in der ständigen Nähe von Catherine sein soll.“

Mona blickte zu MC und nickte.

Er ergriff das Wort: „Ja genau, Mona ist sieben Tage die Woche im Studio, die Abende können lang werden, und sehr oft sind wir auf Reisen. Cathy muss zur Schule, zum Sport, zu Freunden gefahren werden. Sie sollten immer wissen, wo sie ist, und vor allem innerhalb von fünf Minuten bei ihr sein können, trotzdem braucht sie Privatsphäre, aber das muss ich wohl nicht erwähnen."

Niall schüttelte den Kopf.

„Wie viele Freiheiten habe ich, wenn sie sich meinen Anweisungen widersetzt?"

„Jede. Ich bekomme sie nicht mehr in den Griff, Sie können ihr von mir aus den Hintern versohlen, wenn sie Blödsinn macht", meinte Mona angenervt.

Niall zog die Augenbrauen hoch.

„Nun, Sie werden noch sehen, Cathy ist wirklich schwierig, sie ist grundsätzlich in Opposition zu allem, was man sagt."

Wie MC es ausdrückte, klang es sanfter. Er ist kein übler Kerl, ging es Niall durch den Kopf, ob er mit Mona schläft?

„Wer ist noch im Haus?"

„María Hernández, sie sorgt fürs Haus und die Mahlzeiten, und José Hernández, er ist zuständig für den Garten, den Pool und eigentlich alles, was sich außerhalb des Hauses abspielt. Beide leben in dem Anbau auf der anderen Seite des Hauses. Ich habe sämtliche Sicherheitsvorrichtungen auf dem Grundstück installiert, auf weitere Personenschützer haben wir verzichtet – wir denken, es ist okay so. Ach ja, wenn Mona in L.A. ist, lebe ich auch hier im Haus."

Klar, die beiden hatten was miteinander! Warum auch nicht.

Niall dachte nach, ihm gefiel die Konstellation nicht, das war alles zu eng und kompliziert, hier spielte sich mehr ab als der bloße Schutz der Tochter.

„Miss Seasboury, ich will mich und Adam Furner nicht um ein Geschäft bringen, doch sind Sie sich sicher, dass Ihre Tochter wirklich einen Bodyguard braucht? Ich habe die Drohbriefe gelesen, ein, zwei sind ernst zu nehmen, doch mit den richtigen Sicherheitsmaßnahmen wird niemand an Ihre Tochter herankommen. Ehrlich gesagt denke ich, sie braucht keinen Personenschutz."

Mona sah ihn erstaunt an.

„Sie sind ehrlich, Mister Caveron, aber Sie kennen Cathy nicht. Momentan hat sie es sich zur Lebensaufgabe gemacht, mich in den Wahnsinn zu treiben. Seit sie weiß, dass man auch gegen sie Drohungen ausgesprochen hat, haut sie ständig ab, zieht alleine oder mit Freunden durch L.A., schwänzt die Schule. Manches Mal weiß ich den ganzen Tag nicht, wo sie ist, bis sie abends wiederkommt. Ich mache mir Sorgen, bitte nehmen Sie den Auftrag an."

Niall sah zu MC, der mit ernstem Gesicht nickte. Wie ich es mir dachte, sie brauchen einen Babysitter oder besser einen Ersatzvater, der dem Mädchen die Ohren lang zieht. Mein Gott, drei Monate … Es waren immerhin zweiunddreißigtausend Dollar, die restlichen drei Monate des Jahres könnte ich mir dann freinehmen und auf den Galapagosinseln tauchen … Wer weiß, ob sich noch ein anderer Job findet.

„Okay, wir probieren es. Furner hat mich für drei Monate verpflichtet, ich denke, wir schauen mal, wie der Juli läuft, und sehen dann weiter."

Mona lächelte das erste Mal natürlich.

„Danke, Mister Caveron", sagte sie sichtlich erleichtert und hielt ihm die Hand hin.

Er schlug ein.

„Ist Catherine im Haus?"

„Ja, sie hat heute frei. Ich stelle sie Ihnen gleich vor, und Sie sollten dann auch die Hernández' kennenlernen. María wird Ihnen zeigen, wo Sie wohnen, und Ihnen alles im Haus erklären."

Niall hatte seine Taschen aus dem Auto geholt und räumte die Kleidung gerade in den Kleiderschrank. Das Appartement war nicht zu beschreiben. Riesig, einhundert Quadratmeter. Und was dem Hauptwohnzimmer an Wärme fehlte, war hier zur Genüge vorhanden: Hellbraune Töne dominierten das Wohn- und Arbeitszimmer mit elegantem Schreibtisch, auf dem natürlich die neuste Version eines Dell stand, die Regale waren voller Bücher, von Romanen über Sachbücher und besonders viele Bände, die architektonische Schönheiten abbildeten. Monas Ex-Mann Eric Kampell war Architekt, und Niall nahm an, dass es einmal seine Räumlichkeiten gewesen waren. Eine riesige braune Ledercouch bildete den Mittelpunkt des Wohnzimmers, auch hier im ersten Stock ein Kamin. Die Zimmerdecke hatte wie im ganzen Haus keine Ecken, alles war gewölbt und rund, wahrscheinlich hatte Mister Kampell dieses Haus entworfen und bauen lassen. Das Schlafzimmer besaß ein großes Doppelbett, hier fand sich japanischer Stil wieder: weiß, einfach, elegant und funktionell, die Matratze hart wie ein Futon. Perfekt!, dachte Niall. Er hatte erst einmal suchen müssen, bis er erkannte, dass die Wände eingebaute Schränke waren, es fiel beim ersten Blick nicht auf. In jedem Raum große Fenster, und das Badezimmer setzte dem ganzen die Krone auf: begehbare Dusche zwei auf zwei Meter, die Badewanne, die mitten im Raum stand, gleichzeitig Whirlpool, zwei Waschbecken, ein Bidet, ein Toilette und alles in Creme mit Glas-Edelstahl-Armaturen. Verflucht, wie mochte es sich anfühlen, so reich zu sein!

Das Wohnzimmer war abgeteilt mit einer Theke, die in eine kleine Kochnische führte, Espressomaschine, ein Kühlschrank, Mikrowelle und Backofen, alles integriert. Jedoch hatte María ihm die Hauptküche gezeigt, in der man locker eine Party für fünfzig Leute ausrichten konnte, und ihm dreimal versichert, dass sie alles für ihn kochen würde, was er mochte. Sie ließ nicht locker, bis er ihr sein Frühstücksritual erklärte: morgens ein frischer Ananassaft von einer halben Frucht und nur Kaffee dazu. Mittag aß er mit Cathy, egal, was María vorsetzte, und abends nur einen Salat oder eine Suppe. Erst danach war sie zufrieden, lächelte breit aus ihrem runden argentinischen Gesicht und tätschelte seinen Arm: „*Señor*, wir werden schon eine paar Pfund auf Ihre Rippen bekommen", wobei ihre Aussprache aus Rippen eher Rieeeepen machte. Gott bewahre ..., dachte Niall. Die Eheleute Hernández waren grundanständige und herzensgute Menschen; es schien, dass Mona sie gut bezahlte, und es machte den Eindruck, dass sie gerne in diesem Haus arbeiteten.

Ein perfekter Job – wenn es da nicht Catherine geben würde. Niall schüttelte unwillkürlich den Kopf. MC, Mona und er waren raus an den Pool gegangen, der Teenager aalte sich in der Sonne auf einem Liegestuhl und wippte mit dem Fuß im Takt der Musik, die sie durch die Kopfhörer ihres iPods hörte, viel zu laut, denn Niall konnte hören, dass Lady Gaga ihr Bestes gab.

Catherine war ein gutes Stück größer als ihre Mutter, das konnte man selbst im Liegen sehen, sie hatte sehr lange Beine, war nicht anorektisch wie die meisten Töchter berühmter Stars, sondern eher sportlich, muskulös und jetzt schon äußerst gut proportioniert. Das gleiche honigblonde Haar wie Mona, aber zu frechen Stoppeln geschnitten, ihr Gesicht schmal mit hohen Wangenknochen und einem ähnlich erotischem Mund wie Mona, hätte sie ihn nicht mit einem schwarzen Lippenstift zugekleistert. Die Finger- und Fußnägel verunstaltete das gleiche Schwarz. Sie trug einen Bikini, der nicht der Rede wert war und nur einem diente: zu provozieren. Eins war klar, dieses Mädchen würde einmal noch schöner werden als Mona Seasboury – wenn sie die Kurve bekäme im Leben. Sie blickte durch ihre Sonnenbrille im Trinity-Matrix-Stil und zog lässig die Kopfhörer aus den Ohren.

„Cathy, bitte steh auf, ich möchte dir Niall Caveron vorstellen, er wird als dein Personenschützer hier arbeiten." Monas Ton war angestrengt und es klang ein wenig zickig, sie kam wohl wirklich nicht mehr mit ihrer Tochter zurecht.

Catherine verzog einen Mundwinkel und es bildete sich ein Grübchen; wenn sie lachte, sah das bestimmt bezaubernd aus. Sie stand auf, platzierte sich demonstrativ vor Niall, stemmte eine Hand in die Hüfte und schob die Sonnenbrille auf die Nasenspitze, um ihn darüber hinweg anzusehen. Dann fing sie schallend an zu lachen.

„Catherine!“, fauchte ihre Mutter.

„Mom, was ist das denn für ein Clown, haben die Men in Black den geschickt, um Aliens zu jagen?“ Sie machte ein abschätziges Geräusch durch die Nase.

Niall zog seine Sonnenbrille ab und starrte auf Cathy. Ja, sie war mindestens einen Meter achtzig groß, dennoch sah er auf sie hinunter. Er sagte nichts, blickte sie nur an und ließ nicht erkennen, was er dachte.

„Das ist wohl ein Witz! Ein Bodyguard … Mom, spinnst du?!“

„So, jetzt reicht es, du gehst augenblicklich auf dein Zimmer und da bleibst du für heute, hast du mich verstanden?!“ Monas Stimme überschlug sich und es klang unangenehm in den Ohren.

„Ach Scheiße“, war alles, was das Mädchen sagte, und sie trollte sich mit dem iPod ins Haus.

„Tut mir leid, Mister Caveron, ich sagte ja, dass sie schwierig ist.“

Niall kommentierte das nicht weiter und folgte MC zu den Hernández'.

Er saß kurz auf der Couch, blickte durch das riesige Fenster und dachte über die Situation nach. Wenn er zu dem Mädchen keinen Draht bekam, dann würde es die Hölle. Auf der anderen Seite war Niall schließlich Psychologe, wenn auch in einem früheren Leben. Also auf in den Kampf!

Er ging die kleinere Treppe vom Anbau herunter in die Vorhalle, Mona und MC waren bereits losgefahren zum Studio und würden erst am späten Abend wieder zurück sein. Er konnte María in der Küche werkeln hören, und als er auf die erste Stufe zu den Privaträumen der Seasbourys trat, rief sie ihm nach: „*Señor*, es gibt in zehn Minuten Essen, sagen Sie Catherine bitte Bescheid."

„Ja, mach ich", rief er zurück und war froh, nun einen Grund zu haben, in ihr Zimmer zu gehen. Er fand es recht schnell, denn aus vergangen Kindertagen klebten dort immer noch Holzbuchstaben, die ihren Namen – Cathy – mit kleinen Blumen umrankten.

Niall klopfte an, erhielt aber keine Antwort, darum öffnete er vorsichtig die Tür. Sie lag bäuchlings auf dem Bett und schmökerte in einem Magazin, mittlerweile trug sie Shorts und ein verwaschenes T-Shirt. Als er eintrat, sah sie ihn kampflustig an.

„Mach, dass du rauskommst, das ist mein Zimmer!", pflaumte sie in seine Richtung und knatschte auf ihrem Kaugummi herum.

Niall schloss die Tür hinter sich, ging ruhig durch das Zimmer und sah sich gründlich um. Hier sah man eine ganz andere Catherine, ein ganz normales Mädchen: Zwischen den Büchern im Regal standen Stofftiere, an den Wänden hingen Poster von Rockbands und Schauspielern, Robert Pattinson schien ihr großer Schwarm und passte so gar nicht zu dem schwarzen Lippenstift, der ihr Gesicht trotz einer gesunden Bräune blass erscheinen ließ.

„Mann, bist du taub?! Raus hier, habe ich gesagt!" Sie setzte sich auf und verschränkte die Arme vor der Brust.

Er stellte sich vor ihr Bett.

„Jetzt hör mir mal zu ...", fing er sanft an, wurde aber sofort unterbrochen:

„Ich denke nicht daran, du Affe!", konterte sie.

„Ich habe gesagt, du sollst mir zuhören." Immer noch mit sehr ruhiger Stimme, die aber etwas bedrohlich klang, wiederholte er sich.

Catherines Miene arbeitete, aber sie schwieg.

„Erstens, für dich bin ich entweder Mister Caveron oder Niall, du wirst mich siezen, ich bin weder ein Affe, ein Clown oder sonst etwas, das kannst du von mir aus denken, aber nie mehr aussprechen. Ich nenne dich Catherine und vor Fremden Miss Kampell. Gut, das ist geklärt. Zweitens, ich habe hier einen Job, den ich gedenke ernst zu nehmen. Wenn du mir etwas entgegenkommst, kann es super ablaufen, dann merkst du nicht einmal, dass ich in deiner Nähe bin, doch wenn du Krieg willst, dann klebe ich ab heute an deinen Fersen wie eine Bulldogge. Sag jetzt nichts, sondern überlege es dir gut, wenn du dich entschieden hast, lass es mich wissen." Er öffnete die Tür. „María hat das Essen fertig und bittet dich herunterzukommen." Damit ging er aus dem Raum.

Catherine saß verdutzt auf dem Bett und er war froh, dass er die Gedanken nicht lesen konnte, die ihr gerade durch den Kopf gingen.

Niall saß bereits am Tisch, als Catherine die Treppe hinunterstürmte.

„Mimmi, was gibt's heute?", fragte sie fröhlich und mit einem Lächeln, bis sie sah, dass er am Tisch saß.

„Ah, *corazón*, Burritos, die magst du doch so gerne", erwiderte María und kam mit einem Teller für sich und das Mädchen aus der Küche und stellte ihn auf den Tisch. María setzte sich Niall gegenüber, für Catherine hatte sie am Kopfende zwischen sich und Niall gedeckt.

„Was will der denn hier?", fauchte Catherine und nahm ihren Teller und das Besteck. „Ich esse auf meinem Zimmer." Sie ging zur Treppe, hielt noch einmal und drehte sich mit einer dramatischen Geste um. „Ach, Mister Caveron?"

Niall legte sein Besteck aus der Hand und blickte zu ihr.

„Krieg, wir haben Krieg."

Er nahm sein Besteck und fing wieder an zu essen.

María seufzte: „*Ay, madre mía*, wo soll das noch hinführen?!", ließ sich ihren Burrito aber mit großem Appetit schmecken.

„War sie schon immer so schwierig?", fragte Niall und genoss ebenfalls das Essen, es war ausgezeichnet.

„*No, señor*, sie ist ein so liebes Mädchen … Ach wenn das alles mit Mister Kampell nur nicht geschehen wäre! Die Scheidung hat meine Kleine nicht verkraftet …" Sie seufzte wieder und schüttelte den Kopf.

„Warum haben die beiden sich eigentlich getrennt?"

María sah ihn skeptisch an.

„Schon gut, María, wenn Sie darüber nicht reden wollen, verstehe ich das, aber Sie müssen wissen, ich habe eine Verschwiegenheitserklärung unterschrieben, ich darf niemandem sagen, was ich in diesem Haus höre und sehe."

María nickte, doch zögerte sie noch einen Moment, bevor es aus ihr heraussprudelte: „Ach wissen Sie, *Señor* Niall, sie waren so ein glückliches Paar, *madre mía*, wie haben die beiden sich geliebt, und als Cathy kam, war es perfekt! *Señor* Kampell war viel unterwegs, er baut große Häuser, wissen Sie, und ich glaube, er hat Mona zu viel allein gelassen … Sie fing dann wieder an mit *cinematografía*, Sie wissen, was ich meine, und dann plötzlich war sie berühmt, musste viel arbeiten. Dann blieb *Señor* Kampell hier und sorgte für Cathy. Doch Männer können es schlecht ertragen, wenn Frau *famosa*, verstehen Sie?"

„Ja."

„*Sí*, er wurde ungeduldig, hat Mona nicht gut behandelt, und dann gab es plötzlich anderen Mann in ihrem Leben, dann war alles kaputt." Sie schüttelte erneut den Kopf. „Und keiner hat gedacht an Kind, Cathy war vierzehn, viel Streit um Haus und Geld bei Scheidung, *el señor* liebt dieses Haus, er selbst hat, wie sagt man, *planificado*, er hat alles selbst ausgedacht und gebaut, doch

Mona wollte Haus behalten. Dann sagt *señor*: ‚Wenn ich das Kind bekomme, kannst du alles behalten.' Mona hatte viel Arbeit, Filme, immer Filme, sie hatte keine Zeit für Cathy, und so ging mein Mädchen zu *Señor* Kampell. Sie kam in den Ferien, doch eines Tages *señor* bringt sie zurück, muss nach Europa. Was glauben Sie, wie Kind sich fühlt, Mutter will sie nicht, dann Vater will sie nicht mehr ... *¡Ay!*" María hob eine Hand gegen den Himmel.

„Ich verstehe", sagte Niall nachdenklich. „Ihr Burrito ist im Übrigen der beste, den ich je gegessen habe."

Damit brachte er María wieder zum Lächeln.

KAPITEL ACHT

Dienstag, 21. August 2012

Don Viggen war vor einer Stunde in Denver, Colorado, gelandet, das FBI-Flugzeug hatte ihn nonstop von Washington in weniger als fünf Stunden hierhergebracht, da es die internationalen Flugrouten umgehen konnte. Er saß jetzt im Ford Explorer der National Park Police und sie fuhren die W. Dear Creek Canyon Road entlang. Der Officer sagte ihm, dass es nur eine halbe Stunde dauern würde. Don war froh, auf dem Beifahrersitz zu sein, niemals hätte er sich in dem Parkgelände zurechtgefunden. Plötzlich tauchten an der Straße Polizeiwagen mit Blaulicht auf, die eine Waldzufahrt abriegelten, der Explorer passierte die Absperrung und hielt etwa einhundert Meter weiter.

„Dort drüben, wir haben alles mit gelbem Absperrband markiert und niemanden mehr da reingelassen, wie Sie es am Telefon sagten."

Nanu, er konnte doch mehr sagen außer „Guten Tag, Agent Viggen." Denn sonst hatte der Officer die ganze Zeit über geschwiegen. Don machte sich nicht viel daraus, denn die lokalen Behörden hassten es regelrecht, wenn sich die Feds einmischten.

„Danke, Officer, nehmen Sie mich nachher mit zurück?"

Ein Nicken, und dann stieg Don mit seinem Stahlkoffer aus dem Wagen und ging auf die Gruppe von Beamten zu. Er nahm seine Marke und hing sie klar ersichtlich an die Brusttasche seiner FBI-Jacke, die er im Wagen angezogen hatte.

„Tag, ich bin Chief Carson, Sie sind der FBI-Agent?"
Don schüttelte die Hand des Chiefs.
„Ja, Don Viggen."
Die drei Männer des Chiefs sahen abschätzend auf den kleinen Mann herunter.
„Wir haben uns immer vorgestellt, dass FBI-Agenten größer sind", meinte einer von ihnen schmunzelnd.
„Tja, ich bin nun mal Pathologe, hat was, wenn man da klein ist, dann braucht man sich nicht so tief zur Leiche runterzubeugen", gab Don mit einem Augenzwinkern zurück.
Die Männer lachten und einer hielt Don das Absperrband hoch. Don ging weiter, öffnete dann seinen Koffer, zog den weißen Anzug heraus und streifte ihn über, genauso wie die Schuhüberzieher.
Ein Spurenermittler in der gleichen weißen Kleidung kam zu ihm.
„Detektive Jon Beson, freut mich, Sie sind der FBI-Mann?"
„Don Viggen. Was haben Sie für mich?"
„Nun, die Leiche eines dreizehn, vielleicht vierzehn Jahre alten Mädchens, wahrscheinlich vergiftet, Todeszeitpunkt vor ein bis zwei Tagen, sie wurde hier drapiert, das heißt, schön säuberlich abgelegt, weißes Kleid, keine Schmutzflecken, keine Abwehrverletzungen, soweit ich das sagen kann."
„Sie trägt einen Blumenkranz, hat ein Tattoo auf der Brust?"
„Ja genau, das sagten wir Ihnen ja am Telefon, das ist auch der Grund, warum wir Sie angerufen haben. Ich habe das ViCAP damals verfolgt, die Mordserie der Mädchen in West Virginia, und wenn Sie mich fragen, haben Sie hier Opfer Nummer sieben. Ich dachte eigentlich, Sie hätten den Kerl?"
Don sah ihn an und atmete tief ein.
„Das dachten wir auch … Wie konnte man sie hier im Nirgendwo so schnell finden?"

„Für Sie mag es nach nirgendwo aussehen, doch wer sich hier auskennt, weiß, dass der Ranger mindestens alle zwei Tage hier vorbeikommt, bevor er seinen Rundgang durch den Park beginnt. Man wollte, dass sie gefunden wird."

Don nickte aufmerksam.

„Hören Sie, Detective Beson, ich sehe sie mir jetzt kurz an und dann muss ich hier vor Ort einen Vaginalabstrich nehmen, können Sie mir dabei helfen?"

Der Mann verzog den Mund.

„Ich bin Ermittler bei der Spurensicherung, kein Pathologe, aber ich versuche es."

Don klopfte dem Mann auf den Rücken, er war viel zu groß, um locker seine Schultern zu erreichen.

„Kommen Sie, wir schaffen das schon."

Als er das Mädchen sah, wusste er sofort, es waren die Desperates, sie hatten einen neuen Engel hinterlassen. Don beeilte sich und Beson tat sein Möglichstes. Doch er tat sich schwer, es war ihm anzusehen, dass er selbst Kinder hatte.

„Okay, das war's." Don tütete den Spachtel in das Glasröhrchen und verschloss es in seinem Koffer. „Wie schnell können Sie die Leiche nach Washington bringen?"

„Sprechen Sie am besten mit Carson, er ist der Chef der Polizei Denver und hält alle Fäden in der Hand. Was ist mit dem Tatort?" Beson trat unruhig von einem Bein aufs andere, er wollte hier weg, etwas weiter weg von der Leiche den Mädchens.

„Wir haben ein Team unterwegs, ich bin die Vorhut, da wir die DNA brauchen, ich denke die kommen in spätestens vier Stunden. Detektive Beson, wenn Sie hierbleiben könnten, wäre das fantastisch, ich habe gesehen, wie Sie die Markierungen gesetzt haben, Sie haben wirklich was drauf, wenn es um Spurensicherung geht. Machen Sie solange Fotos, jede Kleinigkeit ist wichtig.

Bitte halten Sie jeden ab, der in das abgesperrte Gebiet will, auch wenn es der Gouverneur von Colorado ist."

Beson nickte.

„Kann ich sie zudecken?"

„Natürlich. Bleiben Sie bei der Kleinen, bis wir sie abholen. Danke für Ihre Hilfe."

Don eilte zum Wagen zurück und verabschiedete sich von Carson.

„Sie haben gute Leute hier, Chief Carson. Ein Team ist unterwegs, bitte helfen Sie Beson, damit niemand das Gebiet betritt. Ist ein guter Mann, Ihr Beson."

Carson nickte.

„Ich weiß. Wir tun alles, um Ihnen zu helfen. Ist es ein Opfer dieser Sekte?"

„Es sieht so aus."

Gegen neun Uhr war Don wieder in der Pathologie im J. Edgar Hoover Building. Sie warteten schon auf ihn, um den DNA-Test durchzuführen. Das Kind hatte wie die anderen Sperma in der Vagina, und sie starteten einen Schnelltest. Um elf Uhr nachts hatte Don das Ergebnis und schickte die Analyse durch den Computer. Eigentlich erwartete er keinen Treffer, wie immer. Er hatte sich in ein kleines Büro im Keller zurückgezogen, sah sich die Tatortfotos und Aufnahmen der Leiche an, die sein Team im Dear Creek Canyon Park mittlerweile an ihn verschickt hatte. Es passte alles, selbst das Tattoo. Er war gerade in Gedanken versunken, wie das möglich war, denn Yoros hatten sie für ein paar Jahre hinter Gitter gebracht und Don war immer überzeugt gewesen, dass Yoros auch der Tätowierer der Mädchen war, auch wenn man ihm nichts beweisen konnte – als der Computer einen Pieplaut von sich gab. Don nahm seine Zigarette aus dem Mund und sah auf den Bildschirm, das gibt's doch nicht, er hatte eine DNA-Übereinstimmung gefunden. Jetzt hatten sie das Schwein!

Er gab ein paar Befehle über die Tastatur ein und wartete, das Programm griff auf die interne FBI-Datenbank zu und es dauerte keine zwei Sekunden, bis ein Name auf dem Bildschirm erschien:

`Nathaniel Caim, Agent, FBI, NCAVC, dep. CASMIRC.`
`Freiwillige DNA-Abgabe 05/20/2010 im Zusammenhang mit Spurensicherungen im Fall „Angel“, Trenton, Old York Road 1879.`

Don hatte die Zigarette fallen lassen und die glühte gerade ein Loch in eines der Tatortfotos, doch er konnte sich nicht rühren, bis es zu stinken anfing. Er klopfte die Glut aus und warf den Stummel in den Aschenbecher. Mein Gott, das war Nates DNA! Das gibt's doch nicht, wie ist das möglich?! Don stand auf und lief hin und her. Das gibt es doch gar nicht … Dann fing er an zu denken, Nate hat seine DNA im Mai 2010 abgegeben, vorher war sie nicht erfasst, zwar wurden seine Fingerabdrücke im Computer gehalten wie die aller FBI-Agenten, doch keine DNA-Muster. Wie ist das nur möglich, wie kommt Nates Sperma an die Leiche? Es war verrückt, doch er musste es versuchen.

Don lief rüber ins Labor, ging an den Gefrierschrank und sah sich die Proben des Spermas, die sie bei Tandra Romano und auch bei Maria Silvestri gefunden hatten, an; beide hatten von den anderen Opfern abweichende Spermaspuren und er erinnerte sich noch genau, wie sehr es die Soko verwirrt hatte, plötzlich andere Spuren zu finden. Er notierte die Nummern und rannte zum

Computer zurück, tippte die Nummern ein und ließ beide simultan durch das System laufen.

Er zündete sich eine weitere Zigarette an und tat hektisch mehrere Züge in Folge, bis endlich der gleiche Piepton erklang, zweimal kurz hintereinander:

`Nathaniel Caim, Agent, FBI, NCAVC, dep. CASMIRC.`
`Freiwillige DNA-Abgabe 05/20/2010 im Zusammenhang mit Spurensicherungen im Fall „Angel“, Trenton, Old York Road 1879.`

„Scheiße“, sagte Don laut, „das ist nicht wahr, Nate!“

Donnerstag, 23. August 2012

Eineinhalb Monate schon, und Catherine versuchte ihn wirklich an den Rand des Wahnsinns zu treiben, es war ein ewiges Katz-und-Maus-Spiel, sie legte es darauf an. Dabei war sie ab und zu so nett, liebenswert, doch kaum drehte er ihr eine Minute den Rücken zu, zack, war sie verschwunden. Heute Abend hatte er sie wieder bei diesem Gregory Northom gefunden, vielleicht ihr Freund, er wusste es nicht, doch es war bereits das zweite Mal, dass er sie dort von der Couch pflückte. Beim ersten Mal hatte Gregory ihm die Tür vor der Nase zugeschlagen, woraufhin Niall die Tür eingetreten, Catherine unsanft am Arm genommen und zu seinem Auto geschleppt hatte; dem Jungen hatte er gedroht, wenn das nochmals passiere, breche er ihm die Nase. Heute hatte er darauf verzichtet zu klingeln, er hatte die bereits ramponierte Tür, die nur notdürftig repariert war, gleich eingetreten und die beiden selig versunken im Wohnzimmer gefunden. Sie waren auf Drogen, für Minuten betete er, dass es nur Marihuana war, irgendein Cannabiskraut, aber bitte nichts Hartes, bis er die Zigaretten und die grünen, getrockneten Blüten fand. Niall roch daran – Cannabis, okay, nichts passiert. Er nahm den Jungen am Kragen hoch und schlug mit der Faust auf seine Nase, was ein unschönes Geräusch machte, als sie brach. Gregory schrie wie besessen auf, und dadurch wurde auch Catherine wieder wach und fing mit wüsten Beschimpfungen an.

Niall schnappte sie sich und schmiss sie über seine Schulter, sie schlug und trat aus, konnte aber nichts dagegen machen, dass er sie ins Auto verfrachtete und losfuhr. Unterwegs hatte er dreimal halten müssen, beim dritten Mal stand er hinter ihr, die Hand an ihrer Stirn, als sie, vornübergebeugt, sich die Seele aus dem Leib kotzte. Sie hielten an einer Tankstelle, sie war zu fertig, um abzuhauen, und er brachte ihr Wasser.

„Tut mir leid, sagen Sie nichts meiner Mom, es kommt nicht mehr vor, ich schwöre es."

Sie bettelte regelrecht und Niall fuhr sie nach Hause, schleuste sie an Mona vorbei auf ihr Zimmer und schwieg. Wie oft noch, fragte er sich gerade, als sein Handy klingelte. Er nahm ab, ohne die Nummer zu prüfen, er war müde und gereizt und wollte eigentlich nur noch schlafen.

„Finnegan, ich muss Sie sehen, jetzt, vereinbarter Treffpunkt, so schnell wie möglich, Cover in Gefahr." Dann machte es klick.

„Verdammt noch mal!", entfuhr es ihm, nicht jetzt, Catherine brauchte ihn, sie war auf dem absteigenden Ast, er konnte sie jetzt nicht alleine lassen, um eine neue Identität anzunehmen. Niall wurde Nate, er zündete sich eine der Zigaretten an, die er in der obersten Schublade verwahrte für Notfälle wie diesen. Er musste husten, denn es waren ebenfalls zwei Jahre, seit er nicht mehr geraucht hatte. Cover in Gefahr, das bedeutete, die Sekte wusste, wer er jetzt war, und suchte ihn.

Er drückte die halbgerauchte Zigarette aus und schnappte sich seine Lederjacke, kramte nach seinen Papieren und einem kleinen Bündel, das zu seinem Leben gehörte, ein paar Papiere, von denen er sich nicht getrennt hatte, die er vorbeigemogelt hatte an Bundesmarshall Finnegan. Dann schnallte er sich die Glock um und zog die Jacke an. Er ging leise die Treppe herunter, Mona war mittlerweile zurück, es brannte Licht im Wohnzimmer. Eigentlich hätte er das nicht tun sollen, doch er tat es für Catherine. Er klopfte kurz an der Vertäfelung des Rundbogens, Mona und ein junger, viel zu junger Mann fuhren auseinander. Auch das noch ..., dachte Niall.

„Meine Güte, Caveron, was wollen Sie denn?!" Mona richtete sich das Haar, welches von der leidenschaftlichen Umarmung etwas lädiert war.

„Tut mir leid, Sie zu stören, Miss Seasboury, ich muss weg, gleich, es ist ein Notfall. Ich weiß nicht, ob es einen, zwei oder mehr Tage dauert, bis ich zurück bin. Rufen Sie Adam Furner an und bitten Sie ihn sofort um Ersatz für Catherine."

„Was? Wieso?"

Er unterbrach sie hastig: „Es ist wichtig, rufen Sie Furner an, jetzt gleich, er schickt jemanden. Ich muss gehen, Ma'am."

Nate fuhr Richtung Santa Monica zum Matton Drive Inn, das kleine, unscheinbare und heruntergekommene Motel war sein Ziel. Er war nervös und schaute dreimal so oft in den Rückspiegel. Er bog auf den Parkplatz ein, ein paar Lichter des Motels waren erleuchtet, doch nicht allzu viele. Wer hier übernachtete, hatte einen Freier oder wollte sich einen Schuss für die Nacht setzten und hatte noch das Geld für ein Motel übrig. Er stieg aus und sah sich um, nichts Verdächtiges, niemand war ihm gefolgt, so ging er direkt zur Treppe, stieg in den ersten Stock und stoppte vor Zimmer 12.

Nate klopfte kurz an der Tür und hörte die Stimme von Finnegan: „Kommen Sie rein." Das tat er und sah Finnegan auf dem Bett sitzen. „Was ist los, F..." Zwei Männer warfen sich auf ihn, rissen ihn zu Boden, bogen schmerzhaft seine Arme zurück und nahmen die Glock an sich, er fühlte, wie Kabelbinder an seinen Handgelenken festgemacht wurden und Hände seinen Körper nach weiteren Waffen abtasteten. Er schwieg. Die Desperates?

Plötzlich tauchten Beine vor ihm auf, er sah hoch, und zu seiner Überraschung stand McSimmens vor ihm.

„John, was um Himmels Willen soll das?"

Die beiden Männer vom SWAT-Team hoben ihn auf, sodass er Sims ansehen konnte.

„Nathaniel Caim, ich verhafte Sie wegen des begründeten Verdachts der Vergewaltigung und des Mordes in drei Fällen sowie der Konspiration mit einer okkulten Sekte. Sie haben das Recht zu schweigen ..."

Nate fuhr dazwischen: „Ich kenne meine verfluchten Rechte! Jesus, was ist hier los, was soll das?!"

„Du nimmst den Namen Gottes besser nicht in den Mund. Abführen."

Sie schleiften ihn raus zu einem Wagen, mit der Hand auf dem Kopf drückten sie ihn auf die Rückbank, und das Auto fuhr mit quietschenden Reifen los.

Freitag, 24. August 2012

Es war acht Uhr Abends, Nate hatte kaum geschlafen während des Fluges von L.A. nach Washington, der Agent neben ihm weckte ihn immer wieder auf, klar, eine gute Zermürbungstaktik, so hatte er jeweils immer wieder mal fünf Minuten Schlaf bekommen. Seit sieben Stunden saß er nun hier, war ausgehungert, denn seit gestern Mittag hatte er nichts mehr zu sich genommen. Ein Agent, er kannte noch nicht einmal seinen Namen, ergo ein heimliches, nicht offizielles Verhör, auch hatte er keinen Anwalt anrufen können, er fragte ihn nun mindestens zum zwanzigsten Mal, warum er dreizehnjährige Mädchen vergewaltige und töte. Nate wusste nicht, warum er hier war, wusste nicht, was sie gefunden hatten. Er war es leid, bisher war er ruhig geblieben, wie er es gelernt hatte, auch wenn seine Nerven zum Zerreißen gespannt waren, er musste vertraute Gesichter sehen, sonst hatte er keine Chance.

„Also noch mal, warum Ana Soost, hat die Kleine Sie angemacht?“

Nate setzte sich aufrecht, legte die Hände auf den Tisch.

„Also, Agent, das war's, Sie hatten Ihre Chance, Sie waren gut, aber nicht gut genug, lassen Sie mal Experten ran, holen Sie McSimmens und Donald Viggen, dann rede ich.“

Der Agent sprang auf und schlug die Faust auf den Tisch, Nate zuckte nicht einmal, dann öffnete sich die Tür, McSimmens und Don kamen rein, der fremde Agent verließ den Raum.

„Endlich! Sagt mir lieber, was ihr gefunden habt?“ Nate war hungrig und müde.

McSimmens' Gesicht war eiskalt, so hatte Nate ihn noch nie gesehen.

„Du willst also wissen, was wir gefunden haben? Okay! Warum sagst du es uns nicht?!

Nate sah ihn an. Jetzt verstand er endlich, was los war. Klar, die Desperates waren zurück, Shandler war nur eine Schachfigur, die ausgetauscht worden war, die Organisation lebte und agierte.

„Sims“, sagte Nate müde, „ich werde reden, doch ich brauche dafür ein paar Dinge.“

„Was?!“ Er war wütend, man konnte es seiner Stimme anhören.

„Etwas zu essen, etwas zu trinken und Dr. Lydia Merkhem.“

Sims lachte sarkastisch: „Sonst noch was?“

„Nein.“

„Das meinst du ernst, nicht wahr? Soll ich dir sagen, warum du hier bist? Du bist hier, weil du ein Mörder bist, ein Kindermörder!“ Sims schrie und sein Kopf war hochrot.

„Das bin ich nicht, das weißt du ganz genau. Und jetzt besorg mir alles, dann rede ich. Ach im Übrigen, wenn ich rede, ruf Carter und die Staatsanwältin auch rein, die sich sowieso gerade nicht sehr wohlfühlt, denn was ihr hier tut, ist illegal, das weiß sie und steht dennoch hinter diesem Spiegel da.“

Sims verließ den Raum, Don blieb ruhig in der Ecke stehen und sagte kein Wort.

„Du denkst doch nicht auch, dass ich …?“

Doch Don rührte sich nicht.

Es war bereits elf Uhr, als sich die Tür wieder öffnete. Nate war eingeschlafen, fast zwei Stunden, Don hatte sich auf einen Stuhl gesetzt und hatte Nate mit dem Kopf auf der Tischplatte einfach schlafen lassen.

Als Erstes erschien Sims. Nate setzte sich auf und schüttelte sich leicht, um wach zu werden. Er hatte einige Tüten in der Hand und stellte sie auf den Tisch. Guter Mann, dachte Nate, denn die Tüten hatten die Aufschrift von Leonidas, dem Schnellimbiss-Griechen um die Ecke. Er griff hinein und zog drei Pappschachteln heraus.

Nachdem er heißhungrig alles verschlungen hatte, trank er aus der Dose Soda. Die Tür öffnete sich wieder, Dr. Merkhem kam herein.

„Hallo Lydia", sagte Nate erschöpft.

„Nate", war alles, was sie erwiderte.

Auch sie setzte sich, Sims gesellte sich zu ihr und alle warteten, warteten auf Nate. Er trank einen Schluck, es ging ihm besser.

„Sie haben also mein Sperma bei zwei Mädchen gefunden." Nates Stimme war ruhig und ausgeglichen.

Carter sprang auf.

„Ich hab es doch gewusst, du Arschloch ..."

Monica Winter zog ihn zurück auf den Stuhl und sah ihn strafend an.

„Ja, das haben wir. Reden Sie mit uns." Winter war ein Profi, das konnte Nate hören.

„Okay, ich rede, ich erzähle Ihnen meine Story, darum wollte ich, dass Lydia Merkhem dabei ist, denn sie kennt alles, alles was ich Ihnen nun erzählen werde. Tut mir leid, Doc, dass ich Sie so spät hierherbestellt habe. Mir ist nur wohler, wenn Sie dabei sind. Es ist die Aussage, die ich vor zwei Jahren verweigert habe."

Alle sahen auf Lydia, und die nickte Nate zu.

„Alles ist schriftlich abgefasst und Sie können es nachher prüfen", meinte sie knapp und schwieg wieder.

„Okay, fangen Sie an", sagte Carter schon etwas ruhiger.

Nate holte tief Luft und sah Don an.

„Hast du eine Zigarette für mich?"

Don griff in seine Brusttasche und fischte eine Kippe heraus, zündete sie an und reichte sie Nate, dieser zog und inhalierte tief, bevor er den Rauch ausblies.

„Sie wissen, dass ich neunzig Tage in Dunkelhaft gefangen gehalten wurde, Sie wissen, dass ich neunundsechzig Tage lang jeden Abend tätowiert wurde, doch Sie wissen nicht, dass ich jedes Mal nach dem Tätowieren vergewaltigt wurde. Man schnallte mich auf einen Stuhl und dann wurde ich von einer Frau so lange mit der Hand oder dem Mund bearbeitet, bis ich einen Samenerguss hatte."

Einen Moment schwieg er und holte tief Luft, sie sahen ihm an, dass es nicht einfach war, darüber zu reden.

„Eine Vergewaltigung?", fuhr er fort. „Das habe ich mich auch gefragt nach dem ersten Mal." Nate zog wieder an der Zigarette und trank einen großen Schluck Soda. „Wissen Sie, ich bin als Psychologe medizinisch gebildet und weiß, dass ein Mann zwar einen Orgasmus haben kann ohne Ejakulation, aber nicht umgekehrt, und dennoch waren es Vergewaltigungen. Einmal habe ich mich mental gewehrt, es dauerte zwei Stunden, dann war es vorüber, und ich konnte zwei Tage kaum pissen, so wund war ich … Habe mich nie wieder gewehrt danach."

„Meine Güte!", raunzte Don.

„Neunundsechzig Tage wurde ich tätowiert und anschließend vergewaltigt – neunundsechzig Tage! Wissen Sie, diese Kranken haben so viel Sperma von mir, dass sie noch Legionen von Leichen damit kontaminieren können." Nate stoppte und trank.

„Sie sollten auch noch den Rest erzählen, Nate." Lydia klang ganz professionell, wie immer.

Er sah sie an, senkte dann den Blick auf den Tisch und nickte.

„Als das Tätowieren aufhörte, hörte auch der Sex auf." Er drehte die Dose in der Hand.

„Nate, reden Sie weiter", meinte Lydia sanft.

„Dann holten sie mich am Abend, als man mich kreuzigte, und brachten mich in die Kirche. Tanja lag nackt auf dem Altar. Dann kam Shandler mit seinem Dolch, und er sagte, ich solle mit dem Mädchen schlafen."

In dem Moment holten nicht nur Sims und Don tief Luft. Monica Winter wurde blass.

„Ich sagte Nein, sagte ihm, dass dies nur ein Kind sei und ich es nie tun würde."

Don zündete eine weitere Zigarette an und reichte sie Nate, der nickte dankbar, dann fuhr er fort:

„Mir wurde klar, wie verrückt dieser Typ ist, und ich versuchte mich als Psychologe, versuchte auf sein Spiel einzugehen, sagte ihm, dass Tanja nicht die Richtige sei, dass ich mir die Frau dafür selbst aussuchen müsse."

„Was meinst du denn damit?" Sims verstand nicht.

„Du hast doch die Übersetzung der henochischen Sprache gehört. Ich als einer aus der direkten Linie der Wächter soll mich regenerieren, mein Blut weitergeben … Sims, die denken, ich bin ein Engel, und Shandler wollte, dass ich mit dem Mädchen ein Kind mache."

„Du lieber Himmel!", sage Carter.

„Was ist dann passiert, Agent Caim?" Winter war sehr gefasst bei allem, was sie hörte, eine Vollblutstaatsanwältin.

„Wie gesagt, ich weigerte mich, sagte, Tanja sei nicht die Richtige, und daraufhin schnitt er ihr die Kehle durch, und ich schwöre, das Mädchen starb, während sie mir in die Augen blickte, genauso wie Tandra es tat. Wissen Sie, was das Schlimmste dabei ist? Stände ich heute nochmals dort vor dem Altar, dann würde ich es tun, nur damit sie am Leben bleibt."

Es war vollkommen still in dem Raum, man hätte die bewusste Nadel hören können, wäre sie gefallen.

Nate ergriff nach Minuten wieder das Wort: „Das ist es, was ich nie aussagen wollte, aber wie es scheint, hat es mich eingeholt."

Wieder war es Winter, die die Nerven behielt und die richtigen Fragen stellte, während die Männer im Raum sich Nate regelrecht verbunden fühlten und ein jeder sich wohl fragte: Was hätte ich getan?

„Warum tun sie es wieder, warum jetzt und warum dieses Mädchen?"

Nate sah sie an. Es war ihm noch nie aufgefallen, wie hübsch sie war, oder machte ihre Intelligenz sie plötzlich so schön?

„Wer war das Mädchen?"

„Ana Soost, ein unbedeutendes Mädchen, Mittelschicht, Vater wie auch Mutter Südamerikaner in guten Verhältnissen, kein Vermögen, doch wohlhabend, religiös, anständig."

„Dann ist sie nur ein Lockvogel, sie wollen mich. Wo wurde sie gefunden?"

„In einem Nationalpark in Colorado."

„Auch das weicht vom Muster ab, sie haben sich von West Virginia verabschiedet, sie weiten es über das ganze Land aus, sie suchen mich."

„Haben Sie ein Alibi für die letzte Woche?"

Nate lächelte schwach.

„Ja, nicht nur eins. Mona Seasboury, María Hernández, José Hernández, Catherine Kampell und ein gewisser Gregory Northom, den besonders, da ich ihm die Nase gebrochen habe. Ich war in L.A. und nie lange genug allein, um überhaupt nur eine Flugstunde weit weg zu sein."

„Verdammt noch mal, Sie sagen also, dass Sie weder Maria Silvestri noch Ana Soost je gesehen haben?"

„Ja, Agent Carter, das sage ich."

„Was ist mit Tandra Romano? Ihr Sperma wurde bei ihr ebenfalls gefunden."

Nate schnaubte.

„Dra und ich, wir …" Er zögerte einen Moment. „Am Tag unserer Entführung, na ja, keine halbe Stunde bevor wir attackiert wurden, hatten wir Sex."

Carter stand auf.

„Das ist das Irrste, was ich je gehört habe, aber ich glaube Ihnen. Wenn es stimmt und die Sekte Sie nur herauslocken will, was steht uns dann noch bevor?"

„Okay, ich glaube wir brauchen keine weiteren Beweise“, sagte Sims. Carter war zwar sein direkter Vorgesetzter, seit er Dickens’ Job übernommen hatte und man Sims wieder das CASMIRC leiten ließ, doch das hielt ihn nicht ab. „Nate, erst einmal Respekt, dass du die Worte gefunden hast, um uns all das zu sagen … Du gehst zurück in das Programm, Finnegan begleitet dich zurück nach L.A., morgen, so lange bleibst du hier, zu deinem eigenen Schutz. Wir müssen das geheim halten, auf keinen Fall darfst du nochmals gefährdet werden. Trotzdem möchte ich dich bitten, mitzuarbeiten als Profiler beim Fall Ana Soost und künftigen Fällen, die mit den Desperates zu tun haben. Wärst du damit einverstanden?“

Nate sah Sims an, dann nickte er.

„Natürlich.“

„Gut. Don, richte ihm eine Zelle so gemütlich wie möglich her. Du bleibst heute Nacht hier im Haus und morgen fliegst du mit Finnegan zurück. Wir kontaktieren dich via Finnegan.“

Carter sah Nate an.

„Danke für Ihre Hilfe.“

Nate rieb sich die Augen und sah Winter und Carter durch die Tür verschwinden. Er wollte nur noch schlafen. Lydia kam zu ihm und drückte seine Schulter, bevor sie ging. Gemeinsam mit Sims und Don ging er zum Aufzug, um ins fünfte Untergeschoss zu fahren, dorthin, wo sich die Arrestzellen befanden.

Don organisierte eine Zahnbürste, Handtücher, ein T-Shirt und Bettwäsche, doch bevor er wiederkam, war Nate bereits tief eingeschlafen. Sims saß der Pritsche gegenüber und sah ihn nur an. Sie sprachen nicht miteinander, bevor sie die Zelle verließen.

Samstag, 8. September 2012

Niall war seit zwei Wochen zurück bei den Seasbourys. Innerhalb dieser Zeit hatte er sich bereits zweimal mit Sims getroffen und sie waren die Akte von Ana Soost zusammen durchgegangen. Es bestand kein Zweifel, dass der Mord nach dem gleichen Schema abgelaufen war wie bei den anderen Mädchen, nur hatte man Ana nicht so lange gefangen gehalten, bei ihr ging es nicht um eine Schwangerschaft, ihr Tod hatte nur einen Zweck: Nate aufzuscheuchen. Sims hatte Shandler im Gefängnis verhören wollen, doch der schwieg beharrlich, sagte kein Wort. Außer einem breiten Grinsen war keine Reaktion gekommen. Niall und Sims waren sich sicher, dass Shandlers Frau und auch seine beiden Söhne in die Sekte verwickelt waren, doch man hatte ihnen vor zwei Jahren nichts nachweisen können und musste sie nach kurzer Inhaftierung wieder auf freien Fuß setzen. Shandler hatte zwei – im Gegensatz zu ihm selbst – große und gut gebaute Jungen, einer Mitte zwanzig, der andere fünf Jahre jünger. Natürlich, die beiden könnten die Männer sein, die Nate damals in der Kirche gehalten und ihn allabendlich in den Duschraum geführt hatten, aber er hatte nie ein Gesicht gesehen und auch keine auffallenden körperlichen Merkmale, die man hätte identifizieren können.

Trotzdem hatte Sims zwei Agenten auf die Familie angesetzt, die mittlerweile von Trenton nach New Orleans umgezogen war. Der Fall hatte in Trenton große Wellen geschlagen, und da Mrs Shandler aus New Orleans kam, war es für sie das Beste gewesen, den Skandal so weit wie möglich hinter sich zu lassen. Sie und auch die beiden Söhne nahmen den Mädchennamen der Mutter an und hießen nun Ambrose. Miss Ambrose alias Shandler stammte aus einer reichen Südstaatenfamilie und dem Trio schien es an nichts zu fehlen, mittlerweile waren sie wieder angesehene Mitglieder der New Orleans Society.

Manchmal aber zweifelten die FBI-Leute an ihren Vermutungen, denn seit Shandler im Gefängnis saß, hatten weder seine Frau noch seine Söhne Kontakt mit ihm gesucht, weder persönlich noch schriftlich oder per Telefon. Kein Mensch besuchte ihn.

Niall ging nach unten und gesellte sich zu María und José in die Küche. Ihm tat der Hintern weh, denn er hatte sich von Cathy breitschlagen lassen, sie beim Reiten zu begleiten, da ihre Freundin, die normalerweise zweimal die Woche kam, heute keine Zeit hatte. Er rieb seine Oberschenkel, während María einen starken Kaffee aufbrühte. Na ja, wenn er es recht bedachte, war der Muskelkater es wert, denn er hatte Cathy noch nie so viel lachen sehen. Zwar hatte Niall schon einmal auf einem Pferd gesessen, doch mit „gesessen" hatte es sich auch schon – ein langer Ausritt wie heute, das war Neuland. Sagen wir mal so, das Pferd war mit ihm ausgeritten, nicht er mit dem Pferd. Cathy hatte Tränen gelacht, er war insgesamt dreimal im hohen Bogen im Dreck gelandet. Als sie dann eine Zwangspause einlegten und sich einfach ins hohe Gras legten, fing Cathy an zu plaudern. Sie erzählte von ihrem Dad und wie fantastisch er doch war, dass sie ihn gerne nach Europa begleitet hätte, doch plötzlich merkte sie scheinbar, dass sie Geheimnisse ihrer Seele preisgab, und lenkte das Thema auf Niall. Fragen, wie alt, warum keine Universität, warum Militär, warum er nicht verheiratet sei und und und.

Er beantwortete ihre Fragen gemäß seinem artifiziellen Lebenslauf und dichtete hier und da ein paar Emotionen mit dazu.

Niall musste zugeben, es war ein schöner Tag mit ihr gewesen und María hatte recht, sie war ein gutes Mädchen. Verloren, gekränkt, nach Anerkennung und Liebe lechzend, doch ein gutes, liebes Mädchen. Beim Absatteln hatte sie ihm gesagt, dass am Abend eine Party bei ihrer Freundin stattfinde und dass er sie bitte fahren solle. Mona wusste darüber Bescheid und hatte ihre Erlaubnis bereits gegeben, dennoch hatte sie ihn gefragt. Er würde sie zur Party bringen und im Wagen vor dem Haus ihrer Freundin warten. Sie hatten Mitternacht vereinbart, Niall plante, in der Zeit die Akte von Ana Soost nochmals gründlich durchzugehen. Kein angenehmer Zeitvertreib, doch so schlug er die Zeit tot, denn seit seiner Aussage war die Angst wieder ein ständiger Begleiter.

Cathy kam in die Küche, und alle drei starrten sie an. María hob ihr die Hände entgegen, „*¡Corazón mío!*“, dann stürmte sie auf Cathy zu und umarmte sie. Niall kniff die Augen einmal zu, denn er konnte nicht glauben, dass die Cathy, die er kannte, da vor ihm stand. Sie trug ein lavendelfarbenes Cocktailkleid bis zu den Knien, hatte sich dezent geschminkt, mit passendem Lippenstift zum Kleid, und trug etwas dunklere lila Pumps. Sie sah ihn an und genoss die Verwunderung in seinem Gesicht.

Niall stand auf und reichte ihr eine Hand.

„Ma'am, darf ich Sie zum Auto bringen?“

Cathy lachte, gab María einen Kuss auf die Wange und winkte José.

Sie fuhren langsam die bergige Straße herunter. Niall sah immer wieder zu Cathy, unglaublich, wie schön sie war, aber leider auch, wie erwachsen sie wirkte, denn das Outfit hatte eine Zwanzigjährige aus ihr gemacht, und das gab ihm ein ungutes Gefühl im Magen.

„Cathy, du siehst bezaubernd aus.“

Sie lächelte ihn an.

„Danke.“

„Ich mein, du siehst viel älter aus, versprich mir bitte, dass du heute Abend vorsichtig bist, denn, weißt du, einige deiner Schulkollegen könnten auf dumme Gedanken kommen.“

Sofort verzog sie den Mund, wie sie es immer tat.

„Deshalb hast du also gesagt, dass ich bezaubernd aussehe", kam es schnippisch von ihr.

„Sie, Cathy."

„Was?"

„Deshalb haben SIE gesagt, dass ich bezaubernd aussehe."

„Ach verdammt, ja, ich weiß, 'tschuldigung, SIE, Niall, haben SIE es deshalb gesagt, um mich mal wieder auf Gefahren aufmerksam zu machen?"

Niall sah sie an und lächelte.

„Nein, ich finde wirklich, dass du bezaubernd aussiehst. Sag mal, kommt Gregory auch?"

Sie schüttelte den Kopf.

„Nein. Seit Sie ihm die Nase eingeschlagen haben, treffen wir uns nicht mehr. Ist vielleicht auch gut so."

Es überraschte ihn, aber er war zufrieden. Gut, dachte er, als sie vor dem Haus ihrer Freundin Maggie anhielten. Eine nette Gegend, die Villa großzügig und hell erleuchtet, zwar nicht so gesichert wie bei den Seasbourys, doch auch Maggies Eltern gehörten zu den Schönen und Reichen von Los Angeles.

Er drehte sich zu Cathy.

„Na dann viel Spaß! Mitternacht, okay?"

Sie nickte.

„Niall? Wollen Sie vielleicht kurz mit reinkommen?"

Niall kräuselte die Stirn.

„Nein, lass mal, Cathy, geh rein und amüsier dich. Falls etwas ist, ich bin hier im Auto."

Sie öffnete die Autotür und er blickte ihr nach, wie sie im Haus verschwand. Durch die geschlossenen Fenster seines Wagens konnte er die Popmusik hören, als sich die Haustür kurz öffnete.

Niall stellte den Fahrersitz etwas zurück, um die nächsten vier Stunden so bequem wie möglich auf die Kleine zu warten. Dann griff er darunter und zog Ana Soosts Akte hervor, blätterte darin und fing an, alles noch einmal zu lesen. Gegen zehn klappte er die Mappe zu, ihm war nichts weiter aufgefallen, was irgendwelche neuen Rückschlüsse zuließ. Er stieg aus dem Wagen, lehnte sich gegen die geschlossene Fahrertür und zündete sich eine Zigarette an. Seit seiner Aussage in Washington rauchte er wieder regelmäßig. Durch die erleuchteten Fenster konnte er die Schatten der Teenager sehen, wie sie ausgelassen tanzten.

Er inhalierte den Rauch und starrte auf das Haus, in Gedanken aber weit weg von dieser warmen Westküstennacht. Zwei Jahre lang hatte er es geschafft, die Dämonen seiner Gefangenschaft zu verdrängen, zwei Jahre kaum Albträume, doch seit zwei Wochen war alles wieder hochgekommen. Intensiver als vorher, detaillierte Erinnerungen kamen, alles, was er vorher wie durch einen trüben Spiegel betrachtet hatte, war nun glasklar, und es machte ihm mehr Angst denn je. Seine Halluzinationen von diesem verfluchten Engel, die waren so verdammt real gewesen in dem Moment … natürlich, er war am Sterben, als er das sah … doch die Einzelheiten, die ihm nun, nach der ganzen Zeit, immer noch so gegenwärtig waren – wie war das möglich? Er schnippte die Zigarette auf den Boden und trat sie aus. Mit verschränkten Armen lehnte er weiter am Auto.

Mein Gott, ich könnte schwören, das Rascheln der Flügel gehört zu haben, dachte er, als ein Geräusch ihn zusammenzucken ließ. Niall wollte schon nach seiner Glock greifen, als der Mann, der einen Hund an der Leine hinter sich herzog, etwas überrascht „Guten Abend" sagte. Niall zog seine Hand unter der Jacke hervor und nickte, fast automatisch griff er sich ins Gesicht und fuhr mit dem Daumen über die dünne Narbe an seinem Mund. Schweiß hatte sich über seiner Oberlippe gebildet.

Er blickte der Gestalt mit dem Hund nach und spürte immer noch den Schrecken in seinem Magen. Verdammt noch mal, so konnte das nicht weitergehen, er musste mit Lydia Merkhem sprechen, sie musste ihm helfen, und zwar jetzt.

Niall setzte sich wieder ins Auto und zog sein Handy aus der Jacke. Er konnte nicht darauf warten, erst mit Finnegan zu sprechen, Niall wusste genau, dass der Bundesmarshall ihm niemals erlauben würde, mit Lydia zu sprechen, geschweige denn sie nochmals zu sehen, all das könnte sein Cover kompromittieren. Doch momentan fühlte er eine Panik über sich kommen, die grenzwertig war, und er suchte ihre Privatnummer in seiner Adressliste und drückte auf „anrufen". Es klingelte viermal, bevor der Anrufbeantworter anging. Verdammt, sie war nicht zu Hause. Nach dem Piepton zögerte er kurz, doch dann hinterließ er eine Nachricht: „Lydia ich bin's, rufen Sie mich bitte so schnell wie möglich an, meine Nummer ist 317-555-2798."

Dann lehnte er sich im Sitz zurück und atmete tief durch. Die Panik ebbte langsam ab, er fühlte Schweißtropfen seine Brust hinunterlaufen, sein Sweatshirt war verschwitzt und dunkle Flecken breiteten sich unter seinen Achseln aus. Es ging wieder, er wurde ruhiger. Als er auf die Uhr sah, war es fünf vor zwölf, er musste sich zusammenreißen, Cathy würde gleich kommen.

Schon öffnete sich die Haustür und eine Gruppe von Teenagern verabschiedete sich mit wilden Umarmungen von Maggie. Niall erkannte Cathy darunter, sie kam in Begleitung eines älteren Jungen auf das Auto zu und öffnete die Beifahrertür.

„Hi, das ist Robert, er geht auf meine Schule, könnten wir ihn nach Hause fahren?"

Niall sah Robert eindringlich an, was den Jungen etwas einschüchterte, und nickte Cathy nach einer Weile zu. Die beiden stiegen in den Wagen und Robert erklärte kurz, wo er wohnte. Die beiden Teenager unterhielten sich angeregt, Cathy auf dem Beifahrersitz gedreht, nach hinten blickend. Niall konzentrierte sich auf die Straße und bekam kein Wort mit. Beim Aussteigen bedankte sich der Junge höflich bei Niall.

„Sind Sie sauer auf mich?“, fragte Cathy etwas zögerlich, nachdem sie den Heimweg eingeschlagen hatten.

Niall reagierte nicht.

„Niall?“

„Was?!“, fuhr er sie an, und es tat ihm bereits leid.

„Sie sind sauer!“

„Nein, Cathy“, beschwichtigte er sie, „tut mir leid, ich bin ein wenig in Gedanken, das hat nichts mit dir zu tun.

„Geht es Ihnen nicht gut? Sie sind total verschwitzt.“

„Mir ist nur heiß, alles okay.“

Cathy sah ihn an und grinste ein wenig.

„Na das ist ja auch kein Wunder, selbst bei der Hitze tragen Sie immer langärmlige Hemden oder Shirts, da muss einem ja warm werden.“

„Netter Junge, dieser Robert“, lenkte Niall vom Thema ab.

„Mhmm“, kam es von Cathy, „wir wollen morgen zusammen reiten gehen, ist das okay?“

Niall sah sie von der Seite an, er war froh, abgelenkt zu werden.

„Klar, wenn deine Mutter einverstanden ist, aber ihr bleibt auf dem Grundstück.“

„Niiiall?“, setzte Cathy wieder an und zog seinen Namen länger als sonst; der Tonfall war klar, sie wollte noch etwas. „Könnte ich bitte alleine mit ihm ausreiten? Ich verspreche, wir bleiben auf dem Grundstück, aber ich meine, könnten Sie vielleicht ein bisschen auf Abstand bleiben, biiiitte.“

Er lächelte sie an.

„Kein Problem, wenn du versprichst, keinen Unsinn zu machen. Du magst ihn wohl?“

„Ist ganz süß, ja“, kam es lapidar von ihr.

Viel zu beiläufig, dachte Niall, Cathy hat sich verknallt!

Sonntag, 9. September 2012

Niall hatte eine unruhige Nacht hinter sich, er träumte von Dra, sah Tanja am Kreuz hängen und sich selbst als Engel ihre Füße berühren. Er wachte von seinem eigenem Schrei auf, und als er sich aufsetzte, sah er Cathy in ihrem Pyjama entsetzt an seinem Bett stehen.

„Was machst du hier?" Dann bemerkte er, dass sie auf seine Arme starrte. Das Tattoo, so ein Mist!

„Ich … ich habe Sie schreien gehört, ich dachte, es ist was passiert", stotterte sie

„Nein, nur ein Traum, geh wieder ins Bett."

Sie rührte sich nicht.

„Niall", setzte sie langsam an, „ist das ein Tattoo auf Ihren Armen?"

Er seufzte nur.

„Darf ich es sehen?"

„Nein." Er zog die Bettdecke höher über seine Brust.

„Bitte, Niall, ich gehe dann auch sofort."

Er sah sie scharf an, und Cathy machte einen Schritt zurück. Warum er das plötzlich sagte, wusste er nicht, doch er tat es: „Na schön, aber dann verschwindest du." Trotzdem klang er sauer, doch Cathy nickte eifrig. Niall setzte sich ganz aufrecht und deutete mit dem Kopf auf seine Schulter. Cathy ging näher ans Bett heran, um seinen Rücken zu betrachten.

„Wow, das ist wunderschön, warum versteckst du es?", schoss es aus ihr hervor. Sie bemerkte nicht, dass sie ihn schon wieder duzte.

„Los, jetzt raus hier." Sein Tonfall war müde. Sie drehte sich um und ging auf die offene Tür zu. „Cathy?", rief er sie zurück, sie stoppte und sah wieder zu ihm rüber. „Bitte rede mit niemandem darüber, mit absolut niemandem, egal wem, ja? Das ist wichtig für mich, lebenswichtig, okay?!“

Cathy sah ihn betroffen an. Niall schien ihr geradezu panisch zu sein, doch sie wollte sich nicht weiter aufdrängen, sie merkte, dass es etwas war, worüber er wohl nicht mit ihr sprechen würde … Nach einem kurzen Zögern sagte sie daher fest: „Klar, kein Problem, ’tschuldigung, dass ich einfach so hier reingekommen bin, aber da Mom und MC nicht im Haus sind, hatte ich wirklich Angst, als Sie so laut geschrien haben.“

„Ist schon in Ordnung, aber in Zukunft kommst du nicht mehr hier rein, hast du mich verstanden? Egal, was du auch hörst.“

Wieder nickte sie eifrig und lief durch die Tür, er konnte hören, wie sie mit ihren nackten Füßen die Treppe hinuntereilte.

Er fühlte sich erschlagen und sah auf die Uhr, es war bereits sechs Uhr am Morgen und die Sonne ging in einer halben Stunde auf. Er quälte sich aus dem Bett und stieg in seine Joggingklamotten, schlich sich leise aus dem Haus und fing an zu laufen. Als er nach zwei Stunden klitschnass wieder ins Haus kam, sah er zu seiner Überraschung Cathy am Frühstückstisch mit María. Es war Sonntag und normalerweise kam sie nie vor elf aus dem Bett, sein Albtraum heute Morgen musste sie wirklich erschreckt haben.

„*Señor* Niall, soll ich Ihnen auch Frühstück bereiten?“

„Ja, danke, María, ich geh nur schnell duschen.“

Als er in Jeans und Sweatshirt wieder nach unten kam, saß Cathy immer noch am Tisch, sie hatte bereits gegessen und schlürfte an ihrem Kaffee. Sie schien auf ihn gewartet zu haben. María hatte ihm Eier mit Speck gebraten und einen Saft hingestellt, bevor sie mit José zum Gottesdienst gefahren war, wie sie es jeden Sonntag taten. Niall nahm sich Kaffee aus der Küche und setzte sich zu Cathy. Sie sah ihm beim Essen zu und wartete, bis er fertig war. Er zündete sich eine Zigarette an und setzte sich mit einer zweiten Tasse Kaffee wieder an den Tisch.

„Okay, was ist los, du bleibst doch sonst nicht hier, um mir beim Frühstücken zuzusehen."

Sie zuckte lässig mit den Schultern.

„Haben Sie das beim Militär machen lassen?"

Er runzelte die Stirn.

„Das Tattoo! Hat das wehgetan, es ist so groß, wie lange braucht man dafür …?"

Cathy hätte noch mehr Fragen gestellt, wenn er sie nicht abgewürgt hätte: „Schluss jetzt, du hast mir versprochen, das für dich zu behalten. Cathy, ich sage das jetzt zum letzten Mal, ich will nicht, dass jemand davon weiß, abgesehen davon geht es dich auch nichts an. Es ist eine sehr persönliche Sache, kannst du das respektieren?"

Sie konnte ihm ansehen, dass er jedes Wort sehr ernst meinte und mehr als nur verärgert war.

„Okay, ich frag nicht mehr … Wann kommt Mom eigentlich nach Hause?"

„Sie hat eine Nachricht hinterlassen, dass sie bis Montag in der Stadt bleiben."

Cathy überlegte.

„Darf Robert trotzdem heute Nachmittag kommen?"

„Ich denke, das ist okay. Falls es deiner Mutter nicht recht ist, kannst du sagen, ich hätte es erlaubt."

Cathy lachte über das ganze Gesicht, sprang auf , umarmte ihn und drückte einen Kuss auf seine Wange. „Danke!" Und schon sprang sie die Treppe rauf.

Niall schüttelte den Kopf, es war gar nicht gut, dass Cathy das Tattoo gesehen hatte, ob er wollte oder nicht, er musste mit Finnegan darüber reden, und das bedeutete, dass Niall Caveron bald nicht mehr existieren würde. Das Handy klingelte in der Hosentasche seiner Jeans, er sah aufs Display, Lydia, verdammt, das hatte er ganz vergessen – sein Anruf war ein weiterer Fehler gewesen. Er nahm ab.

„Nate, hier ist Lydia Merkhem", ihre Stimme klang ungewöhnlich angespannt.

„Hallo Lydia, bleiben Sie einen Moment dran, ich will nur schnell hoch in mein Appartement gehen."

„Aber …", hörte er sie sagen, so als wäre es ihr nicht recht zu warten, doch dann sagte sie: „Okay, ich warte."

„Das dauert keine zwei Minuten", erwiderte Niall und wunderte sich über ihre zittrige Stimme, als er vom Tisch aufstand und die Treppen hochlief. Er schloss die Tür hinter sich und setzte sich auf die Couch. „Lydia, ich bin wieder hier, sagen Sie, ist alles in Ordnung mit Ihnen? Sie hören sich so anders an."

„Ich bin okay, Nate. Können Sie jetzt bitte einen Moment warten?"

Noch bevor er darauf antworten konnte, hörte es sich an, als hätte sie den Hörer abgelegt, im Hintergrund waren Schritte. Niall wunderte sich zwar, aber er wartete. Er wurde unruhig, als er nach drei Minuten immer noch nichts hörte.

„Lydia, sind Sie noch dran?", rief er ins Telefon, dann wieder Schritte.

„Nate", hauchte sie aufgeregt und irgendwie traurig, „es tut mir leid, ich habe einen Notfall, ich melde mich wieder bei Ihnen, tut mir von Herzen leid." Dann klickte es.

„Verdammt", zischte er, momentan lief wirklich alles schief.

Eine Woche verging, sie meldete sich nicht, und wenn er ihre Privatnummer wählte, bekam er immer nur den Anrufbeantworter. In der Klinik wollte er nicht anrufen, um sein Cover nicht noch mehr aufs Spiel zu setzen. Er überlegte lange, was er tun sollte, doch sein Verstand kam immer zur gleichen Entscheidung: Er musste sich bei Finnegan melden und alles erzählen, was vorgefallen war. Er wollte hier nicht weg, je mehr er sich das vor Augen führte, um so mehr bemerkte er, wie viel ihm Cathy mittlerweile bedeutete. Er hatte das Mädchen furchtbar gerne, und es war eine Freude zu sehen, wie sie sich immer mehr zum Guten veränderte. Sie verbrachte viel Zeit mit Robert, der Junge war intelligent und aufgeweckt, hatte Manieren. Niall war davon ausgegangen, dass Cathy verliebt war und sich mit der Zeit mehr zwischen den beiden Teenagern entwickeln würde, doch irgendwie gab es dafür überhaupt keine Anzeichen. Auf der anderen Seite war es ihm nur recht, so musste er sich keine Gedanken machen, wenn er überraschend im Reitstall auftauchte. Denn er konnte sich vorstellen, wie peinlich es ihr wäre, wenn er sie beim Knutschen erwischte.

Es war Donnerstag und Niall fuhr sie wie immer zur Schule. Robert wartete am Tor auf sie. Nachdem er sicher war, dass sie beide hineingegangen waren, rief er Finnegan an. Sie verabredeten sich im Bronson Canyon Park in einer Stunde. Niall fuhr direkt dorthin, nach einer halbe Stunde bog er in den Canyon Drive ein und parkte auf dem an der Straße gelegenen Parkplatz. Er schlenderte unter den Bäumen auf dem Parkweg entlang und fand schnell die Grünfläche mit den Tischtennisplatten und Bänken, von denen Finnegan geredet hatte. Ein paar Leute spielten Pingpong, und einige Mütter mit ihren Kindern waren auf dem kleinen Spielplatz. Für einen Donnerstagmorgen erstaunlich voll hier. Er setzte sich auf die Bank, die am weitesten von allem entfernt war, und wartete. Nachdem er seine fünfte Zigarette auf den Boden geschmissen und ausgetreten hatte, sah er Finnegan auf sich zukommen, er setzte sich nicht, nickte nur, und beide spazierten den Waldweg entlang, weg von den Menschen.

Niall begann ohne Umschweife von seinem Anruf bei Dr. Merkhem zu reden, und er musste erst gar nicht in Finnegans Gesicht sehen, um zu wissen, wie unzufrieden der darüber war. Als er dann auch noch davon sprach, dass Cathy das Tattoo gesehen hatte, griff ihn Finnegan hart am Arm und blieb abrupt stehen.

„Wissen Sie, Niall, von einem ehemaligen FBI-Agenten hätte ich mehr erwartet."

„Tut mir leid, ich weiß, dass ich Fehler gemacht habe. Was jetzt?"

„Ich brauche etwa zwei Tage", sagte Finnegan. „Ich spreche mit McSimmens und bereite dann alles vor. Sie bleiben in Ihrer Rolle, müssen aber sofort das Anwesen der Seasbourys verlassen. Gehen Sie nicht mehr in Ihr eigenes Haus zurück, sondern suchen Sie sich ein Motel. Dort warten Sie. Alles bleibt zurück, verstanden?"

Niall nickte, doch dann fiel ihm ein, dass er die Akte von Ana Soost in seinem Appartement bei den Seasbourys versteckt hatte, die musste er holen. Finnegan fluchte, als er das hörte. Mit dem Holen dieser Akte konnte er Adam Furner nicht betrauen, der hatte keine Ahnung von der ganzen Sache und war neugierig genug, sich die Unterlagen anzusehen; und Finnegan selbst konnte erst recht nicht zu den Seasbourys fahren.

„Also gut, hören Sie, Sie fahren jetzt dorthin und holen die Papiere, nehmen Sie auf keinen Fall irgendwelche anderen Sachen mit, es darf kein Verdacht aufkommen, haben Sie verstanden? Dann rufen Sie Adam Furner an und sagen ihm, dass Sie einen Todesfall in der Familie haben und sofort nach New York müssen, er soll einen Ersatz schicken. Später lasse ich Ihre Sachen abholen, und für Furner sind Sie nach New York umgezogen. Ist momentan jemand im Haus?"

„Ich denke María, die Haushälterin."

„Gut, sagen Sie ihr, dass Sie wegmüssen, die gleiche Story. Haben Sie genug Bargeld? Ich will nicht, dass Sie eine Kreditkarte benutzen."

Niall nickte wieder.

„Ach noch was, gehen Sie nicht mehr an Ihr Telefon, selbst wenn es Dr. Merkhem ist oder jemand anders. Sie nehmen nur meine Anrufe entgegen, klar?"

„Sie glauben, dass die versuchen, mich per Handy zu lokalisieren?“

Finnegan sah ihn ernst an.

„Sagen wir so, ich hoffe, dass sie das nicht schon getan haben, Dr. Merkhems Anruf klingt eigenartig. Ich werde mich mit Washington in Verbindung setzen und Dr. Merkhem ausfindig machen lassen, dann sehen wir weiter.“

Niall hielt Finnegan die Hand hin und der ergriff sie.

„Danke, Finnegan.“

„Schon okay, solche Sachen passieren, obwohl ich bei Ihrer Ausbildung nicht damit gerechnet hätte. Sie wissen, dass jede neue Identität den Staat ein Vermögen kostet. In zwei Tagen rufe ich Sie an und hole Sie ab. Das ist so eine Situation, in der Sie nehmen müssen, was wir anbieten, ich kann so kurzfristig keine Berufswünsche oder anderes berücksichtigen. Also in zwei Tagen, und tun Sie, was ich Ihnen gesagt habe.“

Finnegan ging weiter den Waldweg in den Park, während Niall zurück zu seinem Auto eilte. Scheiße, Scheiße, Scheiße, war alles, was er denken konnte. Als er mit dem Wagen den Canyon Drive entlangfuhr, fiel ihm ein, dass er sein Auto auch verlieren würde – fünfzigtausend Dollar in den Sand gesetzt, aber das war auch egal, er verlor sowieso alles, von seinem Auto bis hin zu seinen Unterhosen. Im Grunde genommen war das auch nicht wichtig. Doch dass er Cathy nie mehr sehen würde, das machte ihm zu schaffen.

Als Niall im Hause ankam, war alles ruhig, María und José waren nicht zu sehen, auch von Mona und MC keine Spur. Wenigstens etwas. Er beeilte sich, die Akte zu holen, und widerstand der Versuchung, doch noch ein paar Klamotten in eine Tasche zu legen. Mit nichts außer der Akte und einer flachen Ledermappe, in der die Bibel seiner leiblichen Mutter und einige der Papiere, die sein Vater ihm hinterlassen hatte, lagen, verließ er das Haus, für immer.

Unschlüssig fuhr er auf die Interstate 5 in Richtung Bakersfield. Er wollte ein Motel in der Nähe der Interstate suchen, man konnte so besser die Umgebung beobachten, denn diese Motels standen frei und waren nur von diesem Highway aus zu erreichen. Plötzlich klingelte sein Handy, er prüfte das Display, verdammt, Cathy. Er ließ es klingeln und fuhr weiter. Nach dem sechsten Klingelton ging seine Voicemail an, und er drückte die Freisprechtaste, um mitzuhören. Er hatte gerade San Fernando hinter sich gelassen, dort, wo die Interstate 5, der Golden State Freeway, sich nach rechts in die Interstate 210 gabelte, als er hart rechts rüberzog und mit quietschenden Reifen auf dem Standstreifen anhielt.

„Niall" – ihre Stimme panisch, voller Angst, sie schniefte – „es ist Gregory, er hat mich und Robert an der Schule abgefangen, er hat eine Pistole, hilf mir, Niall!"

Wenn er hier noch lange stünde und die State Patrol käme, würde er Schwierigkeiten bekommen, die er nicht noch zusätzlich brauchte. Er fuhr an, verließ die I-5 und fuhr auf einen Rastplatz auf der I-210. Dort wählte er Cathys Handynummer, schon nach dem ersten Klingelton war sie dran.

„Cathy, ich bin's, was ist los?" Seine Stimme war alles andere als ruhig, er war außer sich vor Sorge, dieser verdammte Kiffer Gregory Northom!

„Niall", schniefte sie wieder ins Telefon, „er will, dass du kommst …"

„Cathy?!" Niall schrie fast in den Hörer.

„Mal ganz ruhig, hier ist Gregory, hast du wirklich geglaubt, ich vergesse das mit der Nase? Ich will, dass du herkommst, du Arsch, sonst wird die liebe Cathy dafür bezahlen!"

„Hör zu, meine Junge" – Niall versuchte sich zu beruhigen, sachlich zu klingen – „ich komme, doch wenn du ihr nur ein Haar krümmst, dann breche ich dir diesmal das Genick."

„Klar, Alter!", lachte Gregory. „Wann dürfen wir dich denn erwarten?"

„In dreißig Minuten, und benimm dich ja!"

Die Leitung wurde unterbrochen, Niall fuhr wieder an, zog einen Bogen und reihte sich auf die I-5 ein, doch diesmal zurück nach Los Angeles. Er tat genau das, wovor Finnegan ihn gewarnt hatte.

Er parkte vor Northoms Appartement und sprang die Holztreppe rauf, die Tür war wieder einmal spärlich repariert worden, und es kostete ihn nur einen Tritt, um sie aus den Angeln zu heben.

Er stürmte in die Wohnung mit der Glock im Anschlag, und dann sah er Cathy, sie war auf einen Stuhl gefesselt, man hatte ihr den Mund mit Isolierband verklebt und sie blickte ihn mit aufgerissenen Augen an. Neben ihr auf dem Boden lag Robert. Nein, das darf nicht wahr sein!, dachte Niall, er hatte eine Schusswunde in der Stirn, und Blut lief an seinem Gesicht herunter. Gregory! Wo war das Schwein?! Er scannte den Raum, doch was er dann sah, ließ ihn zusammenzucken, Gregory lag unweit entfernt, ebenfalls tot, in dem Moment wurde es ihm klar, und er schwang seine Glock herum. Es war zu spät, der Taser traf ihn und er fiel zuckend zu Boden. Es war eine Falle … die Desperates …

KAPITEL NEUN

Dienstag, 18. September 2012

McSimmens wartete in seinem Büro auf Carter und Monica Winter. Er hatte beide heute in aller Frühe angerufen, nachdem das FBI die Leiche von Lydia Merkhem in ihrem Haus gefunden hatte. Finnegan war bereits informiert und sollte Nate in Sicherheit bringen, denn alles deutete darauf hin, dass die Desperate Angels wieder zugeschlagen hatten. Carter und die Staatsanwältin betraten den Raum, gefolgt von Don Viggen, und setzten sich.

Sims räusperte sich.

„Wir müssen davon ausgehen, dass die Desperate Angels für den Mord an Lydia Merkhem verantwortlich sind – ihr wurde die Kehle durchgeschnitten."

„Ich habe eine erste, schnelle Autopsie durchgeführt und ich bin mir sicher, dass Dr. Merkhem mit der gleichen Waffe wie Agent Romano und Tanja Semonin getötet wurde", warf Don ein, denn er wusste, dass die Staatsanwältin als Nächstes danach gefragt hätte.

„Wieso Lydia Merkhem?", fragte Carter. „Was hat sie mit der Sekte zu tun? Sie hat doch nicht einmal gewusst, wo Caim überhaupt ist."

„Finnegan rief mich gestern Mittag an, nachdem Nate ihn kontaktiert hatte. Es sieht so aus, als wäre sein Cover kompromittiert", erwiderte Sims, ohne auf Carters Frage einzugehen.

Carter stand auf und ging ans Fenster.

„Wie zum Teufel konnte das passieren und warum wurde ich nicht darüber informiert?“ Er blieb ganz ruhig, gefährlich ruhig.

Sims sah Carter einen Moment an, dann sagte er: „Nate hat einen Fehler gemacht, er selbst rief Dr. Merkhem an letzte Woche. Es ist aber alles unter Kontrolle, Finnegan hat Nate aus dem Verkehr gezogen, wir arbeiten seit gestern an einer neuen Identität für ihn. Nachdem wir Dr. Merkhems Leiche heute Morgen gefunden hatten, habe ich Finnegan sofort angerufen. Er ist momentan auf dem Weg, um Nate Caim abzuholen, und wird zusammen mit ihm hierherkommen.“

„Sie glauben, dass die Sekte bei Dr. Merkhem war und über den Anruf seinen Aufenthaltsort herausbekommen hat? Das ist nicht gerade logisch. Denn erstens, wie konnten sie wissen, dass Agent Caim anrufen würde? Und zweitens müssten sie über enormes technisches Wissen und Material verfügen, um sein Handy zu orten.“

Es stimmte, was Monica Winter vorbrachte, Don und Sims hatten bereits die Bestätigung dafür gefunden.

„Wir glauben, dass sie Lydia Merkhem observiert haben und sich schließlich Zugang zu ihrem Haus verschafft haben, denn leider hat Nate nicht nur bei ihr angerufen, er hat auch noch eine Nachricht auf ihrem Anrufbeantworter hinterlassen. Das war in der Nacht von Samstag auf Sonntag, den 8. September. Dr. Merkhem befand sich auf einer Dinnerparty und kam erst spät in der Nacht nach Hause zurück. Es ist anzunehmen, dass man sie überwältigte und dann alles plante, um Nate Sonntagfrüh anzurufen. Sie wissen selbst, dass sein Handy einen Ortungschip hat, den haben wir ihm eingebaut; was aber vollkommen unerklärlich ist: wie sie an die Codierung des Chips gekommen sind. Wir verwenden dieses System seit Jahren, und noch niemals hat jemand die Codierung knacken können … es sei denn, diese Information wurde weitergegeben.“

Carter drehte sich vom Fenster weg und fragte: „Ein Insidertip? Sie glauben, dass ein FBI-Agent mit der Sekte zusammenarbeitet?“

„Nein“, meinte Don entschieden, „es scheint nicht so zu sein, denn Nate ist okay, es gab kein Anzeichen, dass sich ihm jemand genähert hat, dennoch haben wir Spuren an ihrem Festnetztelefon gefunden, die auf einen Ortungsversuch hindeuten.“

„Also gut, wir wissen mit Sicherheit, dass Lydia von den Desperates ermordet wurde?“ Monica Winter richtete die Frage an Don, obwohl er es schon bestätigt hatte. Er nickte ihr zu.

„Es gibt noch ein Problem“, meinte Sims. „Wir hatten nach Ana Soosts Tod eine kurzfristige Observierung von Shandlers Familie eingeleitet, aber es gab keine Aktivitäten, die auf einen Zusammenhang mit der Sekte hinwiesen. Shandlers Frau und beide Söhne leben in New Orleans unter ihrem Mädchennamen Ambrose. Die Söhne sind berufstätig, leben zusammen mit ihrer Mutter, es hat alles ganz normal ausgesehen. Ich habe heute Morgen einen Agenten des Außenbüros in New Orleans bei den Ambroses vorbeigeschickt – tja, sie sind ausgeflogen. Das Haus leer, keiner weiß bisher, wo die drei abgeblieben sind. Wenn es etwas Neues gibt, werden wir sofort informiert.“

„Ich verstehe das immer noch nicht“, warf die Staatsanwältin ein, „zwei Jahre Ruhe, keine weiteren entführten Mädchen, dann plötzlich Ana Soost, jetzt Dr. Merkhem – können Sie sich das erklären?“

Don schlug die Beine übereinander.

„Wollen Sie Spekulationen?“

Winter hob beide Hände, was so viel bedeutete wie: Fangen Sie schon an.

„Okay, ich glaube, nachdem wir Shandler erwischt und für immer aus dem Verkehr gezogen hatten, musste sich der Rest der Sekte erst einmal wieder fangen. Seiner Frau und den Söhnen war klar, dass sie auf unserem Radarschirm waren, darum hielten sie die Füße still, doch andere arbeiteten weiter, suchten nach Spuren, um Nate ausfindig zu machen. Dass sie dabei irgendwann auf Lydia Merkhem kamen, ist nicht erstaunlich, mit ein bisschen Recherche kann man schnell herausfinden, dass sie als psychologische Beraterin für das FBI arbeitet – gearbeitet hat", korrigierte er sich schnell. „Auch gebe ich Nate recht, Ana Soost war nur ein Lockvogel, um ihn zu finden."

„Aber darum verstehe ich umso weniger, warum Caim diesen Anruf gemacht hat, er hat doch genau das getan, worauf die Sekte gehofft hat", warf Carter ein.

Sims rieb sich das Gesicht.

„Na ja, entweder er wollte sie um Hilfe bitten – wir waren nicht gerade zimperlich bei seiner Verhaftung und als er uns die Wahrheit über seine Gefangenschaft erzählt hat, war das eine harte Sache für ihn –, oder er wollte sie warnen. Nate hat Finnegan gestern nicht gesagt, warum er diesen Anruf gemacht hat. Wie auch immer, was passiert ist, ist passiert, er muss schleunigst aus L.A. raus."

Carter kam zurück an seinen Platz und setzte sich wieder.

„Gut, was machen wir jetzt bezüglich Dr. Merkhems Tod?"

„Wir werden ...", setzte Sims an, wurde aber vom Klingeln seines Telefons unterbrochen. Ohne zu warten, nahm er den Hörer in die Hand: „Finnegan ... ja, ich höre." Kurzes Schweigen. „Warten Sie, ich sitze hier mit Agent Carter, Viggen und der Staatsanwältin, ich stelle Sie auf Lautsprecher, wiederholen Sie noch einmal." Sims drückte eine Taste. „Wir können Sie jetzt hören."

Finnegans Stimme erklang im Raum, begleitet von einem unterschwelligen Rauschen, er telefonierte über die Freisprechanlage im Auto.

„Es ist ein Desaster, ich kriege Caveron nicht an den Apparat!" Der Bundesmarshall verwendete nie Nialls alten Namen. „Sein

Handy ist ausgeschaltet, ich kann ihn weder orten noch sonst irgendwie Kontakt herstellen. Ich habe vor fünf Minuten mit Mona Seasboury gesprochen, seit gestern sind ihre Tochter und Caveron nicht mehr gesehen worden, das Mädchen kam heute Nacht nicht nach Hause. Sie hat bereits bei den lokalen Behörden eine Vermisstenanzeige gestellt, und das L.A.P.D. ist momentan bei ihr. Ich befinde mich auf dem Weg zu ihrem Haus und versuche den Schaden einigermaßen zu begrenzen. McSimmens, können Sie mir einen FBI-Mann schicken, sonst bekomme ich das lokale Polizeidepartment nicht vom Hals, aber vor allem muss die Presse da rausgehalten werden, was nicht einfach sein wird, Mona Seasboury ist hier ein großer Medienstar."

„Ist in Ordnung, wir schicken Ihnen ein paar Leute, und ich spreche mit dem Chief des L.A.P.D. Sagen Sie, kann es sein, dass die Kleine einfach nur abgehauen ist?", fragte Carter in den Raum.

„Das habe ich auch schon überlegt, vor allem, nachdem Miss Seasboury mir sagte, dass der Freund ihrer Tochter, ein Robert Olden, ebenfalls nicht nach Hause gekommen sei. Alles möglich ... Dennoch, wenn sich Caveron in den nächsten Stunden nicht bei mir meldet, dann müssen wir mit dem Schlimmsten rechnen."

„Okay, rufen Sie mich wieder an, wenn Sie mit Miss Seasboury gesprochen haben." Sims trennte die Verbindung und drückte den Speeddial seiner Telefonliste. Er sprach mit dem FBI-Büro in Los Angeles und ließ zwei Agenten zu Mona Seasboury schicken und ein weiteres Team zu Nates Haus. Dann wählte er die Nummer des L.A.P.D. und ließ sich mit Chief Bratton verbinden.

Fünfzehn Stunden früher

Als ich aufwache, hämmert mein Kopf und mir ist hundeübel. Ich wälze mich auf die Seite, ist das ein Traum? Dunkelheit, eine Matratze, Gott, ich träume schon wieder von der Zelle! Oh Scheiße, ich muss mich übergeben, ganz automatisch rolle ich von der Matratze und krieche auf allen vieren in die Ecke zur Campingtoilette. Es ist nur ein Traum, aber ich würge, und das wenige, was ich im Magen habe, landet im Klo. Es ist so real, ich greife die Plastikwasserflasche und spüle mir den Mund, spucke wieder in die Toilette und trinke dann in großen Schlucken. Ich hoffe nur, dass ich, wenn ich aufwache, nicht in mein Bett gekotzt habe.

Chloroformgeruch hängt in meiner Nase und dann höre ich ein Schniefen, jemand weint. Ich bin nicht allein in meinem Traum.

„Niall?", höre ich eine leise Stimme, dann wieder Schniefen.

„Cathy?" Da wird es mir schlagartig klar: Das ist kein Traum, sie haben mich wieder – und Cathy ebenfalls.

Ich krieche zur Matratze zurück und taste, ihre Knie, sie sitzt mit angezogenen Knien an der Wand. Als sie mich spürt, wirft sie sich in meinen Arm, und dann fließen Tränen, für eine lange Zeit. Ich kann nichts anderes tun, als ihr übers Haar zu streichen und zu versuchen, sie zu beruhigen.

„Psst, Kleines, es ist gut, ich bin hier."

Die Kopfschmerzen sind widerlich, ich kann nicht denken, dieses verfluchte Chloroform, nur nicht bewusstlos werden, ich muss mich wieder hinlegen. So ziehe ich Cathy vorsichtig auf die Matratze, lege mich daneben und nehme sie fest in meine Arme.

Dienstag, 18. September 2012

Don Viggen schüttelte MCs Hand und ließ sich ins Wohnzimmer der Seasboury-Villa bringen. McSimmens hatte ihn mit Mario Seppa gestern Nachmittag nach L.A. geschickt, sie waren spät in einem Hotel in der Nähe des Flughafen angekommen und heute Morgen gleich zu dem Anwesen herausgefahren. Sims selbst war mit Donnoghou nach New Orleans unterwegs und versuchte die Spur der Shandlers aufzunehmen.

Don stellte sich Mona vor, sie saß rauchend auf der Couch, eine Tasse Kaffee vor sich. Drei Agenten des FBI-Büros L.A. hatten eine Fangschaltung der Telefone eingerichtet, falls es sich um eine Entführung handeln und ein Kidnapper sich melden sollte. Die Beamten hatten Nates Appartement auf den Kopf gestellt, aber nichts gefunden, das irgendwie von Nutzen war. Das Einzige, was sie ein wenig weiterbrachte, war die fehlende Akte von Ana Soost. Es bedeutete, dass Nate noch einmal in das Haus zurückgekommen war vor seinem Verschwinden.

Mona sah übernächtigt und nervös aus.

„Miss Seasboury, ist Ihre Tochter schon früher einmal weggelaufen?", fragte Don, nachdem man ihm einen Platz und einen Kaffee angeboten hatte.

„Sie ist zwar ein wenig wild, aber war noch nie über Nacht weg", beantwortete MC die Frage. Er saß neben Mona und hielt ihre Hand. Ein bisschen zu vertraut, dachte Don gleich.

„Sie ist schwierig, aufsässig, aber in letzter Zeit ist es besser geworden. Niall hatte sie gut im Griff, und ihr neuer Freund Robert tat ihr gut. Wissen Sie, ich bin viel unterwegs, fast immer an verschiedenen Drehorten, ich meine" – ihr kamen Tränen und MC legte einen Arm um ihre Schulter, sie putzte sich die Nase – „ich meine, ich habe mit meiner Tochter nicht viel

Zeit verbracht. Ich weiß eigentlich gar nicht genau, was meine Tochter so treibt." Klare Gewissensbisse standen ihr ins Gesicht geschrieben.

„Agent Viggen", wandte sich MC wieder an Don, „sagen Sie, warum ist eigentlich das FBI hier? Ist das nicht ein Fall für die lokalen Behörden? Verstehen Sie mich nicht falsch, nicht dass ich etwas dagegen habe, dass das FBI ermittelt, aber ich war früher selbst Polizist und weiß, wie die Behörden vorgehen."

Don zögerte einen Moment. Was sollte er ihnen nur sagen? Die Wahrheit? Dann würde sie vor Sorge verrückt! Auf der anderen Seite war diese Frau einflussreich, und wenn sie später von all dem Wind bekäme, würde die Hölle losbrechen.

„Sie haben recht, wir wurden eingeschaltet, da wir einen Zusammenhang mit einem anderen Fall vermuten, den wir für geklärt hielten."

Mona sah von ihrem Taschentuch auf, das sie in ihren Händen knetete.

„Was für ein Fall?", fragte sie ängstlich.

„Können Sie sich an die Entführung von Tanja Semonin erinnern, vor drei Jahren?"

„Mein Gott", kam es von MC, „Sie meinen diese Sekte, Ihr Vater hatte eine unglaubliche Belohnung ausgesetzt! Doch das Mädchen starb …"

Don bestätigte das und war froh, dass nicht mehr an die Presse gegangen war. Die Eltern der anderen Opfer hatten Stillschweigen bewahrt.

„Ja, wir konnten den Rädelsführer verhaften und er wurde verurteilt, doch es ist anzunehmen, dass die Sekte sich wieder organisiert hat. Catherine passt in das Profil der Entführungsopfer."

„Aber wieso ist dann auch Caveron verschwunden? Glauben Sie, er hat etwas damit zu tun?"

„Nein, ganz im Gegenteil, Miss Seasboury, wenn Ihre Tochter bei ihm sein sollte, ist das nur gut. Wissen Sie, Niall Caveron ist ein FBI-Agent, er wird alles tun, damit ihr nichts passiert.“ Das war zwar nicht die ganze Wahrheit, aber auch nicht gelogen.

„Ein Agent? Aber wieso? Er ist doch bei der Sicherheitsfirma beschäftigt?“

„Das war ein Cover, das unser Büro eingerichtet hat, wir sehen uns routinemäßig Fälle von Drohungen an, besonders, wenn es um Prominente geht.“

Nur jetzt keine weiteren Fragen in diese Richtung, denn sonst käme Don ins Schwimmen.

MC wollte schon wieder ansetzen, doch Don kam ihm zuvor: „Bitte verstehen Sie, dass ich Ihnen keine Details geben kann, es ist auch noch nicht erwiesen, dass das Verschwinden Ihrer Tochter mit dem Verschwinden unseres Agenten im Zusammenhang steht. Wir sollten nicht weiter Zeit verlieren. Könnte ich jetzt vielleicht mit Ihrer Haushälterin sprechen? Sie sagten, dass Sie sich täglich um Catherine gekümmert hat?“

Mona nickte.

„Gehen Sie in die Küche, María wartet schon auf Sie.“

Wieder war es MC, der Don begleitete und María vorstellte. Don bat ihn, sich um Mona zu kümmern; er wollte alleine mit María reden.

Die dickliche Argentinierin mit dem liebenswerten Gesicht hatte rot verheulte Augen und wischte sich immer wieder mit den Händen über ihre Wangen. Sie sprach mit einem starken spanischen Akzent und die Worte sprudelten nur so aus ihr heraus. Don ließ sie reden und hörte aufmerksam zu.

„*Señor* Niall war so gut zu Cathy! Wissen Sie, Cathy war immer ein liebes Mädchen, doch nachdem sie wieder zu ihrer Mama gekommen war, war sie schwierig, trieb sich mit den falschen Leuten herum. Doch nachdem *Señor* Niall da war, veränderte sie sich, sie fand neue Freunde und war fröhlich, *¡gracias a Dios!*"

„María, wer waren diese falschen Leute, wen meinen Sie, kennen Sie Namen?"

„*No, señor* … warten Sie, doch! Da war dieser Junge, Georgi, *no, no* … Gregory! *Señor* Niall hat ihm die Nase gebrochen, weil er Cathy betrunken gemacht hat."

„Gregory? Kennen Sie den Nachnamen?" Dann erinnerte sich Don plötzlich, dass Nate diesen Namen erwähnt hatte und irgendetwas mit einer gebrochenen Nase.

„Northmann … oder Northom … da bin ich mir nicht sicher, tut mir leid."

Don nahm sein Handy und hielt María den erhobenen Zeigefinger hin, um ihren Wortschwall für einen Moment zu unterbrechen.

„Mario, Don, kannst du mal versuchen die Adresse eines Jungen herauszubekommen? Gregory Northmann oder Northom … Ja, hier in L.A. Ruf mich an, wenn du sie hast." Er wandte sich wieder an María: „Entschuldigung, María. Gibt es noch etwas, an das Sie sich erinnern? Egal was, auch wenn es Ihnen noch so unwichtig erscheint. Ist etwas Komisches passiert in letzter Zeit?"

María stand auf und stellte Don noch eine Tasse Kaffee auf den Tisch, sie druckste ein wenig herum.

„Bitte, María", sagte Don eindringlich.

„Nun, ich glaube, es ist nichts, verstehen Sie mich nicht falsch, es war Sonntag vor einer Woche." Sie stoppte und sah hinunter auf ihre Hände.

Der 9. September, schoss es Don durch den Kopf, am 8. hatte Nate bei Dr. Merkhem angerufen.

„Ja? Was ist passiert?"

„Wissen Sie, *señor*, wahrscheinlich ist es nichts, denn *Señor* Niall ist ein guter Mann, aber an dem Sonntag … Ich bin immer sehr früh auf, José und ich gehen um neun Uhr in die Kirche, und ich bereite vorher das Frühstück zu. Es war sechs, und ich trank einen Kaffee in der Küche, da hörte ich Stimmen aus *Señor* Nialls Appartement, die Tür musste offen sein. Nun, ich sah aus der Küche, und da kam Cathy die Treppe herunter, die Treppe von *Señor* Nialls Appartement. Sie hatte ihren Schlafanzug an und ging dann auf ihr Zimmer."

Don zog die Augenbrauen hoch.

„Sie meinen, dass er und Cathy …?"

Empört riss Maria die Augen auf.

„*¡No, madre de Dios, no!* Ich konnte noch hören, was *Señor* Niall sagte, bevor Cathy herunterkam."

„Was, María?" Don wurde ungeduldig.

„Er sagte: ‚Ist schon okay, aber in Zukunft kommst du nicht mehr hier rein, hast du mich verstanden? Egal, was du auch hörst.'"

„Also ist Cathy zu ihm hinaufgegangen ohne seine Erlaubnis?"

„Ja, das denke ich. Warum, weiß ich nicht, doch denken Sie nicht falsch, Cathy ist ein Teenager, aber ein anständiges Mädchen, und auch *Señor* Niall ist ein guter Mann."

Don lächelte ihr beruhigend zu.

„Das weiß ich, María. Keine Sorge, ich ziehe keine falschen Schlüsse."

Don ging nachdenklich zu seinem Auto, was hatte das Mädchen gehört, dass sie in Nates Räume ging morgens um sechs Uhr? Immerhin hatte er sie rausgeschmissen … In diesem verdammten Fall gab es immer wieder Situationen, die Nate in ein irritierendes Licht rückten. Er fuhr in Richtung des Wilshire Boulevards, um sich mit Mario im FBI-Büro zu treffen, als dieser anrief.

„Ich habe einen Gregory Northom, achtzehn, er wohnt hier in L.A. Willst du die Adresse?"

„Ja, ich fahre gleich dahin, komm auch, wir treffen uns vor dem Haus."

Es dauerte nur eine Viertelstunde, bis Don in der Straße war. Er sah Mario an seinem Auto stehen, parkte und ging zu ihm hinüber.

„Alles ruhig hier." Mario deutete mit seinem Kopf auf die Wohnung, eine Holztreppe führte nach oben. „Wer ist der Knabe?"

„Die Haushälterin der Seasbourys meint, dass er falscher Umgang für Cathy war, und da Nate ihm die Nase gebrochen hat, denke ich, der Junge hat Dreck am Stecken. Fühlen wir ihm mal auf den Zahn, vielleicht weiß er was."

Sie stiegen die Treppe hoch, und als sie vor der Tür standen, sahen sie, dass diese nur angelehnt war, jemand hatte sie allem Anschein nach eingetreten und provisorisch wieder aufgestellt. Don und Mario zogen ihre Waffen.

„Gregory Northom, hier ist das FBI, kommen Sie an die Tür!"

Nichts rührte sich in der Wohnung und Seppa hob die Tür etwas an, um ins Innere zu blicken, Don sicherte ihn mit der Glock. Da schlug ihnen auch schon der Geruch entgegen, Verwesung, in der Wohnung lagen Leichen. Mario schob die Tür ganz zur Seite, und sie sahen die Leiche eines Jungen. Kopfschuss. Trotz des getrockneten Blutes in seinem Gesicht erkannte er Robert Olden, Sims hatte ihm das Bild des Jungen gemailt. Unweit von der ersten Leiche gab es eine zweite, ebenfalls ein Junge, etwas älter, das war vermutlich Gregory.

„Verdammte Scheiße ... Mario, ruf die Spurensicherung, ich sehe mich um, ob ich Cathy oder Nate finden kann."

Außer den beiden Leichen war niemand sonst in der Wohnung, doch Don musste nicht auf die Spurensicherung warten, um zu ahnen, dass sie hier gewesen war, die blonden Haare an den

Klebestreifen an einem Stuhl sprachen für sich. Cathy war hier gewesen, und egal wer sie entführt hatte, es interessierte ihn nicht, dass er Beweise hinterlassen hatte. Innerhalb der nächsten Stunde stellten die Beamten der Spurensicherung das Appartement auf den Kopf. Don saß auf der Holztreppe in der Sonne. Er hatte sein Jackett ausgezogen, denn die Temperaturen waren bereits auf über dreißig Grad gestiegen, rauchte eine Zigarette und betrachtete die Wohngegend. Es war jedenfalls nicht die beste in der Stadt, aber auch weit entfernt von den Slums und kriminellen Ecken von L.A., Mittelklassehäuser, Mittelklassewagen, er stutzte, sah sich den schwarzen Grand Cheerokee Overland an, der auf der anderen Straßenseite gegenüber parkte. Don schnippte seine Zigarette auf die Straße, sah sich die Nummernschilder an und notierte sie, dann wandte er sich an einen der Streifenpolizisten, die den Tatort absicherten. Es dauerte fünf Minuten, dann hatte der Beamte den Fahrzeughalter ermittelt. „Ein gewisser Niall Caveron", sagte der Beamte dienstbeflissen.

Dienstag, 18. September 2012

Tag 1

Sie ist irgendwie eingeschlafen, der Stress und das viele Weinen haben Cathy in einen tiefen Schlaf fallen lassen, sie atmet ruhig neben mir, als ich aufwache, ihr Gesicht fest an meine Brust gedrückt. Es geht mir besser, mein Körper hat das Betäubungsmittel langsam absorbiert. Ich schiebe sie vorsichtig von mir und stehe auf, um mich zu erleichtern. Das Geräusch weckt sie, und Cathy fängt sofort an, panisch meinen Namen zu rufen.

„Ist okay, ich bin da, ich komme schon!“

Ich setze mich wieder auf die Matratze, sofort rückt sie wieder an mich heran und schlingt ihre Arme um meinen Hals. Ich ziehe sie vorsichtig herunter und halte ihre Hände.

„Es ist alles okay, ich bin hier. Cathy, kannst du mir erzählen, was passiert ist? Wie bist du zu Gregory gekommen?“

„Niall, warum ist es so dunkel hier, hat man uns entführt?“ ist ihre Gegenfrage.

„Ja, das haben sie, und wir werden im Dunkeln bleiben, doch das ist nicht schlimm, Cathy, weil wir beide hier sind.“ Ich versuche, ruhig zu sprechen, doch ich spüre dieses abartige Kribbeln im Magen, wenn ich an die lange Zeit der Dunkelheit denke.

„Werden sie uns töten?“

„Nein, das lasse ich nicht zu, ich lasse es nicht zu, dass dir jemand wehtut, hörst du?“ Zwar kann ich sie nicht sehen, doch spüre ich förmlich, wie sie nickt. „Also, was ist passiert?“

Sie rutscht neben mich und stellt die Füße auf den Betonboden.

„Ich war in der Schule und wollte in der Pause kurz rüber zum Drugstore, da griff mich Gregory auf der Straße am Arm, er hob seine Jacke an und ich sah, dass eine Pistole in seiner Hose steckte, er sagte, ich solle still sein und in das Auto steigen. Irgendwie war ich wie erstarrt, und er zerrte dann an meinem Arm. Plötzlich kam Robert angelaufen und versuchte ihn aufzuhalten, da zog er seine Waffe und hielt sie mir in den Rücken. Er sagte, Robert solle den Wagen fahren, und quetschte sich neben mich auf den Rücksitz. Niall, er sagte, wenn wir nicht machen, was er will, bringt er uns um.“ Sie schnieft schon wieder.

„Nicht weinen, hör auf, deine Augen werden sich entzünden, wenn du so viel weinst.“

„Wir“, stottert sie weiter, „kamen dann bei Gregs Appartement an und er schubste mich die Treppe hoch, Robert ging vor. Wir gingen hinein, und dann waren da plötzlich zwei Männer.“

„Cathy, waren die Männer maskiert?“

„Nein, sie standen dort und hatten Pistolen, sie waren, ich weiß nicht, ein paar Jahre älter als Greg, ganz normale Typen.“

Nicht maskiert, das ist schlecht … Cathy ist nun eine potenzielle Zeugin und damit eine Gefahr für die Sekte.

„Red weiter, komm.“

„Einer der beiden zerrte mich auf einen Stuhl und fesselte mir die Arme mit Klebeband, Robert hielten sie die Pistole an den Kopf. Sie gingen zu Gregory und nahmen seine Waffe, sagten, die würde er nicht mehr brauchen. Dann wollten sie, dass ich dich anrufe, doch ich habe gesagt, das mach ich nicht, und dann haben sie geschossen, Robert einfach in den Kopf geschossen, es war schrecklich, Niall!“

Schon wieder Tränen, ich lege ihr den Arm um die Schulter und drücke sie an mich.

„Ich habe dich dann angerufen. Ich hatte solche Angst, Greg hat mir das Telefon ans Ohr gehalten und dann selbst mit dir geredet. Nachdem er aufgelegt hatte, sagte er zu den beiden etwas von Geld und dass er jetzt verschwinden würde. Da haben sie gegrinst und ihn auch erschossen. Ich schrie, und sie klebten mir den Mund zu, dann kamst du irgendwann, sie standen hinter der Tür, ich dachte, sie erschießen dich auch, doch die hatten so eine komische Waffe mit Kabel, und du fielst auf den Boden und zucktest. Danach schüttete einer der beiden eine Flüssigkeit auf einen Lappen, es stank furchtbar, und sie drückten ihn dir auf Mund und Nase, bis du vollkommen weg warst.“

„Cathy, haben sich die beiden mit Namen angesprochen oder irgendetwas anderes gesagt?“

Sie ist kurz ruhig.

„Nein. Aber der eine, der Jüngere, hat dich plötzlich getreten und sagte: ‚Das ist für Dad, du Schwein!' Der Ältere hat ihn am Arm gepackt und meinte, er solle aufhören. Dann sagte er: ‚Du weißt genau, wie wichtig er ist, beschwöre seinen Zorn nicht herauf!' Sie haben dich dann beide unter den Armen genommen und aus der Tür geschleppt. Ich dachte, jemand muss das sehen und Hilfe holen, dann kamen sie zurück und schnitten mich vom Stuhl los, legten mir eine Jacke über den Kopf und brachten mich zu dem Van, der genau vor dem Appartement stand. Keiner hat uns gesehen, kein Mensch war auf der Straße. Sie stießen mich nach hinten zu dir, dann fuhren sie los. Ich konnte nicht sehen, wohin, die Fenster waren verklebt, ich schüttelte dich, bekam dich aber nicht wach."

Die Shandler-Söhne, das ist ziemlich klar.

„Liebes, wie lange sind sie gefahren?"

Sie schnieft: „Ich weiß nicht!"

„Bitte versuche es."

„Vielleicht zwei, drei Stunden, dann haben sie mir einen Sack über den Kopf gezogen, ich konnte nichts sehen, nur kurz, als die Tür aufging."

„Was hast du gesehen?"

„Ein Haus, vielleicht eine Kirche, ich bin mir nicht sicher."

„Okay, das hast du gut gemacht."

„Werden wir sterben?"

„Nein, das werden wir nicht, vertrau mir."

„Niall, ich muss mal", kommt es verschämt von ihr und ich muss fast lächeln … Ach Baby, wenn das alles ist …!

„Taste dich an den Wänden entlang, in der Ecke ist eine Toilette. Es ist wichtig, dass du die Zelle auch im Dunkeln genau kennst."

„Aber", fängt sie an, doch ich unterbreche sie, denn ich weiß, was jetzt kommt:

„Stell dir einfach vor, wie es wäre, wenn du hier ganz allein wärst. Wir können froh sein, dass wir uns haben. Es muss dir nicht peinlich sein. Komm, geh schon."

Montag, 1. Oktober 2012

Sims frühstückte gerade in dem Hotel in der Innenstadt von New Orleans, als Monica Winter in das Restaurant trat und auf ihn zuging. Sie legte ihm das hellblaue Gerichtsdokument vor seinen Teller, bevor sie sich setzte.

„Hier ist er, der Durchsuchungsbefehl für das Haus der Ambroses."

Er nahm das Papier, faltete es auseinander und überflog es.

„Eine geschlagene Woche, Monica, wissen Sie, wie viel Zeit wir verloren haben?" Er schüttelte enttäuscht den Kopf und schob sich eine Gabel Rührei in den Mund.

„Jetzt sage ich Ihnen mal was: Ich habe mir hier in genau dieser geschlagenen Woche die schlimmsten Beleidigungen meiner Karriere anhören müssen, ich war bei fünf verschiedenen Richtern, bis ich einen fand, der das Rückgrat hatte, das Dokument zu unterschreiben. McSimmens, ich weiß nicht genau, was die Familie Ambrose hier tut, doch es scheint, dass sie Gott und die Welt kennen, diese Frau und ihre Söhne bekommen mehr politische Rückendeckung in Louisiana als der Generalstaatsanwalt."

„Ja schon gut, tut mir leid. Ich habe das Gleiche erlebt, keiner der Leute, die mit ihr in Kontakt waren, haben mich auch nur ins Haus gelassen, geschweige denn eine Aussage gemacht. Wahrscheinlich bin ich nur frustriert und habe das an Ihnen ausgelassen. Wir haben schon so viel Zeit verloren, es macht mich verrückt, daran zu denken, dass die kleine Kampell und Nate in den Händen dieser Perversen sind."

Ein Kellner kam mit Kaffee an den Tisch und goss Monica Winters Tasse voll, sie warteten, bis er wieder verschwunden war.

„Denken Sie, dass man bereits Beweise aus dem Haus geschafft hat?"

„Das ist das einzig Gute, ich habe zwei Agenten Tag und Nacht vor der Tür, mit Ihrer vorläufigen Verfügung konnten wir die Familie und deren Freunde davon abhalten, ins Haus zu kommen, auch wenn es fast zu Handgreiflichkeiten kam. Die Agenten mussten ihre Waffen ziehen, damit die verschwanden."

Monica nippte frustriert an ihrer Tasse.

„Wissen Sie, ich habe es noch nie erlebt, dass Behörden sich so destruktiv verhalten, wenn es um eine mögliche Entführung geht. John, kann es sein, dass sehr wichtige Leute hier in New Orleans etwas mit der Sekte zu tun haben?" Sie hatte den letzten Satz mehr geflüstert.

Sims lehnte sich vor.

„Genau das habe ich auch schon gedacht. Kommen Sie, ich rufe jetzt Agent Donnoghou an, wir treffen uns mit ihm am Haus, er wird ein Sonderkommando des Bureaus mitbringen. Sehen wir, was zu finden ist."

Beide standen auf und Sims griff sein Jackett, das über dem Stuhl hing.

„Gibt es was Neues von Agent Viggen und Seppa aus L.A.?"

Sie erreichten den Wagen auf dem Parkplatz des Hotels und stiegen ein, Sims startete den Motor und fuhr vom Parkplatz.

„Einiges. Don hat alle möglichen Befragungen durchgeführt. Eine Schulfreundin hat gesehen, wie Catherine Kampell und auch Robert Olden in den Wagen von Gregory Northom stiegen. Es war um die Mittagszeit des 17. Septembers. Das Mädchen meinte, es war komisch, sah so aus, als ob Cathy das nicht wollte. Dann haben wir durch Zufall eine Videoüberwachung der Interstate 5 bekommen, da man Nate einen Strafzettel zugestellt hat. Sein Wagen parkte auf dem Randstreifen kurz hinter San Fernando, absolutes Halteverbot, der Verkehr ist an der Stelle eine Katastrophe. Man sieht, dass er etwa eine Stunde nach Cathys Entführung losfährt und auf die I-210 abbiegt zurück nach L.A. Wir reimen uns das so zusammen: Gregory Northom entführt die beiden Teenager, dann bekommt Nate einen Anruf, er war bereits im Haus der Seasbourys gewesen, hatte die Akte geholt und die Stadt verlassen, um ein Motel zu suchen. Es macht Sinn, L.A. zu verlassen, von den Interstate Motels aus kann man einfacher beobachten. Er stoppt, um mit Cathy zu sprechen, und fährt dann zurück, gegen zwölf Uhr zehn ist er keine zwei Meilen von Gregorys Appartement entfernt, denn dort überfährt er eine rote Ampel. Er kommt an, findet Cathy gefesselt, Robert und Gregory tot, und er selbst wird von den Shandlers ausgeschaltet. Er und das Mädchen werden in einem weißen Transporter weggebracht. Eine Nachbarin hat den Transporter vor der Tür parken sehen, sie meinte, so einer habe nie zuvor dort gestanden, doch gesehen hat sie weiter nichts."

Sims bog ab auf den Canal Boulevard in Richtung Lakefront.

„Sind Sie sich sicher, dass Nate nicht auf Gregory geschossen hat?"

„Ja, und das hat uns auch den eindeutigen Hinweis auf die Desperates gegeben. Gregory wurde zwar mit einer FBI-Glock erschossen, genau wie Robert Olden, doch es war nicht Nates Waffe, halten Sie sich fest, es war Tandra Romanos Dienstwaffe, aus der geschossen wurde."

Sie hielten vor dem exklusiven Haus im Stil der Kolonialzeit in der S. Wren Street. Das Sonderkommando wartete schon vor der

Tür, genau wie zwei Männer in gut geschnittenen Anzügen mit Aktentaschen.

„Mist,“ fluchte Monica, „das ist der Ambrose-Anwalt und einer seiner Schergen.“

Sie stieg aus und Sims folgte ihr zur Treppe. Der Anwalt kam ihr entgegen.

„Staatsanwältin Winter, wie müssen wir dieses Aufgebot an FBI deuten? Ohne Durchsuchungsbefehl haben Sie keinerlei Zutritt zu dem Haus.“

Winter sah ihn mit einem gefährlichen Lächeln an und hielt ihm das Dokument hin. Er schien überrascht und las.

„Moment, das ist von Richter Greenwood unterschrieben, ich zweifle seine Zuständigkeit an.“

„Mister Dent, das können Sie gerne, bringen Sie mir eine einstweilige Verfügung, die diese Behauptung belegt, und jetzt treten Sie bitte beiseite, damit die Agenten mit der Durchsuchung anfangen können.“

Dent biss sich fest auf die Zähne, dann zückte er sein Handy und eilte auf den schwarzen Porsche zu, der vor Sims Explorer stand.

„Auf geht's, Sims, wir haben vielleicht eine, maximal zwei Stunden, bis er eine Verfügung erwirken kann. Was immer Sie in der Zeit finden, nehmen wir mit, selbst wenn wir es vielleicht nicht als Beweis vor Gericht nutzen können, es kann uns eventuell helfen, die beiden zu finden.“

Sims ließ seinen Arm über dem Kopf kreisen und rief: „Ihr habt es gehört, rein und beeilen, konzentriert euch auf Schriftstücke und packt alles ein und raus in die Wagen, was immer wir mitnehmen können, nehmen wir mit.“

Die Agenten spurteten los.

Freitag, 5. Oktober 2012

Tag 18

Bisher die gleiche beschissene Routine. Es gibt Essen und Wasser mit akribischer Pünktlichkeit, keinen Duschraum so weit, beim letzten Mal haben sie vierzehn Tage gewartet, doch wir sind zu zweit, die Toilette läuft früher über, und es ist die doppelte Anzahl von Blechnäpfen und Plastikflaschen. Klar habe ich den Vorteil des Déjà-vu genutzt und Cathy angewiesen, von Anfang an die Blechnäpfe sauber zu lecken, wir waschen sie sogar über der Toilette ein wenig ab, dann stapeln wir sie, die Flaschen zerdrücke ich, um Platz zu sparen. Cathy tut alles, was ich ihr sage, und wir waschen uns täglich zweimal so gut wie möglich, dennoch, die Trainingshose, die Decke und auch Cathys T-Shirt und Hose beginnen langsam zu muffeln. Schlimmer ist der unterschwellige Desinfektions- und Fäkaliengeruch der Toilette.

Sie trainiert tapfer mit mir, macht die Übungen und lässt sich Zeit beim Essen. Ich habe sie angehalten, mir ihr Leben zu erzählen, in Einzelheiten, fang mit deiner ersten Erinnerung an, sagte ich ihr vor einer Woche, und sie redete. Es hat etwas Anrührendes, wenn sie ihre Kleinmädchenerinnerungen vor mir ausbreitet, von ihrem Dad und dem Hund Louis spricht. Manchmal wird ihre Stimme dabei fröhlich, bis sie sich erinnert, wo wir sind. Bei unseren Gesprächen sitzen wir fast immer mit dem Rücken zur Wand, nie, außer wir benutzen das Klo oder waschen uns abwechselnd, verlieren wir den Körperkontakt, entweder ich halte ihre Hand oder ihre liegt auf meinem Knie oder Arm. Nach dem Mittagessen bin ich dran, wir konnten uns erst nicht darauf einigen, was ich erzählen soll; aber eines ist klar für mich: ich kann nicht von meinem Leben sprechen, denn bevor ich ihr sage, wer ich bin und was ich hier schon einmal erlebt habe, muss mehr Zeit vergehen. Ich will ihr diese Angst so lange wie möglich ersparen. Meine Massenmörder-Profile halte ich auch nicht unbedingt für angebracht. So frage ich sie, ob sie dieses und jenes Buch gelesen hat, und wenn sie verneint, fange ich an. Harper Lee zum Beispiel, *Wer die Nachtigall stört*, sie hat nie davon gehört und auch nicht den großartigen Film mit Gregory Peck gesehen; dafür brauchte ich drei Tage, manchmal habe ich improvisiert, besonders mit den Namen, denn manche fallen mir einfach nicht mehr ein. Dann folgte *Don Quijote de la Mancha* von Cervantes, damit bin ich gestern Abend fertig geworden. Nach dem Abendessen und der Körperpflege, wenn man es so nennen kann, legen wir uns hin. Sie schläft jeden Abend eng an mich gekuschelt. Das war sehr gewöhnungsbedürftig für mich, ich bin kein Mensch, der so viel Körperkontakt kennt und auch nur schwer zulässt, doch was soll ich machen? Ich nehme sie in den Arm und halte sie wie etwas sehr Zerbrechliches, ich schütze sie und damit auch mich. Mein Beschützerinstinkt lenkt von meiner eigenen Angst ab, ich muss stark sein für sie, doch eigentlich macht erst sie mich stark.

Natürlich ist das nicht jede Minute so, schläft sie vor mir ein und ich liege wach, kommt die Angst. Wann holen sie mich, wann geht es wieder los, werde ich wieder vergewaltigt? Komme ich erst einmal an diesem Punkt an, konzentriere ich mich wieder auf Cathy. Was haben sie mit ihr vor, soll sie Tanjas Rolle einnehmen? Mir wird schlecht, wenn ich nur daran denke … Abwarten, beruhige ich mich, wenn es so sein soll, dann kann ich wenigstens vorher mit ihr sprechen, sie irgendwie darauf vorbereiten, denn eines weiß ich: sollte ich nochmals in diese Situation kommen, werde ich es tun. Damit Cathy am Leben bleibt, werde ich alles tun. Wie *ich* damit leben soll, steht auf einem ganz anderen Blatt.

KAPITEL ZEHN

Freitag, 30. November 2012

Ein offener ovaler Tisch, eine Menge Leute. Don kannte knapp ein Drittel, und die er kannte, linderten seine Nervosität nicht im Geringsten. Gott sei Dank stand Monica Winter, die mittlerweile stellvertretende Generalstaatsanwältin, neben ihm. Der Direktor des Federal Bureau of Investigation, der Generalstaatsanwalt, der oberste Richter des Supreme Court, Carter als Leiter des NCAVC, McSimmens als Leiter des CASMIRC und der Pressesprecher des Präsidenten, der Monica und ihn in die Etikette des Weißen Hauses eingewiesen hatte wie ein paar College-Studenten. Don hasste ihn. Dann all die in Grau gekleideten Herren und Damen, deren Namen er nicht kannte und von denen er sich nicht sicher war, ob er sie überhaupt kennenlernen wollte.

Don war nun der Leiter der Soko Angel. Nach dem, was sie Anfang Oktober im Hause der Ambroses gefunden hatten, war die Soko Angel auf siebenundsechzig Agenten und einige Computerspezialisten angewachsen. Das kleine Sonderkommando, das von McSimmens und Monica unterstützt worden war, schleppte innerhalb von zwei Stunden einunddreißig Kartons mit Akten, Kontoauszügen, Protokollen und anderen Schriftstücken aus dem Haus und brachte diese sofort nach Washington. Der Rest war verloren, da Dent mit einer einstweiligen Verfügung erschien und die Durchsuchung abbrechen ließ. Danach hatte Monica nie wieder einen Richter finden können, der ihr half, und man vermutete, dass alles andere aus dem Haus verschwand. Doch diese einunddreißig Kartons sollten in den nächsten Wochen zu einem Skandal von ungeahnter Größe führen. Erst ging alles sehr mühselig, und Don wühlte sich hauptsächlich mit Mario und Gordon durch die Stapel von Kopien, die sie in größter Eile von den Dokumenten gemacht hatten, die scheinbar einmal zu dem Steuerbüro Ian Shandlers gehört hatten. Gut, es war nicht von der Hand zu weisen, dass ein gewisses Interesse dabei mitspielte, sich die Steuererklärungen von hoch bezahlten Schauspielern, Geschäftsleuten, Sportlern der NFA, einem Bundesrichter, sogar von einem Kongressmitglied anzusehen, doch kamen sie damit weiter? Selbst Monica Winter verbrachte einen Großteil ihrer Zeit mit der Sichtung des Materials, doch, wie es oft in solchen Fällen passiert, sahen sie den Wald vor lauter Bäumen nicht.

Es war Mario Seppa, der den entscheidenden Satz sprach: „Was ich überhaupt nicht verstehe, warum sind all diese berühmten und reichen Leute bei einem unbekannten Steuerberater in Trenton?“ Dann blätterte er weiter durch die Kontoauszüge, die vor ihm auf dem Tisch lagen.

Monica und Don reagierten gleichzeitig und sahen sich nur an, ja, das war die Frage: Warum? Sie fingen an, gezielt die Konten durchzusehen, und stellten fest, dass Shandler für die Steuererklärung der Schauspielerin Samantha Preston im Jahr 2009 sage und schreibe zweihundertfünfzigtausend Dollar überwiesen bekommen hatte. Preston war mittlerweile bekannt wie Mona Seasboury, doch 2009 war sie noch reichlich am Kämpfen gewesen, und nur der finanzielle Rückhalt ihrer Familie erlaubte ihr, überhaupt weiter Filme zu drehen. Die Summe stand in keinem Verhältnis zu ihrer Steuererklärung. Mit McSimmens' und Carters Hilfe bekamen sie fünf weitere Agenten für das Durchsuchen der Konten. Immer das gleiche Bild: ein neuer Mandant – eine Viertelmillion. Ihnen ging langsam, aber stetig ein Licht auf, die Summe war ihr

Beitritts-Obolus zu den Desperate Angels. Eine apokalyptische Sekte, die behauptete, den Untergang der Welt am 21.12.2012 verhindern zu können, und die organisiert war, wie es nur Scientology bisher geschafft hatte. Nur dass die Desperates ganz klar alle Mittel einsetzten, bis hin zu Mord.

Das Soko-Team wuchs an, man besuchte jeden Einzelnen der weit in die Hunderte gehenden Mandanten von Ian Shandler, und das Ergebnis war verblüffend: Nur zwanzig dieser Menschen waren zu finden. Nach der Hausdurchsuchung bei den Ambroses verschwand der Rest, tauchte unter und ward nicht mehr gesehen. Rechtsanwalt Dent wurde in Haft genommen, ihm konnte nachgewiesen werden, dass er in den Tagen nach der Hausdurchsuchung mit allen Mitgliedern, oder sagen wir besser: Shandlers Mandanten Telefonate geführt hatte, die er nicht erklären konnte. Der Teil, der nicht untertauchte, wurde in Untersuchungshaft genommen, und Mitte November brachen endlich vier von ihnen zusammen, allesamt Frauen. Sie behaupteten zwar, die Ermordung der Mädchen nicht gewollt zu haben, doch dass alles einem höheren Zweck diene und auch das FBI und alle Menschen auf der Welt daran partizipieren würden, denn der 21. Dezember sei nahe, und nur der gefallene Engel könne die Menschheit noch retten. Keiner konnte oder wollte Orte nennen, und laut Shandlers Unterlagen, die seine Frau besser beseitigt hätte, anstatt sie penibel aufzubewahren, gab es mehr als vierzig Grundstücke, verteilt über die ganzen USA, die den Desperates gehörten. Das verwunderte nicht, denn bei einhundertzwanzig Mitgliedern und einer Viertelmillion Beitrittszahlung kam ein ganz schönes Sümmchen zusammen: dreißig Millionen US-Dollar. Abgesehen davon waren sich Don und Monica einig, dass es noch mehr Mitglieder gab, die Mitläufer, die nicht viel besaßen, dennoch bedingungslos alles taten, um die Sekte zu unterstützen. Wie zum Teufel war es einem Mann wie Shandler gelungen, solch eine Organisation auf die Beine zu stellen?

Nachdem sie die Liste der, sagen wir: Persönlichkeiten dem Direktor des FBI vorgelegt hatten, machte dieser den entscheidenden Schritt. Er hielt das alles für zu brisant und bestand darauf, den Präsidenten zu informieren. Soweit Don wusste, hatte es ein persönliches Gespräch gegeben, doch es hatte den Anschein, dass die Verwicklung eines Bundesrichters und des Kongressmitglieds Brendon Hunter höhere Wellen schlug, und so standen Don und Monica heute Nachmittag vor diesem Gremium, vor Leuten, die in direkter Linie dem Präsidenten der Vereinigten Staaten berichteten. Als sich die Tür öffnete, wurden Don die Knie weich, damit hatte er nicht gerechnet, der Präsident selbst trat in den Raum.

„Meine Herrschaften, der Präsident der Vereinigten Staaten", sagte ein Mann in Uniform.

Alle erhoben sich, er trat ein und setzte sich an das Ende des Tisches. Man nahm wieder Platz. Der Direktor des FBI ergriff das Wort.

„Mister President, ich möchte Ihnen Agent Donald Viggen, den Leiter der Sonderkommission Angel, und die stellvertretende Generalstaatsanwältin Monica Winter vorstellen. Sie werden den Anwesenden den Fall gemeinsam präsentieren und sie auf den neusten Stand bringen."

Donald schluckte und begann zu sprechen: „Mister President, wir wurden um ein ausführliches Briefing gebeten. Ich möchte im Januar 2009 anfangen und Sie sukzessive durch die Ereignisse der letzten drei Jahre führen." Er drückte den Knopf an seinem Computer, und auf der Leinwand erschienen die Fotos der ersten sechs Opfer.

„Alles begann am 2. Januar 2009, man fand die Leiche von Verona Cornham, der Nichte von Gouverneur ..."

Freitag, 30. November 2012

Tag 74

Natürlich ist alles wieder so gekommen wie schon beim ersten Mal. Sie holen mich zwar nicht täglich, doch drei- bis viermal die Woche. Cathy begleitet mich in den Duschraum und wir haben die Möglichkeit, uns zu waschen. Sie kämpft mit dem grellen, beißenden Licht, doch ich kann ihr helfen, sich daran zu gewöhnen. Auch tat sie sich erst schwer, in meinem Beisein zu duschen, doch mittlerweile ist es kein Problem mehr, dass wir uns unbekleidet in einem Raum befinden. Es dauerte zwanzig Tage, bis sie uns das erste Mal holten, und meine größte Sorge galt ihr, als sie mich wieder in einen separaten Raum führten und Cathy zurückblieb. Ich versuchte das Prozedere mit stoischer Ruhe hinter mich zu bringen, nur damit es schnell vorbei war und ich endlich zurück in die Zelle kam. Gott sei Dank war Cathy dort und wartete ungeduldig auf mich, sie überschüttete mich mit Fragen, denen ich auswich. Ihr hatte man nichts getan, sie lediglich zurückgebracht.

Die Zeit vergeht, mittlerweile beschreibt sie mir Bücher, die sie gelesen hat, und so wechseln wir uns ab. Es ist schon erstaunlich, was Teenager so lesen, sie erzählt mir eine Geschichte über ein Mädchen, das sich in einen Vampir verliebt und deren Freund ein Werwolf ist. Ich genieße es, wenn sie so begeistert redet, und entspanne, während ihre Stimme sich ändert, wenn es besonders aufregend wird in ihrem Vampirroman. Es ist so anders, erträglich, nicht allein zu sein, die Dunkelheit kann mich nicht besiegen, solange sie bei mir ist.

So lerne ich Stephenie Meyers Vampirsaga kennen, höre mir die Bücher von Charlaine Harris an und erzähle ihr von den Werken, dich ich für große Literatur halte, auch wenn Cathy die meisten für nicht so cool hält.

Ich hatte geglaubt, mich im Griff und die Situation unter Kontrolle zu haben, bis zu jenem Abend vor zwei Wochen. Sie hat bereits zweimal ihre Periode bekommen, solange wir hier gefangen sind, etwas verschämt hat sie es mir erzählt, war jedoch erleichtert, als sie im Bad Tampons und Binden fand. Es war, kurz nachdem ihr Zyklus wieder vorbei war. Sie holten mich, und ich wurde vergewaltigt. Als ich wieder in die Zelle kam, lag sie auf der Matratze und weinte. Ich regte mich furchtbar auf und es dauerte eine Zeit, bevor ich sie zum Reden brachte. Anscheinend war sie in einen separaten Raum geführt worden und man hatte sie untersucht. Cathy sagte, es war genauso wie beim Gynäkologen, mehr wäre nicht passiert, dennoch weinte sie. Das war der Abend, an dem mich alles wieder eingeholt hat, denn nun ist es sicher: sie wollen wissen, wann Cathy fruchtbar ist und es ins Zeitfenster passt. Sie wird noch einmal ihre Tage bekommen, etwa eine Woche danach werden unsere drei Monate voll sein, und wir rücken dem 21. Dezember, den ich für den Stichtag halte, immer näher. Man wird mich zwingen, mit ihr zu schlafen, oder Cathy töten.

Schleichend setzen die Depressionen wieder ein, ich kann es nicht verhindern, meine Gedanken drehen sich immer nur um die eine Frage: Was soll ich tun?

Intuitiv bemerkt sie die Veränderung, wird sehr wachsam, wenn ich schweige oder mich des Nachts von ihr wegdrehe. Sie lässt es nicht zu, hält mich dann im Arm, und es passiert immer öfter, dass ich meine Tränen nicht zurückhalten kann. Ich spüre, dass meine Veränderung ihr Angst macht, doch je mehr ich mich dann um sie sorge, umso stärker scheint Cathy zu werden.

Ich muss mich entscheiden, doch vor allem muss ich mit ihr reden, über alles, aber jetzt noch nicht. Noch nicht.

Freitag, 14. Dezember 2012

„Wie steht es mit den Grundstücken?“, fragte Monica Winter gereizt in die Runde und sah niemanden speziell an.

Ein jüngerer Mann wühlte in den Papieren, die sich auf dem länglichen Tisch vor ihnen in chaotischen Stapeln ausbreiteten. Er fischte eine Seite heraus.

„Wir sind heute mit allen durch, Ma'am. Keine Hinweise, doch wir konnten drei Personen festnehmen, es scheinen Mitläufer zu sein, sie werden gerade verhört.“

„Mist, verdammter“, konnte sich Seppa nicht verkneifen, „uns läuft die Zeit weg! Bis zum 21. Dezember sind es noch sieben Tage, und wir haben gerade erst mit den Besitzurkunden der Anhänger angefangen. Ma'am, das schaffen wir nicht in so kurzer Zeit, selbst mit all dem Personal, das uns zur Verfügung steht.“

Monica sah Don an, und auch er schüttelte den Kopf.

„Don, es kann doch nicht sein, dass wir alle Ressourcen haben und uns trotzdem im Kreis drehen. Haben die Abhörprotokolle etwas gebracht, die uns die CIA hat zukommen lassen?“

„Noch nicht, die Daten sind zu umfangreich, wir arbeiten mit Computerstichwortabfragen, alles wie Angel, Nathaniel, Apokalypse, Geisel … du weißt schon, doch bisher nichts, diese Schweinehunde waren sehr vorsichtig.“

„Hat noch jemand eine Idee? Irgendeinen anderen Ansatz?“ Sims saß mit verschränken Armen da und sah die zehn Agenten an, die teilweise um den Tisch standen, teilweise saßen. Er wandte sich an Don: „Sag mal, was ist eigentlich aus diesem Antiterror-Agenten geworden, wie hieß er noch? Warell?“

„Gab Warell?“, fragte Don beiläufig, ohne von den Dokumenten aufzusehen, die er gerade durchblätterte.

„Ich meine, er hat uns damals den Tipp mit Trenton gegeben, ist doch komisch, dass wir nie mehr von ihm gehört haben." Sims sah Monica an und dann wieder Don. „Wann hast du ihn eigentlich das letzte Mal gesehen?"

Don blickte jetzt auf, nahm die Brille ab und rieb sich die Augen.

„Das war in meinem Büro, kurz nachdem wir Shandler hatten, Nate war auch bei mir, er hat sich komisch verhalten damals."

„Wie meinst du das?", fragte Monica Winter.

„Ach, er war einfach unhöflich zu Nate, hat ihm irgendetwas zugeraunt, was Nate wütend machte. Ich weiß nicht mehr genau. Es klang wie eine Drohung ... dass Nate noch andere Feinde hat und aufpassen soll."

„Ruf ihn an, ich will den Kerl sofort hier haben!", meinte Sims, und Don griff sich das nächste Telefon.

Sims diskutierte wieder mit Monica, wie sie die Durchsuchung der einzelnen Grundstücke der Sektenmitglieder am effektivsten angehen sollten, als Don laut fluchte. Sie drehten sich zu ihm um, er wirkte aufgeregt und machte Handzeichen, immer noch den Hörer am Ohr.

„Dann prüfen Sie das nochmals ... ja, sofort, ich warte."

Es vergingen Sekunden, in denen alle still auf Don blickten.

„Sie sind sich sicher ... ja, verstehe ... danke."

„Verfluchte Scheiße, ich glaube, wir haben unseren Maulwurf. Ich habe keine Ahnung, wie er das geschafft hat, aber bei der Antiterroreinheit kennt keiner einen Gab Warell!"

„Das ist nicht dein Ernst! Er hatte alle Ausweise, er ist hier ein- und ausgegangen, wie kann das sein?" Sims war schockiert.

Don schüttelte fragend den Kopf und sah in Monicas erstauntes Gesicht.

„Moment. Hat er uns nicht den Tipp mit Trenton gegeben? Ohne ihn hätten wir Shandler nie gekriegt."

„Ja“, meinte Sims zustimmend, „das ergibt keinen Sinn. Wenn er der Maulwurf der Sekte ist, warum sollte er das tun? Es sei denn, jemand wollte Ian Shandler loswerden.“

„Glaubst du wirklich, dass seine Frau und Söhne bei dem Spiel mitgemacht hätten? Nein, das glaube ich nicht.“

„Okay, hören wir auf zu spekulieren, lasst uns alles zusammentragen, was wir von Warell wissen. Ich bin mir ziemlich sicher, dass Waters von der Antiterror mir seinen Namen gegeben hat. Ja, per E-Mail, warte mal …“ Schon tippte Sims etwas auf der Tastatur seines Laptops. „Hier ist sie, vom 25. Februar 2009. Das war zehn Tage, nachdem Nate und Dra verschwunden waren.“

```
Von: A. Waters
An: J. McSimmens
25. Februar 2009, 13:41 Uhr

Hi John,

habe von deinen Problemen mit der Soko
Angel gehört. Ein Mann meiner Einheit ist
undercover bei der Bruderschaft und könnte
deine Leute gesehen oder von ihnen gehört
haben. Ruf ihn an.
Gab Warell 315 555 954
Sei vorsichtig, er ist wie gesagt undercover
in Waco.
                                     Andrew
```

„Genau, ich habe am gleichen Tag noch angerufen, und er hat sich bereit erklärt, innerhalb von zwei Tagen bei uns zu sein. Am 27. war er dann hier, erinnerst du dich, Don?“

Don nickte und fuhr fort: „Ja, er erzählte uns von dieser Myriell und auch von einem Typen namens Eze, der ebenfalls spurlos verschwunden war.“

„Ich rufe Waters an.“ Schon wählte Sims die Nummer und bekam sofort Anschluss. „Andrew, hier ist John … ja, danke, es geht so. Hör mal, hast du mir im Februar 2009 eine Mail geschickt, worin du mich über einen deiner Männer, einen Gab Warell, informierst?“ Er wartete. „Ach hast du schon gehört … nicht … okay, Moment, checke deine E-Mail-Adresse, sie scheint kompromittiert zu sein, denn ich habe eine solche Mail hier in meinem Posteingang.“ Sims nickte ungeduldig. „Glaub es mir einfach … ich muss jetzt … ja, danke. – Nein, hat er nicht, er hatte schon von Dons Anfrage gehört und nochmals bestätigt, dass er keinen Gab kennt. Wir sind da jemandem ziemlich auf den Leim gegangen.“

„Don, woran kannst du dich erinnern, was diesen Gab angeht?“, fragte Monica wieder, alle anderen Agenten hatten innegehalten und lauschten der Unterhaltung.

Don verzog den Mund.

„Um ehrlich zu sein, war er mir ein bisschen suspekt, sehr selbstsicher, und als ich ihn fragte, ob Gab eine Abkürzung von Gabriel sei, reagierte er unwirsch, meinte, dass er noch einen Irren wie mich undercover brauchen könnte, und zog es ins Lächerliche, von wegen Nick sei eine Abkürzung für Nikolaus.“ Er zuckte mit den Schultern.

„Und was passierte genau, als er Nate begegnete?“

„Na ja, du weißt ja, dass Nate riesig ist, das ist dieser Gab auch, wirklich zwei Hünen. Ich setzte mich, als die beiden sich gegenüberstanden, Gab taxierte Nate, ich stellte ihn vor, und Nate streckte die Hand aus. Er nahm sie nicht, sondern sah ihn an, als ob es der übelste Affront wäre, ihm die Hand anzubieten, dabei habe ich ihm immer die Hand geschüttelt, das hatte etwas mit Nate zu tun … Er beugte sich dann näher an Nate und flüsterte ihm was zu, das ich nicht verstand. Er ging dann und sagte noch: ‚Mach's gut, Don, bis zum nächsten Mal.'"

„Und Nate?"

„Der fragte mich, ob er nun nur noch von Verrückten umgeben sei oder ob das an ihm liege. Er sagte: ‚Was hat der Typ gegen mich, ich kenne ihn noch nicht einmal, nie gesehen.' Und dann erzählte er mir, dass Gab ihm gedroht habe, dass er noch ganz andere Feinde hätte als diese Sekte. Das ist alles, kurz darauf ging auch Nate."

„Auf jeden Fall ist das kein Amateur, man hackt sich nicht so einfach in das Mailsystem eines FBI-Direktors und schon gar nicht bei der Antiterroreinheit, dann muss er Zugang zu unseren Ausweisen und Marken haben. Doch warum das alles? Ich verstehe es nicht … Er hat uns Shandler geliefert …" Monica runzelte die Stirn.

„Vielleicht, weil Shandler es versaut hat", sagte eine der jüngeren Agentinnen sachlich. „Ich meine, wir haben den Standort gefunden und Agent Caim lebend, vielleicht wurde Shandler wegen dieses Fehlers ausgeschaltet. Immerhin hat es die Sekte doch um einiges zurückgeworfen."

Sims nickte.

„Keine schlechte Theorie. Wissen Sie was, nehmen Sie sich drei Mann und versuchen Sie, alles herauszubekommen, was es gibt über diesen Gab Warell. Wir machen weiter mit den Grundstücken, unsere Priorität liegt auf Ferienhäusern, abgelegenen Gegenden, Farmen, Lagerhallen und solchen Sachen. Wir stellen eine Liste zusammen und schicken unsere Leute gleichzeitig los. Wenn es sein muss, involvieren wir die örtliche Polizei und bitten um Mithilfe."

Montag, 17. Dezember 2012

Tag 91

Ein Knurren weckt mich, ein tiefer, geschundener Laut aus meinem eigenem Mund. Ich bewege mich auf der von Schweiß feuchten Matratze, Panik wallt in mir auf, wo ist sie, tasten, ein Körper, Gott sei Dank, ich fühle sie, schlinge meine Arme um sie und drücke mich an ihren eingerollten Rücken.

„Cathy", flüstere ich mit rauer Stimme, ein unangenehmes Ziehen in meinem Unterleib, und es ekelt mich.

Sie raunt leise im Schlaf und bewegt sich, streckt ihren Rücken durch, findet dann meine Arme mit ihren Händen.

„Nate? Alles in Ordnung?" Nur ein leises Wispern, schlaftrunken, und es beschämt mich sofort, sie geweckt zu haben.

„Schlaf weiter, Kleines, alles ist in Ordnung" erwidere ich schnell, doch sie dreht sich bereits zu mir um, windet sich in meinem Arm, bis ihre Wange an meiner Schulter sanft aufliegt. Ihr weiches Gesicht auf meiner Haut ist so tröstend, doch dann schießt es mir wieder durch den Kopf, nackte Haut, ein Mund, der mich zwingt, ich versuche den Gedanken abzuschütteln und stöhne angewidert auf, rücke etwas ab von ihr, um Distanz zu schaffen.

„War es schlimm?" Sie klingt etwas wacher, und ich bereue, überhaupt einen Ton von mir gegeben zu haben.

„Wie immer, schlaf weiter."

Es ist eine Lüge, ich will nicht, dass sie schläft, lange werde ich es nicht mehr ertragen können, werde irgendwann durchdrehen.

Sie spürt es sofort, ich habe einen Punkt überschritten, bald wird es zur Katastrophe kommen. Ich bin am Ende und brauche sie, so wie sie mich zu Anfang brauchte, als sie noch weinte in der Dunkelheit ihrer Gefangenschaft, als sie fast verrückt wurde, nicht akzeptieren konnte, was geschah.

Etwas verändert sich gerade, ich zerbreche langsam, und sie muss nun für mich da sein. Ihr Verstand wird heller, wacher.

„Nate, sprich mit mir, was haben sie getan?“

Sie spürt, wie ich den Kopf schüttle, und greift nach mir. Meine Wangen sind nass, ich weine. Cathy rückt höher, umfasst meinen Kopf, streichelt meine Tränen fort. Wie ein Ertrinkender reiße ich sie an mich, den Kopf auf ihrer Brust, das Gesicht fest an ihr T-Shirt gepresst, schluchze ich wie ein Kind. Cathy hält mich, den Mann, der zum Mittelpunkt ihres Lebens mutiert ist, streichelt mein Haar.

Sie versucht sich zu erinnern, wie er aussah, als er das erste Mal vor ihr stand, damals, lange bevor die Dunkelheit beide erfasste. Für sie war er ein älterer Mann gewesen, Mitte dreißig, ja, er war attraktiv, doch so ein Spießer. Ständig hatte er sie rumkommandiert, ständig den Spaß kaputt gemacht. Sie war siebzehn und wollte auf Partys, ausgehen, und er hatte wie ein Bluthund an ihren Hacken gehangen. Cathy konnte es kaum glauben, als ihre Mutter von einem Bodyguard sprach, bloß weil sie ein paar blöde Briefe bekommen hatte. Meine Güte, sie war eine Schauspielerin, Mona Seasboury, sie hatte für ihre Darstellung der Lena Adams in dem Thriller von Karin Slaughter sogar einen Preis bekommen und nun wunderte sie sich, dass ein paar ausgeflippte Fans genau das mit ihr machen wollten, was sie so bereitwillig in diesen Filmen darstellte. Oh Mann, ihre Mutter. Als Mona ihr den Personenschützer der Sicherheitsfirma vorstellte, Niall Caveron, von dem sie mittlerweile weiß, dass sein richtiger Name Nate ist, hatte Cathy laut gelacht. Er sah aus wie ein MIB, schwarzer Anzug, obwohl es mindestens dreißig Grad heiß war an diesem Tag, dunkle Sonnenbrille, die Ausbeulung eines Waffenholsters unter dem linken Arm und nicht einen Tropfen Schweiß auf dem Gesicht. Sie hatte automatisch auf seine Ohren geschaut und ein kleines gekringeltes Kabel gesucht, wie die vom FBI das immer in den Filmen haben. Mona war ausgeflippt, hatte sie auf ihr Zimmer geschickt, doch er hatte nur die Sonnenbrille abgenommen und mit seinen fast schwarzen Augen auf sie herabgesehen, ohne auch nur einen Muskel in seinem Gesicht zu bewegen. Er war riesig, als er so vor ihr stand, und Cathy war nicht gerade klein und zierlich, mit siebzehn war sie bereits ein Meter achtzig und hoffte inständig, nicht noch weiter zu wachsen. Er sah gut aus, na vielleicht etwas mehr als gut, denn Cathy hatte Monas Blicke gesehen. Seit sie von Vater geschieden war, kamen ihr nur noch attraktive junge Kerle ins Haus. Die meisten waren so blöd, dass Cathy noch nicht einmal vier Sätze mit ihnen sprach, denn nach dreien war klar, dass ihr ein IQ von maximal sechzig gegenüberstand und dümmlich lächelte. Wie MC, Monas derzeitiger Dauerfreund, das aushielt, war Cathy ein Rätsel.

Niall lachte nicht, sah sie nur an, sein hellbraunes Haar war etwas zu lang für einen Bodyguard, wie es auf den Schultern auflag. Zugegeben, irgendwie hatte er etwas an sich, das sie später sogar mochte, auch wenn sie ihn nie richtig kennenlernte, er erzählte kaum etwas über sich selbst, doch wenn er mit ihr redete, war seine dunkle Stimme immer ruhig und weich, das genaue Gegenteil zu Moms aufbrausend-schrillen Wortergüssen. Zugegeben, wenn er nicht wie ein Schatten an ihr gehangen hätte, dann hätte sie sich in ihn verknallen können, doch sein ständiges „Vorsicht“, „Pass auf“, „Tu das und jenes nicht“ machte ihn zu einem Hassobjekt, und für Cathy wurde es eine Art Sport, ihn zu verarschen und abzuhängen.

Hätte sie doch nur auf ihn gehört. Irgendwann änderte sich etwas, er wurde zum Freund, zum großen Bruder, sie vertraute ihm ... Dann passierte es.

„Bitte wein nicht, bitte, Nate, es wird alles gut, ich verspreche es dir."

Genau diese Worte hatte ich auch benutzt in den ersten zwei Wochen in der Dunkelheit, in den Momenten, in denen sie es nicht mehr ertragen konnte, in denen sie schrie und heulte.

Ich werde ruhiger, meine Arme lösen sich von ihr, und ich greife mit beiden Händen meinen Kopf.

Stille, dunkle Stille.

„Nichts wird gut, ich schaffe das nicht noch einmal."

Seine Stimme ist plötzlich so kalt. Noch einmal? Was meint er damit? Sie schluckt ihre Angst, die plötzlich wieder so eisig über ihr liegt. Er dreht sich in ihrem Arm auf den Rücken, und sie tastet nach seinem Gesicht. Seine Hände liegen auf der Stirn und sie ergreift seine Finger, er nimmt ihre Hand, führt sie zu seinem Mund und küsst die Handfläche, legt sie sanft auf seine Wange und seufzt.

Cathy beugt sich vor und küsst ihn zärtlich auf den Mund, ein Kuss wie jeder Kuss, den sie ihm gegeben hatte, nichts Anstößiges liegt darin, nur Hoffnung.

Er greift ihr Gesicht und zieht sie wieder zu seinen Lippen, umspielt ihre Unterlippe, nimmt sie zwischen seine, die Zunge gleitet zärtlich über ihren Mund, bevor er sich öffnet und ihn einlässt.

Sein leidenschaftlicher Kuss dauert nicht lang, er drückt ihren Kopf bestimmt, doch sanft wieder von sich, es kommt ihr vor, als ob er urplötzlich wieder die Gewalt über sich erlangt hätte.

„Was schaffst du nicht noch einmal?", fragt sie verwirrt, denn nie hatten sie diese Grenze überschritten, nie hatten sie sich geküsst oder berührt, wie es Liebende tun würden.

Er hält ihr Gesicht zwischen seinen Händen, lässt die Finger über ihre Wangen, Lippen und Augen gleiten.

„Cathy, weißt du eigentlich, wie schön du bist?", sagt er, und es klingt so endgültig.

Wie eine Ratte kriecht die Angst aus ihrem Magen hoch, ihr Mund wird trocken.

„Was schafft du nicht noch einmal?", fragt sie vorsichtiger und weiß, dass sie die Antwort gar nicht hören will.

„Verstehst du nicht?", kommt es müde von ihm. „Ich weiß, was sie von uns wollen."

„Was?", fragt sie drängend und zieht seine Hände von ihrem Gesicht, sie setzt sich auf, greift nach seinen Schultern und fängt an, ihn zu schütteln.

„Was, Nate, was wollen sie von uns?"

Er schweigt, bis seine Stimme ruhig und kalt durch den Raum klingt: „Etwas, das ich nicht noch einmal ertrage, ohne daran kaputtzugehen."

„Rede mit mir, Nate!" Sie gibt nicht auf.

„Cathy, ich weiß nicht wie!"

Mein Gott, es ist so profan, ich muss es ihr sagen, ich kann mich nicht an sie lehnen, ihre Kraft aufsaugen und sie weiter im Dunkeln lassen.

„Weißt du noch, was du mir ganz am Anfang einmal sagtest? Stell dir vor, alleine hier zu sein. Du willst, dass ich dir vertraue – wie soll ich dass denn, wenn du schweigst und mir nicht vertraust?! Rede mit mir!"

Ich ziehe sie wieder runter zu mir, drücke ihr Gesicht sanft auf meine Brust und streichle ihr Haar.

„Du machst mir Angst, Nate, hat das alles damit zu tun, dass du in einem Zeugenschutzprogramm bist?"

Ich nicke, suche nach Worten, heute ist Tag einundneunzig, doch wenn ich mich nicht verrechnet habe, erst der 17. Dezember. Noch vier Tage – ich muss es ihr sagen.

„Cathy", beginne ich zögernd und breche wieder ab.

„Bitte, bitte rede!“, fleht sie mich an, drückt sich weg von mir und legt mir eine Hand auf die Wange.

„Gut, ich erzähle dir alles, doch es ist keine gute Geschichte, und du wirst danach noch viel mehr Angst haben.“

„Mein Name ist Nathaniel Caim.“ Das ist das erste Mal, dass ich meinen Nachnamen erwähne. „Ich bin nicht nur im Zeugenschutzprogramm, weil ich eine Aussage gegen einen Verbrecher gemacht habe, ich bin Agent beim FBI und ich weiß, was hier passiert, denn ich habe das alles schon einmal erlebt. Vor drei Jahren war ich mit meiner Partnerin undercover auf eine Sekte angesetzt worden, von denen wir vermuteten, dass sie junge Mädchen töten.“ Ich höre förmlich, wie sie nach Luft schnappt, doch ich rede unerbittlich weiter, es muss jetzt alles gesagt werden: „Am 15. Februar 2009 gerieten wir in ihre Hände, sie töteten meine Partnerin vor meinen Augen, ich konnte nichts dagegen tun, dann wurde ich gefangen gehalten, genau wie jetzt in einer Zelle, die dieser aufs Haar gleicht.“

„Was?!“, kommt es leise und entsetzt von ihr.

„Ja.“ Ich drehe mich auf den Rücken, nehme ihre Hand von meiner Wange und halte sie in meiner Hand. „Neunzig Tage Dunkelhaft, alles genau wie dieses Mal.“

„Was passiert, wenn sie dich abends holen, was tun sie?“

„Schreckliche Dinge, frag nicht.“

„Was für Leute sind das?“

„Eine Sekte mit dem Namen Desperate Angels. Weißt du, was eine apokalyptische Sekte ist?“

„Die glauben an den Weltuntergang, oder?“

„Genau, für sie ist dies ein magisches Jahr, 2012, am 21. Dezember soll die Welt sich verändern, manche glauben, dass sie untergeht, und genau das glauben diese Leute. Es sind Verrückte, Wahnsinnige, gefährlich Verrückte. Sie haben bereits neun Menschen getötet.“

„Nate“, ihre Stimme zittert, „wollen sie uns auch töten?“

„Nein.“

„Aber was wollen sie dann von uns?“ Ihr Griff wird fester, als könnte sie damit alles Unglück der Welt von uns fernhalten.

„Sie glauben, dass ich ein Engel bin, ein gefallener Engel – hast du jemals von der Geschichte gehört?“

Ich spüre ein Nicken.

„Wir haben das mal in der Schule besprochen. Die gefallenen Engel, die sich mit Menschenfrauen zusammengetan und Kinder gezeugt haben, hab vergessen, wie die genannt werden.“

„Nephilim“, sage ich. „Ja, und sie glauben, ich bin einer dieser Engel oder ein Nachkomme, vielleicht ein Nephilim, weißt du. Beim letzten Mal haben sie mir auch dieses Tattoo auf meinem Rücken gestochen, den Engel mit meinem Gesicht.“

„Das ist doch Wahnsinn.“

„Ja, das ist es. Die glauben, dass ich die Welt retten kann.“

„Wie denn?“

„Indem ich ein Kind zeuge, mit einer Menschenfrau.“

„Das ist nicht dein Ernst“, quält sie heraus.

„Doch, leider, es ist mein Ernst. Damals, vor drei Jahren, hatten sie ein Mädchen in ihrer Gewalt, sie hieß Tanja.“

Sie unterbricht mich: „War sie auch mit dir in der Zelle?“

„Nein, ich war allein, ich begegnete ihr erst am Ende meiner Gefangenschaft wieder. Der Anführer der Sekte, ein gewisser Ian Shandler, den wir später festnehmen konnten, wollte, dass ich mit dem Mädchen Sex habe. Ich weigerte mich, weißt du …“ Ich merke, dass ich mich anhöre, als suchte ich nach Entschuldigungen. „Sie war erst dreizehn, ich konnte nicht, auch als er androhte, sie zu töten, konnte ich es einfach nicht.“

„Was ist passiert?“ Ihre Hand löst sich von meiner, sie hat sich aufgesetzt, und es ist fast unerträglich, sie nicht mehr zu spüren.

„Er schnitt ihr die Kehle durch.“

Stille.

Sie sagt kein Wort, schwer lastet die dunkle Stille auf mir. Was mag in ihrem Kopf vorgehen … Lange, zähe Minuten, bevor sie wieder redet.

„Und du? Du bist einfach so entkommen?"

Ich denke, dass sie es nicht absichtlich so betont, doch es klingt vorwurfsvoll, eigentlich wollte ich es nicht im Detail erzählen, doch ich habe das Gefühl, mich verteidigen zu müssen.

„Nicht einfach, ich bin fast gestorben, aber jemand hatte die Sekte verraten. Tanjas Vater hatte eine irrsinnige Belohnung ausgesetzt, und so fand sich jemand, der die Sekte verriet. Die Rettung kam für mich im letzten Moment, doch für Tanja war es zu spät."

„Würde sie noch leben, wenn du es getan hättest?"

„Ich weiß es nicht, vielleicht."

„Warum hast du es dann nicht getan, verdammt, warum hast du es dann nicht getan?!"

Sie ist wütend. Ja – warum habe ich es nicht getan?!

„Sie war noch ein Kind, das verstehst du nicht, Cathy, sie war ein Kind!"

„Behandle mich nicht genauso, ich bin kein Kind mehr, ich verstehe das nicht, wenn es um Leben und Tod geht, muss man dann nicht alles versuchen?"

Was soll ich sagen?! Diese Frage habe ich mir so oft gestellt, bis es einmal zu viel war und ich die Packung Digitalis geschluckt habe. Es tritt wieder diese Stille ein, die mich wie eine Decke zu ersticken droht. Ich wünschte, ich wäre tot. Sie rollt sich auf die Seite, abgewandt von mir, ich fühle sie nicht, doch ich höre, dass sie leise weint, sie weiß, was für ein Rolle sie spielen soll, sie weiß nun, was passieren wird. Wenn ich nur für einen Moment geglaubt habe, es ihr einfacher zu machen, habe ich mich geirrt.

Dienstag, 18. Dezember 2012

Tag 92

Ich weiß nicht, wann ich eingeschlafen bin, weiß nicht, wie ich es aushalte, sie nicht zu spüren. Als ich versuche, meinen Arm um sie zu legen, schlägt sie mich rüde weg, und ich drücke mich an die Wand, so weit weg von ihr wie nur möglich. Ein Geräusch weckt mich, Cathy benutzt die Toilette, und dann wird das Frühstück durch den Türschlitz geschoben, wieder ist ein neuer Tag angebrochen, und die Zeit tickt erbarmungslos weiter. Sie geht zur Tür, mittlerweile bewegt sie sich genauso sicher in der Dunkelheit wie ich, sie greift nach dem Essen und kommt zurück zur Matratze. Ich setze mich auf, Cathy stößt mich mit dem Napf an und gibt mir das Essen in die Hand, ich stelle es ab und stehe auf, gehe in die Ecke, wasche mein Gesicht mit Wasser und erleichtere mich, bevor ich wieder zu ihr zurückgehe. Sie sitzt mit dem Rücken an der Wand angelehnt, ich höre sie essen.

„Cathy, ich …"

Sie unterbricht mich: „Nicht jetzt, gib mir ein bisschen Zeit, ich muss darüber nachdenken, bitte."

Ihre Stimme ist wieder sanft, die Wut ist verflogen, sie hört sich so verdammt erwachsen an.

„Okay."

Wir erledigen unsere Routine, trainieren, essen, dann setzt sie ihre Geschichte von gestern fort, ein Buch von Christopher Moore, den Titel habe ich schon wieder vergessen. Es ist eine kluge, komische Story über einen Hofnarren namens Pocket am Hofe König Lears. Doch heute bekomme ich die Worte nicht mit, ich lausche nur auf ihre Stimme und bin dankbar dafür, sie zu hören.

Dann spüre ich ihre Hand, sie greift nach meiner und rutscht näher an mich heran, Gott sei Dank, ist alles, was mir einfällt.

„Nate, sie wollen, dass wir es tun … Ist das der Grund, warum du mich gestern so geküsst hast?"

Ich seufze: „Nein, deshalb nicht."

„Warum dann?"

Sie ist viel zu ruhig bei der Frage. Was soll ich sagen, dass ich gestern alles falsch gemacht habe, dass ich Angst habe, dass ich selbst es nicht weiß?

„Catherine, ich weiß es nicht, es fühlte sich nach Leben an, ein paar Sekunden Leben, weißt du. Ich hab Angst", poltert es dann aus mir heraus, „um dich, um mich, davor, was passiert."

„Ich auch, Nate." Sie greift meinen Kopf und zieht ihn zu sich, drückt ihre Lippen sanft auf meine, nur ganz kurz. „Ich auch", wiederholt sie.

KAPITEL ELF

Donnerstag, 20. Dezember 2012

Tag 94

Nach dem Duschen heute Abend haben sie mich nicht geholt, ich bin wieder mit Cathy in der Zelle. Wir haben die letzten zwei Tage nicht mehr viel über die Sache gesprochen, dennoch spüre ich, dass es in ihr gärt, sie sucht nach Auswegen, die es nicht gibt. Wir finden frische Kleidung auf der Matratze und ziehen uns an, um uns dann hinzulegen. Sie liegt wieder in meinen Armen, ganz nah an mich gedrückt, es ist mir fast zu nah, zu körperlich, doch ich muss zugeben, dass ich die Wärme genieße. Mir war noch niemals im Leben ein Mensch so vertraut wie Cathy. Ich küsse sie auf die Stirn, schließe die Augen, ich spüre, wie sie ihr Gesicht hebt und mich küsst, nicht kurz, nicht vertraut, sondern anders, drängender. Ich drücke sie ein Stück von mir.

„Nicht, Liebes, lass das."

„Warum? Wenn das alles stimmt, was du mir erzählt hast, dann ist es doch genau das, was sie von uns wollen. Ich will nicht, dass es vor all diesen Perversen passiert, lass es uns tun, jetzt, heute Nacht, hier."

„Was?"

„Schlaf mit mir, Nate, es ist das, was sie wollen, schlaf mit mir, jetzt, wir tun es, sagen ihnen morgen, dass es bereits passiert ist, sie können es nachprüfen."

„Ich verstehe nicht?"

Ich weiß nicht, ob ich entsetzt sein soll oder ob sie einfach nur recht hat.

„Ich", beginnt sie, es ist ihr unangenehm, „ich habe es noch nie getan, und als sie mich untersucht haben, hörte ich eine Stimme, die sagte: ‚Sie ist unberührt.' Sie können es also morgen nachprüfen."

„Mein Gott, Cathy, das ist nicht dein Ernst", stammle ich und ziehe sie noch enger an mich.

„Doch, ist es", murmelt sie in meine Schulter.

Sie greift nach meinem Gesicht und streichelt es, dann spüre ich wieder ihre Lippen auf meinen, so warm und sanft. Sie öffnet den Mund, und ihre Zunge liebkost mein Unterlippe, noch zögere ich, doch es fühlt sich so gut an, ich will es und erwidere ihren Kuss endlich. Ich falle, es berauscht mich, es ist so lange her, dass ich eine Frau geküsst habe, und mein Körper reagiert unwillkürlich. Ihre Hände streichen über meinen Rücken, und auch ich greife sanft in ihr Haar, drücke sie noch fester an mich, bis ich sie überall spüre. Ihre Hand streichelt fordernd weiter, sie schiebt sich unter meine Trainingshose, doch ich halte sie auf, löse mich von ihren Lippen.

„Warte … langsam! Willst du das wirklich?"

„Ja", sagt sie leise, „und nicht nur, weil sie es von uns verlangen, ich möchte es mit dir tun, Niall."

Mein Gott, denke ich, will ich das, kann ich das? Doch dann höre ich mich selbst sagen: „Gut, aber lass es uns langsam angehen, überlass es mir, ich werde so sanft sein wie möglich, sag mir einfach, wenn du bereit bist."

Dann küsse ich sie, ihre warmen Hände liegen wieder auf meinem Rücken und warten ab, während ich meine Lippen an ihrem Hals heruntergleiten lasse und langsam ihr T-Shirt ausziehe. Meine Berührungen sind vorsichtig und zärtlich, ich lasse uns Zeit, obwohl meine Erregung immer stärker wird. Ich bin berauscht von ihr, ihrem Duft, ihrer Haut, ihren leisen Lauten, mit denen sie die Lust genießt, die ihr mein Mund bereitet. Ich liebkose ihre Brüste und küsse sie immer wieder leidenschaftlich auf den Mund, sie drückt ihr Becken an meine Erektion und ich halte es fast nicht aus, muss mich bremsen, ein unglaubliches Verlangen überkommt mich, wie ich es noch niemals gespürt habe. Sie zieht ihre Shorts herunter und greift nach meiner Trainingshose, doch ich komme ihr zuvor und streife sie ab, rutsche herunter, um zu vermeiden, dass mein Schwanz ihren nackten Körper berührt, küsse ihren Bauch, ihre Hüften, und meine Zunge wandert weiter zwischen ihre Beine. Sie greift in mein Haar und drückt mich fest an ihr Geschlecht. Sie stöhnt laut auf, als ich mit der Zunge in sie eindringe, ihre Feuchtigkeit schmecke, hochwandere zu ihrer Klitoris. Gott, sie schmeckt so süß, und ein ungeahnter Hunger überfällt mich. Mein Atem geht stoßweise und meine Zunge arbeitet, ich sauge an ihr, lecke, kann nicht genug bekommen, bis sie aufschreit, und ich die Zuckungen ihres Orgasmus mit meinem Mund wahrnehme. Einen Moment verweile ich, lasse sie atmen, es genießen und lege meinen Kopf auf ihren Bauch.

„Niall“, stöhnt sie, „es ist so schön, komm, komm jetzt.“

Meine Hüften pressen sich zwischen ihre Beine, und ich spreize sie weiter, rutsche hinauf und küsse sie wieder. Mein Schwanz drückt hart und fordernd an ihren Oberschenkel, und ich greife ihn mit meiner Hand, reibe ihn sanft an ihrer feuchten, geschwollen Spalte, bis ich die Öffnung finde. Sie stöhnt wieder auf und reckt sich mir entgegen. Ich muss sie haben, ich muss jetzt in ihr sein, langsam schiebe ich meine Eichel in sie und schreie fast auf vor Lust, dann spüre ich den Widerstand und halte einen Moment ein.

„Liebes, es wird jetzt etwas wehtun, nur ganz kurz, dann nicht mehr“, presse ich hervor, doch sie greift unbändig meinen Kopf, und ich spüre wieder ihre Zunge in meinem Mund. Ich stoße zu, vorsichtig, dann stärker, sie zuckt plötzlich und ich gleite tief in sie hinein. „Au", sie zieht die Luft ein, ich bleibe ganz ruhig liegen, bewege mich nicht.

„Geht es wieder?", frage ich nach einiger Zeit, woher ich die Beherrschung nehme, ist mir nicht klar, doch ich rühre mich nicht.

„Ja, liebe mich, Niall, liebe mich."

Ich gleite langsam aus ihr heraus und wieder hinein, stöhne vor Lust, möchte schneller werden, stoßen, beherrsche mich und behalte diesen fast unerträglich sanften Rhythmus bei. Cathy stöhnt wieder, doch es ist diesmal kein Schmerz, sie windet sich unter mir, passt sich meinem Rhythmus an, wodurch ich immer tiefer in sie gleite, es zerreißt mich fast, mein Schwanz ist steinhart, und ich bewege mich fordernder. Sie ist so eng, umschließt mich so warm und nass, ich spüre, wie sie sich immer fester um meinen Schwanz schließt, mich in sich saugt, ich kann nicht mehr, stoße jetzt schnell, jegliche Beherrschung fällt von mir ab, ich will sie jetzt, hart, schnell und tief. Sie stöhnt laut, ist im gleichen Rausch, „Ja! Ja!", höre ich sie zwischen meinen lauten Atemzügen, mein Herz pocht wie wild, noch niemals habe ich solch eine unerträgliche Lust gefühlt. Ich löse mich von ihren Lippen, stütze mich ab und umfasse ihren Oberschenkel, um sie noch weiter zu öffnen, stoße wieder und wieder tief, bis sie aufschreit und ich das Zucken ihres Orgasmus spüre, und dann endlich schlägt die Welle der Lust über mir zusammen, ich komme tief und lange in ihr.

Freitag, 21. Dezember 2012

Sims und Don saßen auf der Rückbank des Ford Explorer, während Mario den Wagen auf den 101 North Richtung Ventura einfädelte, neben ihm Gordon Donnoghou, der telefonierte und ein Auge auf das Navi behielt. Sie waren mit der ersten Maschine aus Washington gelandet.

„Also versuchen wir es mit dem Strohhalm. Wie weit ist es bis Santa Maria?“, fragte Sims und schlürfte den heißen Kaffe aus dem Becher, den sie für sich am Flughafen mitgenommen hatten.

„Etwa drei Stunden, wenn der Verkehr mitspielt, sonst vier“, antwortete Gordon, nachdem er aufgelegt hatte. „Habe gerade mit dem Verwalter der Ranch gesprochen, sie erwarten uns.“

Monica Winter hatte gestern Nachmittag angerufen. Sie waren wieder einmal vollkommen mit ihrem Latein am Ende. Keines der Grundstücke, Häuser und sonstigen Immobilien der Mitglieder hatte etwas gebracht. Nichts, keine Spur. Drei Wochen mit viel Zeit- und Geldaufwand waren im Nichts verlaufen, auch Gab Warell war eine Sackgasse, der Mann existierte nicht. Monica hatte sich mit dem Generalstaatsanwalt getroffen, um ihn über die Situation zu informieren. Don war heilfroh, dass er an dem Briefing, das heute im Oval Office folgen sollte, nicht teilnehmen musste, das lag nun in den Händen von Malbridge, und der war nicht zu beneiden. Die Soko Angel hatte wieder einmal versagt.

Während des Gesprächs fragte Malbridge plötzlich, ob die Ranch in Santa Maria auch überprüft worden sei, was Monica verwunderte, denn sie hatte dort keine Ranch auf ihrer Liste. Es stellte sich heraus, dass die Besitzansprüche auf die Exfrau des Kongressabgeordneten Hunter lief, eines der verschwundenen Mitglieder und wahrscheinlich derjenige, der das weiße Haus auf den Plan gerufen hatte. Jedenfalls erzählte Malbridge, dass sie öfter mit Hunter auf der Ranch waren, um von dort aus Jagdausflüge in den nahe gelegenen Nationalpark zu unternehmen. Hunter hatte scheinbar ein gutes Verhältnis zu seiner Exfrau und nutzte die Ranch immer noch für gesellschaftliche Zusammenkünfte.

„Sims, setzt alles auf eine Karte, fliegt runter, schaut euch um. Nur ihr, kleines Team, eine letzte Chance“, hatte Monica am Telefon gesagt und sie hatten den ersten Flug frühmorgens genommen.

Etwas übermüdet fuhren sie nun den Highway entlang, keiner von ihnen erhoffte sich von dieser Aktion noch sehr viel, doch es war besser, als im Büro darauf zu warten, dass heute Nacht die Welt unterging. Gegen ein Uhr mittags holperten sie endlich die karge Auffahrt zur Ranch hinauf. Es war kein besonders großes Anwesen und verdiente nicht die Bezeichnung Ranch. Früher waren hier einmal Rinder gezüchtet worden, was die weitläufigen Umzäunungen noch andeuteten, doch das Gebäude hatte längst seinen Charme der Fünfziger verloren und war nun aufgepeppt zu einem Möchtegernherrenhaus mit kleineren Anbauten für Gäste. Mario stoppte vor der Tür und der warme Wind wehte eine Staubwolke von den Reifen. Es waren angenehme achtzehn Grad für Ende Dezember, eine willkommene Abwechslung zu dem leichten Schneefall, den sie heute Nacht in Washington gehabt hatten.

Der Verwalter, ein grobschlächtiger Mann, der an einen heruntergekommenen Cowboy erinnerte, begrüßte sie äußerst höflich an der Tür und führte sie ins Haus. John Darrel führte das Anwesen für Hunter und seine Exfrau und war so ganz anders, als der erste Eindruck vermuten ließ. Er führte die vier Agenten in einen kleinen, gemütlichen Raum, der Tisch war gedeckt, und man hatte Mittagessen vorbereitet. Da Sims sich erst einmal ausführlich mit Darrel unterhalten wollte, nahmen sie die Einladung dankend an.

John Darrel war bereits seit zwanzig Jahren auf der Ranch und kannte noch die Zeiten der Rinderzucht. Jetzt besaß das Anwesen nur noch etwa fünfzig Pferde, die zur Zucht gehalten wurden. Er berichtete von den Treffen auf der Ranch, Staatsanwälte, Gouverneure, Kongressmitglieder und manchmal andere Berühmtheiten. Jagdausflüge in den nahen Los Padres Nationalpark. Dort hatte Hunter eine Hütte, nicht groß, in dem verlassenen Ort Camino Esperanto. Seine Jagdgesellschaften bestanden üblicherweise aus nicht mehr als fünf Männern, Darrel und zwei Treibern. Das Jagdhaus war zu klein, als dass man mehr Leute dort hätte hinbringen können, und alles an Verpflegung musste mitgenommen werden, da keine Menschenseele im Umkreis von fünfzig Meilen lebte.

Nach dem Essen bot Darrel an, ihnen das Anwesen zu zeigen, und versicherte ihnen nun schon zum dritten Mal, dass er sich nicht vorstellen könne, dass der Kongressabgeordnete Hunter irgendwie in diese Sektengeschichte verwickelt sein könne, er kenne seinen Chef … Sims versuchte erst gar nicht, ihm diese Überzeugung zu nehmen, es schien ja auch völlig absurd, solange keine entsprechenden Fakten vorlagen.

Bis drei Uhr am Nachmittag fuhren sie über das Gelände, prüften die Stallungen, Wirtschaftsgebäude, Unterkellerungen und sahen sich im Herrenhaus um. Aber es fand sich keine Spur.

Am späten Nachmittag fingen sie an, sich die Dokumente anzusehen. Monica hatte ihnen einen gerichtlichen Durchsuchungsbefehl besorgt, der staatsübergreifend wirkte, doch Darrel hätte auch so nichts dagegen gehabt, er war offen und zeigte ihnen freiwillig alles, was auf der Ranch vorhanden war.

Don wühlte sich durch Korrespondenzen, Urkunden und Rechnungen. Das meiste bezog sich auf Lieferungen für die Ranch und das Jagdhaus.

„Sagen Sie, Darrel, hier ist eine Menge Material nach Camino Esperanto geliefert worden, plante Mister Hunter, das Jagdhaus zu vergrößern?“

Darrel saß in einem Ohrensessel und zog an seiner Pfeife, die er nun in Dons Richtung hielt.

„Ganz recht, Sir, der Boss wollte das Jagdhaus vergrößern, es wird bereits seit zwei Jahren immer mal wieder daran gearbeitet, hatte Großes vor damit. Er sprach auch davon, Esperanto wieder zu einer kleinen Stadt zu machen.“

Sims sah Don überrascht an.

„Was ist so Besonderes an dem Ort, ich meine, hier liegen Rechnungen für über hunderttausend Dollar, was wollte er dort?“

„Tja das weiß ich auch nicht, er meinte, es ist ein magischer Ort, ich hoffe nur, dass das Holz nicht verrottet, was wir bereits dorthin geliefert haben“, erwiderte Darrel kurz und zog genüsslich an seiner Pfeife.

„Vielleicht sollten wir uns das mal ansehen“, meinte Don.

„Das können wir gerne morgen machen“, sagte Darrel lächelnd, „war schon sehr lange nicht mehr dort, wäre gut, wenn ich auch mal nach dem Rechten sehe.“

„Nein, wenn, müsste das schon heute sein“, nuschelte Sims und blätterte weiter in den Ordnern.

„Tut mir leid, Sir, das können Sie vergessen, bis Camino Esperanto sind es zwei Stunden, und wir haben schon sechs Uhr, bei Dunkelheit möchte ich nicht durch die Wälder dort oben.“

„Schon sechs? Verdammt … Gibt es hier ein Motel, das Sie uns empfehlen können, Darrel?“

Darrel stand auf und ging auf Don zu.

„Na das kommt ja gar nicht in Frage, solange ich hier Verwalter bin, geht keiner unserer Gäste in ein Motel. Glauben Sie mir, wir haben genug Platz für Sie vier, und meine Frau Ramona wird sich freuen, Ihnen ein gutes Abendessen zu kochen. Ich sage ihr Bescheid, dann kann sie auch gleich die Zimmer etwas lüften, bevor das Gewitter losgeht." Schon war er schnellen Schrittes aus dem Arbeitszimmer verschwunden.

Don sah Sims an.

„Warum nicht?", meinte dieser.

„Vielleicht können wir doch noch kurz in die Wälder, morgen ganz früh, falls die Welt nicht untergeht."

„Sieht aber ganz so aus", kommentierte Mario und zeigte aus dem Fenster. Über den Bergen des Nationalparks, der von hier gar nicht so weit aussah, hingen schwarze Wolken, und in der Ferne zuckten die ersten Blitze. Schon wehte ein auffrischender Wind durch das gekippte Fenster und blähte die Gardinen auf. Mario schloss das Fenster. „Bin froh, bei dem Wetter nicht nach L.A. zurück zu müssen, da wird heute Nacht ziemlich was runterkommen."

„Sims, sieh dir das mal an!", sagte Don plötzlich und winkte ihn herüber zum Tisch. Vor ihm lag ein aufgeschlagener Aktenordner.

„Eine Lebensmittelrechnung von Anfang August dieses Jahres, sie ist von Hunter abgezeichnet, das meiste Konserven und haltbare Räucherwaren – mit der Menge könntest du eine Kompanie für Monate versorgen."

In dem Moment kam Darrel mit einem Tablett wieder ins Zimmer. Es roch köstlich nach frisch aufgebrühtem Kaffee. Er gab Mario und Gordon jeweils eine Tasse und stellte das Tablett für Sims und Don auf den Tisch.

„Trinken Sie, meine Herren, meine Frau ist nicht nur die beste Köchin im Umkreis von über hundert Meilen, sie macht auch den besten Kaffee! Fragen Sie mich nicht, was sie dazu mixt …", sagte er lachend, setzte sich an den Tisch und nahm sich selbst eine Tasse.

Don griff sich den Kaffee und nahm einen Schluck, er schmeckte wirklich außergewöhnlich gut.

„John, Sie machen doch alle Bestellungen hier und zeichnen sie auch ab, oder?"

„Ja, Sir, das tue ich."

„Was ist mit dieser hier?", meinte Sims und zeigte auf den Ordner.

Darrel erhob sich, setzte seine Lesebrille auf und schaute sich das Dokument an, dann schüttelte er lange und nachdenklich den Kopf.

„Das ist eigenartig ... ich habe das nicht bestellt. So etwas ist noch nie vorgekommen!"

„Dann hat Hunter das selbst gemacht. Haben Sie denn gar nichts von der Lieferung mitbekommen?"

Auch Mario und Gordon waren jetzt zum Tisch herübergekommen, um sich die Rechnung anzusehen.

„Nein, Sir. Das war im August, richtig?"

Don nickte ungeduldig.

„Ramona und ich sind im August immer in Tijuana, bis Ende September, jedes Jahr, seit wir verheiratet sind, und das ist lange. Wieso", fuhr er fort, „hat Hunter das bestellt? Ich wusste gar nicht, dass er im August herkommen wollte, ich weiß auch nicht, wo die Waren geblieben sind, hier jedenfalls nicht."

„Kann er sie vielleicht nach Esperanto geschafft haben?", fragte Sims und schlürfte an seinem Kaffee.

„Sir, das ergibt doch keinen Sinn ... so viele Lebensmittel, wieso ... ja, wenn man dort bauen wollte ... doch das geht nicht um diese Jahreszeit, das Wetter, das gerade aufzieht, ist ganz normal für die Wintermonate, da kann man nicht bauen."

Ein gewaltiges Donnergrollen schlug über das Haus, als ob das Gesagte betont werden sollte.

„Don, denkst du, was ich denke?", fragte Sims.

Anstatt zu antworten, wandte Don sich wieder an Darrel: „John, wann waren Sie das letzte Mal in Camino Esperanto?"

Darrel sah zur Decke und dachte nach.

„Lange her … Wir hatten dieses Jahr keine Jagdgesellschaft, und wenn Mister Hunter alleine kam, bestand er auch darauf, alleine hinaufzufahren. Ich war im August letzten Jahres das letzte Mal in Camino."

Draußen wurde es schwarz wie die Nacht. Die Donnerschläge wurden unterbrochen von hellen Lichtblitzen. Es braute sich ein richtiges Unwetter zusammen.

„Tut mir leid, ich muss kurz rüber zu den Stallungen und nach den Pferden sehen." Schon sprang Darrel auf und verließ sie, was Don nur recht war, so konnten sie endlich frei sprechen.

„Es ist eine Möglichkeit, Sims, mit genug Leuten hätte er bei dem Material bauen können … genügend Unterkünfte, Verpflegung ist ebenfalls da und im Umkreis von fünfzig Meilen kein Mensch. Wir müssen heute noch dahin."

Sims nickte.

„Nicht dein Ernst, oder?", erwiderte Mario hingegen, und schon prallten erste dicke Regentropfen mit gewaltiger Wucht an das Fenster.

„Mario, heute ist der einundzwanzigste, wir müssen heute noch dahin, morgen kann es zu spät sein!"

„Mann, sei doch mal realistisch, schau doch mal da raus! Da bricht gerade die Hölle los, und wenn Darrel, der seit ewiger Zeit hier lebt, es noch nicht einmal bei Dunkelheit wagen will, dann bestimmt nicht bei Dunkelheit und einem Unwetter."

„Was will ich nicht wagen?", fragte Darrel, der gerade wieder ins Zimmer kam und klatschnass war.

„Heute noch nach Camino Esperanto zu fahren", sagte Sims trocken.

Darrel lachte laut auf und schüttelte sich wie ein Hund, der das nasse Fell trocknen will.

„Da hat Ihr Mann ganz recht, ich will es nicht und kann es vor allen Dingen nicht. Der Weg dorthin besteht aus lauter kleinen unbefestigen Straßen, die bei dem Regen einfach weggewaschen werden, da ist kein Durchkommen, selbst wenn ich wollte. Ich ziehe mir nur kurz trockene Sachen an, dann ist das Essen so weit. Vergessen Sie Camino heute Nacht." Schon verschwand er wieder.

„Was ist, wenn Nate und Cathy dort oben sind? Heute Nacht ist es so weit, wenn wir sie retten wollen, muss es heute sein!"

Sims rieb sich die Augen.

„Meine Güte, denkst du, ich weiß das nicht?", gab er scharf zurück. „Was willst du, auf eigene Faust da hochfahren? Du kannst John nicht zwingen – wie wollen wir denn den Weg finden?"

Es stimmte alles, was er sagte, doch Don war angesichts ihrer Machtlosigkeit kurz vorm Explodieren. Endlich hatten sie so etwas wie eine Spur und saßen fest in einem Gewitter, das immer stärker wütete.

Eine kleine, kräftige Frau mit munterem Gesicht kam ins Arbeitszimmer.

„Ich bin Ramona Darrel, freue mich, Sie heute als Gäste zu haben! Das Essen ist angerichtet, bitte kommen Sie, John ist auch gleich bei uns."

Resigniert trotteten sie ihr ins Esszimmer hinterher. Es roch einfach wunderbar, sie hatte große saftige Steaks gebraten und geröstete Kartoffeln mit Salat angerichtet. John kam im selben Moment, als alle sich setzten, wieder. Trotz der misslichen Lage aßen alle mit Appetit, nur Don stocherte in seinem Essen herum.

„John, sagen Sie, kann man nicht die State Troopers alarmieren und mit denen hoch nach Esperanto fahren?"

„Meine Güte, mein Junge, was wollen Sie denn heute Nacht dort oben? Nein, die können Ihnen nicht helfen. Aber selbst wenn die – was ich nicht glaube – bei dem Wetter mit Ihnen fahren würden, Esperanto gehört Mister Hunter, und da es Privatgelände ist, hat kein Trooper dort etwas zu suchen, und das nimmt der Boss ziemlich genau. Nein, nur ich kenne die Route – und ich sage Nein. Wollen Sie nicht endlich darüber reden, was eigentlich so dringlich ist?"

Don sah Sims auffordernd an, der nickte endlich.

„Es ist so, John, ein Freund und Kollege und ein junges Mädchen sind entführt worden, wir denken, dass sie vielleicht dort oben sind. Heute ist der einundzwanzigste Dezember, eine Art Stichtag für die Entführer. Wir müssen annehmen, dass man sie heute Nacht tötet."

Darrel legte sein Besteck auf den Teller und sah Don empört an.

„Sie glauben, Mister Hunter hat etwas damit zu tun? Niemals, hören Sie?!" Dann nahm er das Besteck wieder auf und schnitt mit versteinerter Miene sein Steak.

„John", mischte sich Ramona ein, „ich weiß, wie sehr du ihn verehrst, doch du hast selbst gesagt, dass er sich in den letzten Jahren verändert hat … Ich möchte, dass du das Gesagte wenigstens in Erwägung ziehst."

Es war sehr emotionslos, wie sie das sagte, eher wie eine ganz normale Unterhaltung, doch sofort wurde Johns liebenswertes Gesicht wieder weicher, und er schenkte ihr einen langen Blick.

„Nun gut, nehmen wir einmal an, dass Mister Hunter irgendetwas damit zu tun hat; es stimmt, er hat sich verändert und ist nicht mehr der Mann, den ich so lange zu kennen glaubte. Doch das ändert nichts an den Fakten: Bei dem Wetter ist kein Durchkommen, glauben Sie mir, selbst wenn es um Leben und Tod geht, solange das Gewitter tobt, können wir nicht los. Vielleicht haben wir Glück, und es zieht weiter in einer oder zwei Stunden, dann können wir noch mal darüber reden."

„Danke, John", sagte Sims. „Beten wir, dass es vorüberzieht."

Sie saßen nach dem Essen vor dem Kamin und rauchten. Jeder war unruhig und schwieg vor sich hin, selbst Darrel.

Es war bereits neun Uhr, das Gewitter hatte nachgelassen, doch es regnete immer noch ausgiebig. Sims zog sein Handy hervor, er bekam immer noch keinen Empfang, aber er hatte eine SMS, die Nachricht musste irgendwann in den letzten zehn Minuten angekommen sein, während des kurzen Moments, in dem sich ein Netz aufbaut hatte. Er ging in seine Inbox und sah, dass die Nachricht bereits um achtzehn Uhr dreißig abgeschickt worden war. Ein kurzer Text: *Checken Sie ihre E-Mails, schnell.* Kein Absender, und die Nummer wurde seltsamerweise nicht angezeigt.

„John, haben Sie einen Computer hier?"

Darrel nickte, doch wandte er ein: „Ich befürchte, wenn Sie mit den Handys keinen Empfang haben, dann funktioniert das Internet auch nicht, tut mir leid. Das ist hier so, wir müssen warten, bis der Regen vorbei ist."

„Funktionieren die Telefone?"

„Die Landline bestimmt, kommen Sie."

Sims folgte ihm wieder in das Arbeitszimmer, in dem immer noch die Aktenordner verstreut lagen, nahm den Apparat und hielt sich den Hörer ans Ohr. Dann nickte er, gab ihn Sims und verließ das Arbeitszimmer, als Don hereinkam.

„Was ist los?"

Sims wählte und hielt Don sein Handy mit der SMS hin.

„Hallo Monica, sorry, dass ich Sie störe. Hören Sie, Sie haben doch bestimmt einen Laptop bei sich zu Hause … Gut … Ja, gehen Sie bitte in meine Mails, ich gebe Ihnen nun den Zugangscode für die FBI-Datenbank … Ja, ja, ich weiß, es ist dringend und ich sitze hier fest … Ja, immer noch in Santa Maria, wir sind auf was gestoßen, doch erst muss ich meine Mails checken, ich erzähle es Ihnen dann."

Sims wartete eine Weile, dann reagierte er wieder, sie war wohl drin.

„Also … das ist mein Passwort … Ja, tippen Sie, dann gehen Sie in meine Inbox, suchen Sie nach etwas, das heute Abend angekommen ist, ich nehme an, mit einer ungewöhnlichen Adresse … Okay, ich warte."

Don stand dicht bei Sims, der den Hörer jetzt ein wenig vom Kopf entfernt hielt, damit Don zuhören konnte.

„Sims, da ist was von einem Unbekannt als Absender."

„Worauf warten Sie? Öffnen Sie sie und lesen Sie sie vor, schnell."

Es dauerte einen Moment, dann hörten sie Monica wieder: „Ich glaub das nicht, Sims, das ist bestimmt von Gab Warell, hören Sie:

Von: Unbekannt
An: J. McSimmens
21. Dezember 2012, 18:35 Uhr

Sie machen es mir schwer, Sie zu erreichen. Hören Sie gut zu, Sims, wenn Sie das Mädchen retten wollen, müssen Sie um Mitternacht in der Kirche von Camino Esperanto sein. Kommen Sie zu spät, muss ich sie auch töten. Beeilen Sie sich.

Gabriel

PS: Vergessen Sie Caim, er ist verdammt und ich schicke ihn zur Hölle.

„Mein Gott, Sims, was bedeutet das, wo ist dieses Camino Esperanto, das hört sich spanisch an, in Mexiko?", fragte sie in einem Atemzug.

„Nein, es ist hier, zwei Stunden von Santa Maria entfernt. Hören Sie, Monica, alarmieren Sie das FBI-Büro von L.A., sie müssen uns Leute hierherschicken auf die Ranch, ein SWAT-Team mit Geländewagen, es ist ein unzugängliches Gebiet, die State Troopers sollen sie so weit wie möglich bringen. Wir fahren jetzt los, wenden Sie sich an Ramona Darrel, egal, welches Wetter wir haben, mit Glück schaffen wir es." Schon hatte er aufgelegt. Hastig drehte er sich zu Don um und sagte: „Komm!"

Sie eilten ins Esszimmer und zerrten Darrel aus seinem Sessel.

KAPITEL ZWÖLF

Freitag, 21. Dezember 2012

Tag 95

Ich habe seit Jahren nicht mehr so tief geschlafen, erst als sich die Klappe an der Tür öffnet und unser Frühstuck hereingeschoben wird, blinzele ich das erste Mal mit den Augen.

Cathy liegt ruhig in meinem Arm, atmet tief und regelmäßig, wir sind immer noch nackt, und ich kann die Wärme ihres Körpers bis in mein Innerstes fühlen. Was ist gestern nur mit uns passiert? Ich empfinde plötzlich eine tiefe, innige Liebe für das Mädchen, diese junge Frau, dass es schon fast schmerzlich ist, ein Glück, das schmerzlich ist. Ich suche nach Gefühlen, allen außer dem Glück, das mich so sehr umhüllt, doch da ist nichts, keine Angst, keine Sorge und keine Trauer. Mein Gott, ist das Liebe?

„Liebes, wach auf", sage ich leise und streichle ihr Gesicht.

Sie regt sich ein wenig und seufzt kurz.

„Guten Morgen", kommt es verschlafen von ihr.

„Guten Morgen." Ich küsse sie auf den Mund. „Gut geschlafen?"

„Ja." Sie streckt sich und umarmt mich dann sanft, um mich wieder zu küssen. „Niall", beginn sie, doch ich unterbreche sie:

„Nate, ich heiße Nate."

„Nate, ich liebe dich."

So einfach ist das also, es einfach aussprechen, soll ich es ihr auch sagen, darf ich es ihr sagen?

„Komm, wir sollten aufstehen und uns darüber unterhalten, was wir heute Abend tun", ist stattdessen meine Antwort.

Doch sie lacht nur ein kleines bisschen.

„Hey, hast du nichts vergessen?"

„Ich liebe dich, Cathy."

Es ist so einfach und es fühlt sich gut an, es zu sagen.

„Schon besser!"

Sie rollt sich aus meinem Arm und steht auf, der Tag beginnt, und es ist für uns nicht mehr so wichtig, wie er enden wird.

Seit einer Stunde ratterte der alte Pick-up über die schlammige kleine Straße, die sich nur Forest Road nannte. Sims hatte Darrel verflucht, dass er darauf bestanden hatte, den alten Pick-up zu nehmen anstatt des Explorers, mit dem sie von L.A. hergekommen waren. Auf dem Maricopa Highway war er geschlichen, obwohl die Straßen nicht überschwemmt waren, doch jetzt auf der schlammigen Teerstraße erwies sich das Ungetüm als wesentlich besser. Mit dem Explorer wären sie aus dem Rutschen nicht mehr herausgekommen, doch der Pick-up lag wie ein Brett und fräste sich Meile um Meile weiter. Mario und Gordon saßen hinter ihnen eingequetscht auf den Notsitzen, die gerade mal für einen der beiden gereicht hätten, doch sie hielten tapfer durch. Don saß zwischen Sims und Darrel und hielt sich unermüdlich am Armaturenbrett fest. Um elf Uhr erreichten sie endlich die offizielle Zufahrt zum Nationalpark, John bog rechts ab in ein Waldgebiet, und die geteerte Straße wechselte nun in einen schmalen Waldweg. Der Boden durch und durch aufgeweicht, Gott sei dank hatte der Regen nachgelassen, doch ein zweites Gewitter schien sich bereits über ihnen zusammenzubrauen, entfernt war schon wieder Donnergrollen zu hören. Das Getriebe krachte verdächtig, als Darrel den Vierradantrieb einlegte, doch er wusste, was er tat, und, auch wenn sie manches Mal gefährlich auf die dunklen Nadelbäume zurutschen, er schaffte es immer wieder, den Wagen auf dem Weg zu halten.

Wenn es nötig gewesen wäre, hätte Sims Darrel mit vorgehaltener Waffe gezwungen, hier heraufzufahren, doch nachdem er ihm von der Mail erzählt hatte, war er sehr schnell bereit gewesen aufzubrechen. Nur was den Wagen anging, war er absolut unnachgiebig gewesen. Zum Glück, dachte Sims jetzt.

Darrel hatte schnell eine Art Schneeketten auf die Ladefläche geschmissen und Matten dazugelegt, sich sein Kleinkaliberjagdgewehr geschnappt, und schon waren sie unterwegs. Bis hierher hatte er geschwiegen, er konzentrierte sich auf die Straße, auch die Agenten sagten kein Wort.

„Es ist besser, als ich dachte, die Wurzeln halten das Erdreich", meinte er.

„Ja", kommentierte Sims beiläufig, „meinen Sie, wir schaffen es bis Mitternacht?"

„Wenn wir am Camino Peek nicht stecken bleiben, dann sind wir in einer Stunde da. Ich sage Ihnen, so bin ich hier noch nie hochgerast."

„Was ist der Camino Peek?", fragte Don.

„Ein Flusslauf, es gibt keine Brücke, normalerweise steht das Wasser dort einige Zentimeter hoch, Geröll, man kann es gut durchfahren, doch heute Nacht ist so viel Wasser den Berg heruntergekommen, das kann ein reißender Fluss sein, wenn wir Pech haben", antwortete Darrel trocken.

Es ging nun bergab, und der Pick-up brach immer öfter aus. Hier standen die Bäume nur vereinzelt, und zu ihrer Rechten wurde der Abhang immer steiler, Wasserbäche schossen über den Weg und hatten große Löcher ausgespült. Sie wurden durchgeschüttelt und manchmal sprang der Wagen in die Höhe, denn Darrel nahm das Tempo nicht zurück, befürchtete, im Morast stecken zu bleiben. Fünfzehn Minuten später standen sie am Flusslauf. Aus dem Rinnsal, das er beschrieben hatte, war tatsächlich ein ansehnlicher Fluss geworden. Sie konnten im Scheinwerferlicht den Weg auf der anderen Seite sehen, der wieder leicht anstieg, doch das Wasser strömte hüfthoch von den Bergen herab.

„Scheiße, Scheiße, Scheiße!“, entfuhr es Sims heftig. „Was jetzt?“

Darrel sah ihn kurz an, dann grinste er und gab Vollgas, sie schossen so schnell in den Fluss, dass Don beim ersten Aufprall mit dem Wasser seinen Kopf am Armaturenbrett anschlug und einen Schrei losließ, Darrel gab jedoch weiter ungerührt Gas, und der Pick-up wälzte sich voran, Meter für Meter. Sie hatten fast die andere Uferseite erreicht, als die Räder durchdrehten.

John rührte im Getriebe, versuchte den Rückwärtsgang, dann wieder vorwärts, doch der Wagen fraß sich immer tiefer fest, dabei waren es höchstens noch vier Meter. Sehr langsam drückten die Wassermassen den Wagen seitlich ab. Der Lärm der gegen die Beifahrertür prallenden Wassermaßen war ohrenbetäubend.

„Darrel! Was jetzt?!“, schrie Sims durch den Lärm.

„Schnell, die Seilwinde! Sehen Sie den Baum dort?“ Er zeigte auf eine massive alte Eiche, die direkt am Flussbett stand. „Sie müssen raus, legen Sie das Seil um den Baum und haken Sie es ein, dann kann ich den Wagen ranziehen.“

Sims kletterte bereits über Don und Darrel, der die Fahrertür aufgedrückt hatte, Gordon quälte sich von hinten über den Vordersitz und sprang nach Sims ins Wasser. Sie schleppten sich am Wagen zur Front, das Wasser war eiskalt und hatte eine Menge Kraft. Sims war froh, Gordon bei sich zu haben, sie zogen das schwere Kabel aus der Spule und wateten Arm in Arm auf das Ufer zu. Gordon rutschte und tauchte unter, dabei wurde er einige Meter flussabwärts gespült, aber Sims hielt zum Glück immer noch das Seil und zog ihn daran zurück. Don sah alles vom Inneren des Wagens aus und staunte, wozu der ältere Mann noch fähig war. Endlich erreichten sie das Ufer, schlangen das Stahlseil um die Eiche und hakten es ein. Sofort schaltete Darrel die Winde ein und gab Gas, der Wagen schlingerte hinten nach rechts und links aus, doch dann kamen sie Stück für Stück dem Ufer näher.

Darrel schaltete die Heizung auf Hochtouren, und Don sprang zu Mario auf den Rücksitz, als Sims und Gordon schlotternd vor Kälte wieder in den Wagen stiegen, während Darrel das Stahlseil der Winde vom Baum löste und wieder einzog.

Krachend legte er den Gang ein und schlingerte die leichte Anhöhe herauf. Die Zeit lief ihnen davon. Es war bereits halb zwölf – sie hatten eine Viertelstunde verloren mit der Aktion.

Das Abendessen ist lange vorbei, nichts passiert, sie holen uns nicht. Was ist los? Wir sitzen schon seit Stunden nebeneinander auf der Matratze und halten uns bei der Hand.

„Warum kommen sie nicht?", fragt Cathy.

„Keine Ahnung ... Vielleicht ist es noch zu früh, solche Rituale finden um Mitternacht statt, es kann höchstens zehn Uhr sein."

Sie drückt meine Hand etwas fester.

„Hast du Angst?"

„Nicht, wenn du bei mir bist."

Es klingt nicht ganz so überzeugend, denn ihre Stimme ist nicht mehr so fest, wie es den ganzen Tag der Fall war. Ich löse meine Hand, lege meinen Arm um sie und ziehe sie zu mir heran, um sie zu küssen. Ihre Arme legen sich um meinen Oberkörper. Sie ist so wunderbar, am liebsten würde ich jetzt wieder mit ihr schlafen.

„Es wird alles gut, Liebes."

Wir zucken beide unwillkürlich zusammen, als die Tür aufgeht. Da sind sie also, das Licht grell, und wie immer decken wir unsere Augen ab, stehen auf, alles wie immer, die Augenbinde, und dann führen sie uns. Auch heute landen wir im Badezimmer, man lässt uns allein.

Cathy zieht sich aus und geht in Richtung Dusche.

„Wollen wir zusammen duschen?“, fragt sie etwas zaghaft, doch ich schüttle den Kopf.

„Führe mich nicht in Versuchung ... Nein, das ist jetzt keine gute Idee. Ich verspreche, wir holen das nach.“

An einem Nagel hängen schwarze Samtkutten, und ich mache Cathy darauf aufmerksam. Sie nickt und dreht das Wasser auf.

Während sie unter der Dusche steht, rasiere ich mich. Beim Blick in den Spiegel bin ich verblüfft, meine Augen strahlen hell in einer Bernsteinfarbe, die ich so durchdringend noch nicht bei mir gesehen habe, kein Schimmer von dem dunklen Blau ist mehr vorhanden. Als ich gerade unter die Dusche will, legt Cathy die Arme von hinten um mich und blickt über meine Schulter in den Spiegel. Sie lächelt.

„Du hast goldene Augen, Nate, das ist schön.“

Ihr scheint wirklich nichts mehr Angst zu machen. Obwohl ich ihr nie etwas von meiner Melaninanomalie gesagt habe, scheint sie es nicht für unnormal zu halten, dass meine Augenfarbe plötzlich so anders ist.

Ich muss sie einfach im Spiegel betrachten, ihr Haar steht nicht mehr stoppelig ab, es ist gewachsen und liegt nun leicht wellig um ihr Gesicht, sie sieht wundervoll aus, eine Frau, und in diesem Moment bin ich davon überzeugt, dass sie meine Frau ist.

Ich drehe mich um, küsse sie flüchtig und verschwinde unter der Dusche. Kaum bin ich abgetrocknet und trage diese alberne Kutte, geht die Tür auf.

Dieses Mal tragen die Männer keine Masken, was bei mir ein ungutes Gefühl hervorruft, zu sehr FBI-Agent, um zu ignorieren, dass wir sie nun identifizieren können. Einer von ihnen kommt mir irgendwie bekannt vor, es muss einer von Ian Shandlers Söhnen sein, ich hatte ein Bild von ihm gesehen und erinnere mich an den Bruchteil einer Sekunde in Gregorys Appartement, bevor der Taser mich traf.

Sie nicken uns zu. Cathy ergreift meine Hand.

„Es wird Zeit“, sagt der andere, und keine Bedrohung liegt in seiner Stimme.

Wir folgen dem Mann, der gesprochen hat und der mir unbekannt ist, Hand in Hand durch die Gänge, hinter uns Shandlers Sohn. Als wir die erste Tür durchschreiten, fällt mir auf, dass die Betonmauern verschwunden sind und die Wände jetzt aus grob gezimmerten Holzplanken bestehen. Der Weg steigt langsam an, nur matte Glühbirnen erleuchten den Gang. Wieder eine Tür. Noch bevor sie aufgemacht wird, höre ich den Sprechgesang, Cathy sieht mich an und ich lächle ihr ermutigend zu.

„Darrel, um Gottes Willen, drücken Sie drauf, wir schaffen es nicht!“, schreit Don von hinten durch das Donnergrollen, das in den letzten Minuten immer lauter geworden ist, es blitzt auch wieder, dass einem angst und bange werden kann.

„Mehr geht nicht! Sehen Sie, da vorne, das gibt's doch nicht, da brennt Licht, da ist jemand!“

Sie müssen die Augen zusammenkneifen, um den winzigen Lichtschein auf der Waldlichtung zu sehen. Es mögen noch etwa sieben Kilometer sein. Darrel rumpelt auf dem Weg weiter, dann bricht der Regen los, von einer Sekunde auf die andere schüttet es wie aus Eimern, das Wasser klatscht auf die Frontscheibe, und der Scheibenwischer kann dem Wolkenbruch kaum etwas entgegensetzen, ein irrsinnig greller Blitz schlägt über die Lichtung, und im gleichen Moment donnert es, dass sie zusammenfahren. Darrel nimmt das Gas weg, öffnet das Seitenfenster und steckt seinen Kopf heraus. Augenblicklich weht der Wind die großen kalten Regentropfen in sein Gesicht und ins Wageninnere. Keiner protestiert, denn sie selbst sehen, dass es nichts mehr zu sehen gibt, über die Frontscheibe rollt eine stetige Wasserwelle, die von den altersschwachen Wischern nur noch besser verteilt wird. Sims und Gordon stemmen sich hart am Armaturenbrett ab, selbst Don verkrallt sich im Vordersitz, denn alle erwarten, in der nächsten Sekunde gegen einen der großen Laubbäume zu knallen.

Darrel tut einfach nur sein Bestes, er ist großartig, schafft noch fünf Kilometer, dann bricht der Wagen endgültig hinten aus und rutscht, wenn auch sanft, in eine der Erdmulden, die das Wasser neben dem Weg ausgespült hat. Er versucht erst gar nicht, den Wagen herauszubekommen, stellt den Motor ab und schaltet das Licht aus.

„Endstation, von hier aus müssen wir zu Fuß weiter. Sims, greifen Sie mal unter den Sitz, da müssten ein paar Regenjacken liegen, die hab ich immer dabei für unsere Jagdgäste. Im Handschuhfach ist eine große Taschenlampe, die brauchen wir."

Dankbar ziehen sie die Jacken über. Gordon und Sims sind immer noch klatschnass, die Heizung hat nicht viel daran ändern können.

„Los geht's", sagt Darrel entschlossen.

Don ist fasziniert von dem Mann – ein einfacher Verwalter, der hier in den Bergen jedem FBI-Mann den Rang abläuft.

Sie springen in den Matsch und folgen Darrels Lichtstrahl. Trotz des prasselnden Regens können sie die erleuchteten Fenster eines Gebäudes erkennen, es ist höchstens einen Kilometer entfernt.

„Das ist die alte Kirche von Camino", schreit Darrel. „Als ich das letzte Mal hier war, standen nur noch die Grundmauern, sie ist wieder aufgebaut worden." Er stoppt kurz und sieht zu Sims. „Was ist hier nur im Gange?"

„Ich wünschte, ich wüsste es", gibt Sims resigniert zurück und klopft Darrel auf die Schulter.

Wie ich vermutet habe: eine Kirche, doch wesentlich kleiner als die, in der ich damals stand. Kutten, dicht gedrängt nebeneinander, es sind sehr viele Gestalten und sie leiern ihren Singsang herunter.

Wir stehen erhöht und werden sukzessive vom Shandler-Sohn weitergedrängt, ein paar Stufen unter uns ein hölzerner Altar, mit einem Samttuch halb verdeckt, überall brennen Kerzen. Cathys Hand schließt sich noch fester um meine, die Atmosphäre ist gespenstisch, und mir läuft eine Gänsehaut den Rücken hinunter.

Vor dem Altar, der erhöht vom Kirchenschiff liegt, steht eine Gestalt in roter Kutte, der neue Meister. Er winkt uns heran, zieht seine Mütze vom Kopf, und ich blicke in das Gesicht von Ian Shandlers ältestem Sohn, hinter ihm eine vermummte kleinere Person, wahrscheinlich die Mutter. Wir gehen gemeinsam runter zum Altar und lassen unsere Hände nicht los, was der Meister mit einem leichten Argwohn betrachtet.

Auf sein Handzeichen verstummte die Menge.

Mit lauter Stimme, die aber weder die Autorität noch im Entferntesten die Bedrohlichkeit seines Vater hat, fängt er an zu sprechen, seine Worte henochisch, es sind dieselben Worte, die Ian Shandler an mich gerichtet hatte im Verhörraum:

„Der Beweis ist angetreten, du bist aus direkter Linie der Wächter, und dein Blut muss sich regenerieren zum Wohle einer neuen Weltordnung. Wir, die Bruderschaft der Verzweifelten Engel, werden nicht aufgeben, bis deine Aufgabe erfüllt ist. Du kannst deinem Schicksal nicht entfliehen, wir werden dich finden, wo auch immer du hingehst, wo auch immer du dich befinden magst. Vor Seinen Augen wirst du dein Blut weitergeben und die Apokalypse abwenden."

Seine Anhänger quittieren die Worte mit einem huldvollen Gemurmel, und ich kann es gar nicht verhindern, ich schüttle unwillkürlich den Kopf. Cathy sieht mich fragend an, doch ich schweige und warte.

„Wie du siehst, wir haben dich gefunden. Bist du nun bereit, hast du dir die richtige Frau ausgesucht, bist du bereit?“ Ein beschwörendes Tremolo, in seinen Augen glitzert der Wahnsinn.

Ich legte einen Arm um Cathy und ziehe sie an mich, dann erst antworte ich: „Ja, sie ist die Richtige“ – ein freudiges Leuchten legt sich auf sein Gesicht, bevor ich meinen Satz beende – „doch ich habe mein Blut bereits weitergeben, es ist vollzogen, es gibt keinen Grund, das hier und heute zu wiederholen.“

Jetzt starrt er uns an, Überraschung und Ärger in seiner Miene, das hat ihn völlig aus dem Konzept gebracht.

„Was sagst du?“, fragt er unsicher, als ein Vogel im Gebälk krächzt, der schwarze Vogel, der, der sich beim letzten Mal vor meinen Augen in den Engel verwandelte.

„Ich sagte, es ist bereits vollzogen“, wiederhole ich mich und wähle diesmal meine Worte mit Bedacht.

„Es stimmt, was er sagt, prüft es, wenn ihr uns nicht glaubt.“ Es ist Cathy, ihre Stimme überraschend fest und sie sagt genau das, was ich ihr eingeschärft habe.

„Ihr lügt! Willst du, dass ich sie auch töte?“

Panik erfasst mich, und dann tue ich etwas, das mit nichts zu erklären ist, ich richte meinen Blick auf den Vogel im Querbalken des Schiffes und schreie ihn an: „Prüft es, wenn ihr uns nicht glaubt! Es ist vollzogen, mein Blut hat sich bereits regeneriert mit dieser Frau, prüft es!“

Die Drossel flattert, schwebt herunter und fliegt einen Kreis durch das Mittelschiff, bevor sie auf dem Altar landet. Die Menge wird unruhig, bis der Meister sie wieder mit einem Handzeichen zum Verstummen bringt.

Cathy legt ihre Hand auf meine Brust und sieht mir in die Augen, fragend, sie versteht nicht, was ich gesagt habe. Ich habe nicht bemerkt, dass ich mich dieser seltsamen Sprache bemächtigt habe, meine Worte waren auf Henochisch gesprochen, ohne dass ich nur eine Sekunde darüber nachgedacht hätte.

Wieder ein Wink des Meisters, dabei beobacht er den Vogel, der immer noch still auf dem Altar sitzt. Die kleine Gestalt kommt auf uns zu, sie wendet sich an Cathy: „Komm mit mir", eine Frauenstimme.

Ein wenig furchtsam sieht sie mich an, geht dann aber doch mit, nachdem ich ihr zugelächelt und den Kopf zu einem Nicken gesenkt habe. Die beiden verschwinden durch dieselbe Tür, durch die wir hereingekommen sind.

Kaum steht sie nicht mehr neben mir, fehlt mir etwas Lebenswichtiges, die Sekunden verrinnen wie Ewigkeiten. Dieser verfluchte Vogel fixiert mich die ganze Zeit, lässt mich nicht aus den Augen, unaufhörlich prasselt der Regen auf das Holzdach der Kirche, über uns kracht ein Donnerschlag und das Fenster hellt sich kurzfristig auf von dem Blitz, der irgendwo lautstark einschlägt. Die ganze Situation ist absurd, bizarr, ein Schauderstück aus einem Horrorfilm.

„Meister, die Zeit, wir haben keine Zeit mehr!", durchbricht eine Stimme meine Gedanken, es ist Shandlers jüngerer Bruder, es muss also fast Mitternacht sein.

Die Drossel lässt ein ungnädiges Krächzen hören, sofort hebt der Meister die Hand und blickt auf seinen Bruder hinter mir.

„Sei still!", herrscht er ihn an.

Endlich öffnet sich die Tür und die Kapuzengestalt eilt auf ihn zu. Cathy steht neben mir und umarmt mich, ich streichle ihre Wange.

„Alles okay?", frage ich leise.

Sie nickt kurz.

Die Frauengestalt flüstert ihm etwas zu, der Meister hebt beide Hände.

„Es ist wahr, es ist vollbracht."

In der Kirche brandet sofort ein Jubelgeschrei auf, und ich könnte schwören, ein zufriedenes Glänzen in den Augen dieses verdammten Vogels zu sehen.

Dann bricht die Hölle los.

Die fünf Männer quälen sich durch den Matsch, der Regen bläst ihnen in Windböen entgegen, das Gewitter hat seinen Höhepunkt erreicht, der Lärm ist kaum auszuhalten und man könnte meinen, die Himmelspforten hätten sich geöffnet. Sie kommen nur langsam voran, als hätten sich die Elemente gegen sie verschworen, keine fünfhundert Meter mehr bis zu der Kirche, sie können sehen, dass Wagen vor dem Eingang geparkt sind, weitere Häuser im Hintergrund, Häuser, die Darrel noch nie zuvor gesehen hat. Der alte Friedhof neben der Kirche leuchtet unheimlich im Licht der Blitze. Der Matsch ist mittlerweile knöcheltief und scheint sie festzuhalten, während der Wind sie zurückzudrängen versucht. Sims rutscht aus und fällt der Länge nach, Don kämpft sich zu ihm durch und zieht ihn hoch. Gordons und Marios massige Körper kommen am besten voran, Darrel, Don und Sims versuchen sich nahe hinter ihnen zu halten, kämpfen sich Schritt für Schritt weiter auf die Kirche zu. Es sind kaum noch hundert Meter, als plötzlich ein Blitz auf der Lichtung einschlägt, Sekunden später bricht ein das Gewitter noch übertönender Lärm aus, er kommt aus der Kirche, Geschrei von Menschen, Gepolter, Lichtblitze aus dem Inneren. Irgendetwas Schauerliches geht darin vor, die Schreie sind die von Sterbenden, es ist grauenvoll. Sie erstarren und blicken wie gebannt auf das Gebäude, dann beginnt Don zu rennen und die anderen folgen ihm.

Der Schmerzensschrei eines Menschen, ein Tumult entsteht weiter hinten in der Kirche, meine Güte, es spritzt Blut und die

Gestalten drängen und rempeln sich gegenseitig beiseite, um zu fliehen. Ich ziehe Cathy automatisch mit mir weiter hinten an die Wand. Einer der Vermummten hebt ein Schwert und lässt es auf die Menschen niedersausen, Gott, er metzelt sich durch die Menge der Fliehenden, das Blut spritzt gegen Wände, gegen Kirchenbänke, Menschen fallen, abgetrennte menschliche Teile fliegen durch die Kirche. Cathy fängt vor Entsetzen an zu schreien, ich drehe sie zu mir, drücke ihre Gesicht fest an meine Brust, damit sie dieses Schlachten nicht weiter sehen muss. Mittlerweile schreit die Menge wie mit einer einzigen Stimme, sie zerren an den Türen, die nicht nachgeben, und immer wieder fährt das hell leuchtende Schwert auf sie nieder, ein kalter, bläulicher Glanz geht von ihm aus. Ich möchte mich abwenden, doch kann nicht, starre wie gebannt auf die große Gestalt, die sich ihren tödlichen Weg zum Altar bahnt.

Sein Kopf blickt umher, während er immer wieder mit tödlichen Hieben auf die Körper eindrischt, die ihm seinen Weg versperren, dann hält er inne, ich spüre seine Augen auf mir und Cathy, auch wenn sein Gesicht immer noch von der Kapuze verhangen ist.

Er will uns, ich spüre es förmlich.

Die Drossel breitet plötzlich ihre Flügel aus und schreit über den Lärm hinweg, ein hässlich kratzendes Geräusch, und es scheint, der Vogel will sich jeden Moment auf den Kämpfer stürzen.

Er wendet seinen Blick von uns auf den Vogel, greift mit seiner Hand die Kapuze und zieht sie langsam herunter. Ein unglaublich blasses Gesicht, verschwommen, fast ätherisch und von dem gleichen bläulichen Licht umrahmt wie auch sein Schwert, das er hoch in die Luft hält. Die Gesichtszüge sind schön, doch zornig, langes blondes Haar fällt über seine Schultern, mein Gott, ich kenne ihn! Es ist der Agent, der mir in

Dons Büro gedroht hatte, doch sein Haar war kürzer und das Gesicht das eines Menschen – doch das ist diese Gestalt hier ganz bestimmt nicht.

Er richtet sein Schwert in unsere Richtung, aber sein Blick heftet sich fest auf dem Vogel, dann spricht er, und die Worte hallen schmerzhaft durch die Kirche: „Sie müssen sterben, das weißt du."

Ich halte intuitiv meine Hände auf Cathys Ohren, will sie schützen vor den Worten, die meinen Kopf physisch zu erreichen scheinen, ich spüre, wie meine Nase heftig anfängt zu bluten, und sehe, dass es den wenigen der Sekte, die noch stehen, genauso geht, doch sie fallen wie von unsichtbarer Hand niedergemäht, alle.

Mein Kopf droht zu zerplatzen und ich rutsche mit Cathy an der Mauer herunter auf den Boden. Sie wimmert und ich öffne meinen Mund, kann nur murmeln: „Gott, lass sie nicht sterben, Gott, lass sie nicht sterben …", wie ein Mantra wiederhole ich diesen Satz. In dem Moment erhebt sich der Vogel vom Altar, in der Luft stehend wird der schwarzflügelige Engel aus ihm, seine mächtigen Schwingen ausgebreitet, die dunklen Augen zornig funkelnd, und dann hebt auch er ein Schwert, hebt es in Richtung der Lichtgestalt. Gleichzeitig fällt die Kutte von diesem ab, und auch er erhebt sich in die Luft, die weißen Federn seiner Flügel schillern in dem blauen Lichtnebel, die Schwerter schlagen aufeinander, und ich muss meine Augen schließen, um nicht vollkommen von dem gleißenden Blitzstrahl, der in dem Moment, als die Waffen klirrend aufeinanderschlagen, entsteht, geblendet zu werden.

Stille, grenzenlose Stille.

„Gott, lass sie nicht sterben, Gott, lass sie nicht sterben …"

Jemand nimmt meine Hände, zieht sie herunter, dann sehe ich in Cathys feuchte Augen und verstumme.

„Nate, hör auf.“

Es ist kein Geräusch mehr zu hören, kein Donner, auch der Regen hämmert nicht mehr auf das Dach. Sie lebt, ich beuge mich zu ihr und küsse sie.

Es sind nur noch fünf Meter bis zur Kirchentür, Don stürmt mit letzter Kraft darauf zu, als ein lautes Klirren ertönt und ein tagheller Blitzstrahl aus der Kirche kommt, sodass selbst die wenigen Strahlen unter der Türritze ihn blinzeln lassen.

Plötzlich wird es unheimlich still. Der Regen hat von einer Sekunde auf die andere aufgehört, kein Wind weht. Die Männer sehen automatisch zum Himmel. Die Wolken sind verzogen und die Luft ist klar. Sterne funkeln vom schwarzen Firmament. Don zieht die schwere Holztür auf, der Anblick lässt ihn entsetzt aufstöhnen: Es ist unbegreiflich, überall am Boden liegen Körper, zum Teil verstümmelt und auf grausige Weise zugerichtet, Blut tropft von den Bänken und läuft in kleinen Rinnsalen von den Wänden. Manche der Leichen liegen rücklings mit großen Augen zum Kirchendach blickend.

Jetzt haben auch Sims und die anderen den Eingang erreicht. Darrel schreit auf und geht rückwärts wieder hinaus. Sie können hören, wie er sich übergibt.

„Nate?! Cathy?!“, schreit Don und steigt über die Körper tiefer hinein in das Kirchenschiff. „Seid ihr hier, Nate?!“

Irgendjemand ruft meinen Namen, oder bilde ich mir das ein? Ich blicke auf. Mein Gott, das ist ein Schlachthaus!

„Cathy, komm, ich trag dich, schau nicht hin.“

Ich streife ihr die Kapuze über den Kopf, ziehe sie mit mir hoch und greife unter ihre Kniekehlen, um sich zu tragen. Sie drückt ihr Gesicht gegen meine Brust und ich wanke etwas benommen ein paar Schritte. Da steht jemand, ich muss blinzeln.

„Nate!“ Don Viggen sieht mich fassungslos an. „Seid ihr okay?“

Ich nicke nur.

„Ich muss sie hier rausbringen.“

Dann gehe ich auf die Tür zu, an Sims, Mario und Gordon vorbei, die mich ansehen, als ob ich von einem fremden Stern gekommen bin, doch sie folgen mir.

Vor der Kirche steht ein Mann und hält sich den Magen, vor ihm eine Lache Erbrochenes. Ich kenne ihn nicht und gehe noch ein paar Schritte weiter, bevor ich mich auf die kleine Holzbank vor dem Friedhofstor fallen lasse, Cathy auf meinem Schoss, sie nimmt die Kapuze herunter, und ich sehe, wie sie tief einatmet.

Ich streichle ihr die Wange.

„Jetzt ist alles gut, Liebes.“

Sie lächelt mich an. Erleichterung spiegelt sich in ihren Augen.

„Himmel, Nate, was ist hier passiert …?“ Sims ist blass und unglaublich dreckig, wie er so vor mir steht. Seine Worte sind leise und rau vor Grauen.

„Ich weiß nicht …“ – schüttle dabei heftig den Kopf – „ich weiß es nicht …!“

Epilog

Dienstag, 1. Januar 2013

Die Welt war nicht untergegangen, man feierte allerorts wie immer die Silvesternacht. Eine gewisse Erleichterung war den Menschen dennoch anzumerken, als am 1. Januar 2013 die Sonne aufging, selbst den Skeptikern.

Am Morgen des 22. Dezembers 2012 fuhr gegen sechs Uhr ein Ranch Rover der State Troopers auf einer kleinen Ranch in Santa Maria vor. Vorne saß ein erschöpfter, korpulenter Mann, dessen Kleidung vor Dreck stand, neben ihm ein Deputy, der sie aus Camino Esperanto heruntergefahren hatte. Auf dem Rücksitz schlief ein rothaariger Agent, neben ihm ein Mann mit einer jungen Frau in seinen Armen, auch sie schlief erschöpft an seine Brust gelehnt, doch er starrte unverwandt aus dem Seitenfenster. Ein Wagen der Ambulanz wartete bereits auf sie. Die Sanitäter hoben die junge Frau vorsichtig aus seinen Armen und legten sie auf eine Bahre, brachten sie schnellsten zum Wagen und fuhren mit Blaulicht davon. Das war das letzte Mal, dass Nathaniel Caim Catherine Kampell sah.

Nachdem der Notarzt sich auch um Nate gekümmert hatte und außer ein wenig Nasenbluten nichts weiter feststellen konnte, fuhr ein FBI-Agent des L.A.-Büros die drei Männer, mittlerweile in grauen FBI-Jogginganzügen, direkt zum Flughafen. Eine Privatmaschine wartete bereits und sie starteten sofort nach Washington D.C. Dort angekommen brachte man Nate zu einer durch einen Beamten gesicherten Wohnung und gab ihm zwei Tage Zeit sich zu erholen.

Am dritten Tag begannen die Verhöre. Doch es gab nichts zu berichten, genau wie er und Cathy es vereinbart hatten, schwieg Nate über die Nacht des 20. Dezembers und konnte nicht erklären, was sich gegen Mitternacht des 21. in der Kirche zugetragen hatte. Erstaunlicherweise setzte ihm noch nicht einmal Carter, der Direktor des NCAVC, zu. Die Aussagen, die Sims und auch Don, genau wie Seppa und Donnoghou gemacht hatten, waren so unerklärlich, dass man Nate jedes Wort abnahm, als er von ohrenbetäubendem Krach und grellen Blitzen sprach und weiter keine Erklärung abgeben konnte. Am 26. Dezember brachte man ihn nach Quantico und er wurde in den Quartieren der Ausbildungsgebäude untergebracht. Mitte Januar trat er offiziell seinen neuen Job als Ausbilder des FBI in Quantico an unter dem Namen Special Agent Sean Carver.

Monica Winter leitete die Ermittlungen im Fall Esperanto, die Akte wurde final als organisierter Gruppenselbstmord, ähnlich dem Fall in Jonestown, geschlossen. Der Öffentlichkeit wurden nie Details preisgegeben. Winter sorgte dafür, dass Camino Esperanto dem Erdboden gleichgemacht wurde. Im Mai 2013 wurde Monica Winter zur Generalstaatsanwältin gewählt.

John McSimmens wurde Ende 2013 zum Direktor des NCAVC befördert, während Carter den Direktorposten der Antiterroreinheit übernahm. Andrew Waters hatte sich pensionieren lassen. Don Viggen übernahm die Leitung des CASMIRC. Seppa und Donnoghou arbeiteten immer noch für ihn.

Catherine Kampell brachte man auf Anweisung von Staatanwältin Winter in eine private Klinik in Los Angeles. Der jungen Frau fehlte körperlich kaum etwas, doch Monica Winter ordnete an, dass sie unter psychologischer Betreuung drei Wochen lang dort versorgt werden solle. Als bei Catherine Kampell eine Schwangerschaft festgestellt wurde, geriet Winter unter Druck. Nach all den politsch brisanten Verwicklungen, über die der Präsident erwartete persönlich informiert zu werden, war eine Minderjährige, die von einem FBI-Agenten schwanger war, das Letzte, was sie gebrauchen konnte. Hinter verschlossenen Türen stellte sie Cathy vor die Wahl: eine Abtreibung oder die Strafverfolgung von Nathaniel Caim. Cathy entschied sich dafür, Nate zu schützen, und stimmte der Abtreibung zu. Nachdem im Februar 2013 Catherine wieder im Hause ihrer Mutter war, versuchte sie über John McSimmens immer wieder Kontakt zu Agent Nathaniel Caim herzustellen – es wurden keinerlei Auskünfte erteilt. Ende März 2013 holte ihr Vater Eric Kampell sie zu sich nach Europa. Sie lebt jetzt in Paris.

Von den Desperate Angels hörte man nie wieder etwas.

Danksagung

Wenn mir ein Buch wirklich gut gefallen hat, dann wünsche ich mir regelmäßig, es wäre nicht zu Ende. Das sind dann auch die Momente und nur diese Momente, dass ich zum Schluss sogar die Danksagung lese. Sind Sie, liebe Leser, hier angekommen, danke ich Ihnen zuerst.

Doch dieses Buch würde nicht existieren ohne Stefan Schwammel. Von ganzem Herzen Dank! Ohne Ihre Kompetenz, Kritik, Ihren Enthusiasmus und Ihre guten Tipps wäre Nathaniel immer noch in meinem Kopf, aber wahrscheinlich nicht auf Papier. Ich habe Ihnen doch gesagt, dass es nicht das letzte Mal ist, dass Sie Ihren Namen in einem Buch wiederfinden.

Natürlich vergesse ich auch nicht Marion. Wenn man, wie Du, eigentlich Tolstoi und damit ernste, klassische Literatur bevorzugt, dann ist es schon ein großes Opfer der Freundschaft, einen Thriller wie diesen zu lesen. Dich unterhalten zu haben ist für mich ein großes Kompliment.

Meinen beiden Docs Gisela und Raimund für die Erste Hilfe in medizinischen Herausforderungen.

Damit sind wir dann am Knackpunkt eines jeden Erstlingsautors ankommen. Ein Buch kann noch so toll sein, ohne einen Verlag ist es ein Stapel beschriebene Seiten.

Für einen Autor ist es ein „Baby", das langsam und vor allem mühsam gewachsen ist. In meinem Fall lange Winternächte, in denen ich in Dunkelhaft saß, mich mit Serienkillern beschäftigte, bis ich selbst fast zu einem wurde und nur durch regelmäßiges Schneeschippen um vier Uhr morgens meinen Verstand wieder auf die Reihe bekam. Die Nachbarn haben sich mitgefreut!

Darum ein großer Dank an den Medu Verlag für die Chance und ein wirklich super Lektorat. Cecilia, du hast nicht nur den kritischen Blick, sondern auch einen exquisiten Humor! Herr Wenz, es ist großartig, wenn man von Experten ernst genommen und Mitarbeit geschätzt wird.

Das letzte Wort ist natürlich wieder an die Leser gerichtet. Wenn Sie das Gefühl hatten, ein Stück gemeinsamen Weges mit Nate und Cathy gegangen zu sein, dann halten Sie Ausschau. Ich für meinen Teil schlage mir wieder die Nächte um die Ohren, da ich gerade an der Fortsetzung der Geschichte schreibe.

E. M. Ross, Januar 2012